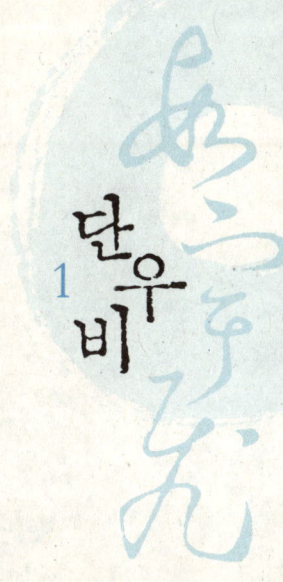

단우비

1

박찬규 신무협 장편소설

ORIENTAL FANTASYSTORY & ADVENTURE

dream
books
드림북스

단우비 1 정검회와 흑사방

초판 1쇄 인쇄 / 2011년 10월 19일
초판 1쇄 발행 / 2011년 10월 28일

지은이 / 박찬규

발행인 / 오영배
편집팀장 / 신동철
책임편집 / 문보람
편집디자인 / 신경선
펴낸 곳 / (주)삼양출판사 · 드림북스

주소 / 서울특별시 강북구 송천동 322-10호
대표 전화 / 02-980-2112 팩스 / 02-983-0660
편집부 전화 / 02-980-2116 팩스 / 02-983-8201
블로그 / blog.naver.com/dreambookss

등록번호 / 제9-00046호
등록일자 / 1999년 3월 11일

ⓒ 박찬규, 2011

값 8,000원

ISBN 978-89-542-4635-4 (04810) / 978-89-542-4634-7 (세트)

* 지은이와 협의하에 인지는 생략합니다.
* 잘못된 책은 구입한 곳에서 바꾸어 드립니다.

단우비
1
정검회와 흑사방
박찬규 신무협 장편소설
ORIENTAL FANTASYSTORY & ADVENTURE
dream
books
드림북스

목차

설산의 사투

 무이산(武夷山)엔 긴장감이 감돌았다.

 근원지는 남부의 중턱에 위치한 해담권문(海譚拳門)이었다.

 해담권문은 경사면을 깎아 만든 곳이라, 정문에서 하부로 이어져 있는 삼백 개의 기다란 계단이 존재했다. 그 계단 중간 지점에 삼십 대 중반의 중년인이 우뚝 서 있었다.

 차가운 눈매와 각이 진 턱, 매부리코를 소유했고 육 척 장신에 덩치마저 커 상당한 위압감을 풍겼다.

 중년인은 딱딱하게 굳은 얼굴로 계단 아래를 응시했다. 백의를 입은 무려 칠백 명의 무인들이 반월형으로 넓게 퍼져 해담권문을 철통같이 포위하고 있었다.

일주일 전부터 어제까지 폭설이 내려 그들의 몸은 무릎 부근까지 눈 속에 묻혀 있었다. 그러나 누구도 눈 따위는 개의치 않았다. 매섭게 부는 찬바람도 무시했다. 저마다 무기를 뽑아 든 채 흉흉한 살기를 흘릴 뿐이었다.

　선두에 서 있던 사십 대 초반의 중년인이 눈을 가르며 천천히 계단을 오르기 시작했다. 키는 오 척 칠 촌이었고 빼빼 마른 체구였다. 도드라진 광대뼈와 찢어진 눈이 음산한 인상을 주었다.

　빼빼 마른 중년인은 덩치 큰 중년인의 두 계단 아래에서 멈추었다. 서로가 내뿜는 희뿌연 입김이 상대에게 닿을 만큼 가까운 거리였다.

　두 중년인은 말없이 노려보았다. 한 치의 양보도 없는 팽팽한 눈싸움이 벌어졌다.

　덩치 큰 중년인의 정체는 단우세가주 유풍검제(流風劍帝) 단우천(段宇天)의 삼남인 개산파검(開山破劍) 단우영(段宇永)이었고, 빼빼 마른 중년인은 단목세가주 절참세검(絶斬細劍) 단목항조(端木沆潮)의 동생인 참악검(斬岳劍) 단목항우(端木沆雨)였다.

　단우세가는 복건성의 패자인 정검회(正劍會)의 왼팔 격인 문파였으며, 단목세가는 강서성의 패자인 흑사방(黑蛇房)의 충실한 수하였다.

　문제는 정검회와 흑사방이 근 이백여 년 동안 치열하게 영역 다툼을 벌이고 있는 불공대천의 관계라는 것이다.

그러니 이렇게 무이산에 긴장감이 감도는 것은 어쩌면 당연한 일이라고 할 수 있었다.

먼저 침묵을 깬 이는 단목항우였다. 그는 다 안다는 듯 카랑카랑한 어조로 이죽거렸다.

"단우영이 왔다는 건 이백 적귀대(赤鬼隊) 또한 왔다는 거군."

그러며 그는 단우영의 뒤편, 굳게 닫혀 있는 해담권문의 정문을 노려보았다. 시야에 들어오는 사람은 아무도 없었지만, 필시 저 정문 너머에는 악명 높은 적귀대 이백 명 전원이 포진하고 있음이 분명했다.

단우영은 지지 않고 맞받아쳤다. 덩치에 걸맞게 거칠고 굵직한 목소리였다.

"홋, 천하의 단목항우가 참살대(斬殺隊) 사백 명 전부와 낭인들까지 삼백 명이나 대동했음에도 불구하고, 뭐가 그리도 무서워 치졸한 전략까지 써 가며 홍검방(紅劍房)을 기습했을까?"

단목항우의 눈썹이 꿈틀거렸다. 눈짓으로 자신이 입고 있는 백의를 가리키며 대놓고 비아냥거리는 단우영이 그를 불쾌하게 만들었다. 하나 그는 뭐라고 반박하지 못했다. 단우영의 말은 사실이었기 때문이다.

일주일 전, 무이산에 폭설이 내리기 시작한 지 반나절이 흘렀을 무렵, 단목항우는 칠백 명 전원을 백의로 갈아입힌 다음 무이산 북부의 주인인 홍검방을 공격했다.

폭설 속에 몸을 숨긴 채 이동하는 전략은 대성공을 거둬, 단목항우는 불과 세 시진 만에 별다른 피해 없이 삼백 명의 머릿수를 자랑하는 홍검방을 무너뜨릴 수 있었다.

살아서 도망친 홍검방도는 채 이십여 명이 되지 않았다. 방주인 염발적검(炎髮赤劍) 고진성(固珍城)과 그의 가족들, 그리고 십여 명의 수하들뿐이었다.

. 그들은 필사적으로 달려 무이산의 나머지 절반을 차지하는 남부의 해담권문(海譚拳門)으로 향했다.

홍검방과 해담권문은 무이산의 주인 자리를 두고 다투는 적대적인 관계였다. 고진성은 평상시라면 절대 해담권문에 손을 벌리지 않았을 것이다.

하지만 지금은 사정이 달랐다. 홍검방과 해담권문은 복건무림의 일원이었고, 복건무림은 서로 싸우다가도 외적이 들이닥치면 지난 일은 잊고 힘을 합하는 것이 불문율이었다.

외적도 그냥 외적이 아니라 복건무림 최대의 적인 강서무림이었으니 고진성은 해담권문으로 가는 것을 주저하지 않았다.

단목항우의 목적은 무이산을 차지하는 것이 분명했다. 자연히 다음 목표는 해담권문이었다. 그러니 단목항우보다 먼저 해담권문에 도착해 무이산에 찾아온 위기를 알리고 함께 대응책을 마련해야 했다.

고진성의 방문을 받은 해담권문주 해담(海譚) 정근수(鄭根洙)는 경악했다. 서둘러 이백오십 명의 문도 전원을 무장시켰고, 사방을 철통같이 경계하며 정검회로 사람을 보내 도움을 요청했다. 한편으론 근처의 낭인들을 수소문했다.

정검회와 흑사방의 대립은 낭인들 사이에선 유명했다. 그래서 수많은 낭인단체들이 한몫 챙기기 위해 복건성과 강서성의 경계 부근에 머물고 있었다. 덕분에 정근수는 어렵지 않게 낭인단체 세 곳, 백오십여 명을 고용할 수 있었다.

정검회에서 보낸 지원군, 단우영이 도착한 것은 어제였다. 정근수로선 천만다행이었다. 부하들과 낭인들만으로는 단목항우를 막을 자신이 없었는데, 그보다 먼저 지원군이 도착했으니 말이다.

단우영을 씹어 먹을 것처럼 노려보던 단목항우는 뒤늦게 반박할 말을 생각해내곤 비릿하게 웃었다.

"치졸한 짓은 네놈들 전문이 아니더냐? 우리는 받은 것을 그대로 돌려준 것뿐이다."

"호오, 그래? 네놈이 치졸한 짓을 했다는 건 인정하는구나."

"뭐라?"

"왜 그러지? 내가 틀린 말이라도 했나?"

"이이!"

되로 주고 말로 받은 격이라 단목항우는 치를 떨었다. 그런 그를 단우영은 지그시 노려보았다. 비아냥거림을 멈추고 지극히 진지한 어조로 말했다.

"목적이 무어냐? 무이산은 그리 돈이 되지 않는다. 강호의 다툼은 결국 보다 많은 상권을 차지하는 것, 상징적인 의미 밖에 없는 무이산을 공략하는 데 단목세가 부가주인 네놈이 직접 행차한 이유가 무어냐?"

단목항우는 냉랭한 코웃음을 쳤다.

"흥! 내 입에서 대답이 나올 거라 기대하는 거냐?"

단우영은 눈살을 찌푸렸다.

"하긴, 그렇겠지. 좋다! 답은 네놈을 제압한 뒤에 천천히 듣도록 하마."

생포한 뒤 고문을 해서 모든 것을 실토하게 만들어 주겠다는 뜻이었다. 허언이 아니라는 듯 단우영은 무시무시한 살기를 내뿜었다. 그러나 단목항우는 눈 한번 깜짝하지 않았다. 오히려 손을 까닥이며 도발했다.

"해봐. 쥐새끼처럼 숨어 있지 말고 당당하게 밖으로 나와 정면승부를 해보자! 지원군으로 네놈이 온다는 말에 일부러 해담권문을 공격하지 않고 기다렸다. 예전부터 잘난 척하는 네놈의 면상을 짓이겨 줄 기회를 노리고 있었거든. 오늘, 네놈보다 내가 더 강하다는 것을 만천하에 똑똑히 각인시켜 주겠다!"

단우영은 도발적인 미소를 던졌다. 어깨를 으쓱이며 유들유들한 어조로 말했다. 그의 다리는 천천히 뒷걸음질 치고 있었다.

"그럴 수야 있나? 나는 지형적인 이점을 포기할 만큼 바보가 아니거든."

"훗, 결국 스스로 쥐새끼라는 것을 인정하는구나!"

"좋을 대로 지껄여라. 나를 기다렸다고? 그 만용의 대가를 치르게 해 주마!"

말이 끝나기 무섭게 단우영은 거칠게 몸을 돌렸다. 두 발로 힘껏 바닥을 박차고 쏜살같이 계단을 올라갔다. 계단에 쌓여 있던 눈이 폭풍을 만난 것처럼 흩날리며 단목항우의 시야를 어지럽혔다.

단목항우는 신경질적으로 두 팔을 휘저어 눈송이들을 쳐냈다. 그의 눈에 어느새 해담권문의 정문을 뛰어넘어 내부로 사라지는 단우영의 뒷모습이 들어왔다.

이를 간 단목항우는 독기 가득한 고함을 질렀다.

"공격하라! 단 한 놈도 살려 두지 마라! 모조리 죽여 버려라!"

칠백 명의 무인들은 우렁찬 함성을 토해내었다. 사기충천한 상태로 해담권문을 향해 돌진했다. 그런 그들과 달리 단목항우는 선두에 서서 달려가지 않았다. 그저 제자리에 선 채 분통을 터뜨리기만 할 뿐이었다.

적이지만 단우영은 좋은 선택을 했다.

해담권문은 천혜의 요새였다. 뒤편은 높고 험준한 절벽이었고, 좌우에는 깎아지른 듯한 낭떠러지가 자리 잡고 있었다. 내부로 들어갈 수 있는 길은 정면의 계단과 좌우의 경사진 면뿐이었다. 그래서 단우영은 정면만 방어하면 되는 수성을 택한 것이다.

단목항우는 단우영에게 거짓말을 했다. 그가 홍검방을 무너뜨린 뒤, 일주일이 지난 후에야 해담권문에 당도한 것은 단우영을 기다려서가 아니었다. 홍검방을 샅샅이 뒤져 돈이 될 만한 것을 하나도 남김없이 약탈하느라 시간을 소비해서였다.

직접 무이산까지 온 이상 빈손으로 돌아갈 수는 없었기 때문이다. 최대한 많은 이익을 챙겨야 했다.

이미 홍검방에서 찾아낸 재화는 사전에 계약해 둔 표국을 통해 강서성 림고산(林姑山)의 단목세가로 옮겨지고 있었다.

저런 천혜의 요새를 상대로 공성전을 펼치는 것보다는 정면승부가 훨씬 더 승산 높았다. 그래서 단목항우는 거짓말까지 하며 단우영을 도발해 정면승부를 유도했다.

하나 그 계책은 보기 좋게 실패로 돌아갔다. 그러니 이제 정면승부는 포기하고 차선책을 쓸 수밖에 없었다.

차선책은 다름이 아니라 낭인들을 칼받이로 삼아 자신과 참살대는 안전하게 해담권문 내부로 들어간다는 것이었다.

낭인들은 전멸해도 상관없었다. 일단 내부에 들어가기만 하면 상황은 종료되니까.

참살대의 무력이라면 적귀대와 해담권문쯤은 어렵지 않게 박살낼 수 있었다. 죽은 낭인들에게는 돈을 주지 않아도 되니 금상첨화였다.

그의 계획대로 삼백 명의 낭인들은 선두에 서서 계단과 경사면을 오르고 있었다. 참살대는 낭인들과 약간의 거리를 두고 뒤따랐다.

물론 낭인들도 자신들이 칼받이라는 것은 자각하고 있었다. 그것을 알면서도 그들은 선두에 서는 것을 받아들였다.

낭인들에게 충성심이나 의리 같은 것은 일절 없었다. 그들을 움직이는 것은 오직 돈뿐이었다. 바꿔 말하면 돈만 넉넉하게 받으면 그 어떤 더럽고 위험한 일이라도 해야 한다는 뜻이었다.

그들은 이미 해담권문을 무너뜨릴 경우, 홍검방을 무너뜨린 후에 받은 보수의 삼 할을 더 받기로 단목항우와 협상을 한 상태였다. 자연스레 돌진하는 그들의 두 눈엔 공포나 두려움보다는 탐욕이 가득 담겨 있었다.

낭인들이 계단을 삼분지 일쯤 올라갔을 무렵, 드디어 쥐 죽은 듯이 조용하던 해담검문이 침묵을 깨뜨렸다.

시작은 하늘이었다. 매서운 겨울바람을 가르며 하늘에서 수백 발의 화살이 쏟아졌다.

화살이 올 거란 것쯤은 이미 예상했던 일, 낭인들은 서둘러 미리 준비해 둔 나무판자나 철판 같은 것으로 몸을 보호했다.

그러나 애석하게도 방패는 완벽하지 않았다. 수십 발의 화살이 방패들의 틈새를 뚫고 낭인들의 몸에 틀어박혔다.

함성에 찢어지는 비명이 섞였다. 곳곳에서 흘러내리는 핏물이 순백의 대지를 붉게 물들였다.

함성과 비명을 뒤덮는 단목항우의 내력이 실린 고함이 무이산 전체에 쩌렁쩌렁하게 울려 퍼졌다.

"진격하라! 한 걸음도 물러서지 마라! 속도를 늦추거나 한 걸음이라도 물러서는 놈은 참살대가 주저 없이 멱을 따 버릴 것이다! 명심해라!"

살벌한 협박에 낭인들은 욕설을 토해내며 죽기 살기로 계단과 경사면을 올랐다.

화살의 비는 한 번으로 그치지 않고 쉼 없이 쏟아졌다. 선두가 계단을 절반쯤 올랐을 때 삼백 명의 낭인 중 오십여 명이 죽거나 전투불능이 되었다.

낭인들의 눈에 전면에 있는 해담권문의 외벽 위로 머리를 내밀고 있는 수십 명의 적이 보였다. 그들은 힘을 합쳐 날카로운 가시를 박아 넣은 굵고 큼지막한 통나무들을 들어 올려 밖으로 던졌다. 한 번이 아니라 두 번, 세 번 계속해서 던져대었다.

바닥과 충돌한 통나무들은 살벌한 기세로 경사면을 굴러 내려갔다.

통나무들로 인해 쌓여 있던 눈마저, 아래로 쏟아지고 위로 흩날리며 경사면 전체를 희뿌옇게 뒤덮었다.

매서운 음향을 터뜨리며 경사면을 구르는 통나무들과 눈을 뒤집어쓴 채 화살의 비를 막으며 악착같이 경사면을 오르는 수백 명의 사람들, 제삼자의 입장에서 보자면 가히 장관이었다.

그러나 당사자의 입장에서는 달랐다.

후미에 서서 슬슬 움직일 채비를 하던 단목항우는 이를 갈았다. 단우영이 강호가 아니라 관군들이나 쓸 법한 전략까지 사용할 줄은 미처 몰랐다. 짧은 시간 동안 아주 더럽게도 철저히 준비를 해 둔 모양이었다.

재빨리 머리를 굴린 그는 비정한 대응책을 생각해내곤 큰 목소리로 낭인들을 윽박질렀다.

"피하지 마라! 방패를 앞으로 내밀어 두 손으로 있는 힘을 다해 통나무를 막아라! 첫 통나무만 막으면 된다. 처음만 막으면, 두 번째부턴 쉽게 막을 수 있다! 절대 피하지 마라!"

그는 통나무들에게서 참살대를 보호하기 위해 낭인들을 방패막이로 쓰기로 작정했다.

하나 낭인들은 이것만은 시키는 대로 할 수 없었다.

머리 위로 화살이 쏟아지고 있는데 방패를 앞으로 내밀라니? 운 좋게 화살에 맞지 않는다고 하더라도 저렇게 살벌한 기세로 짓쳐드는 통나무들을 두 손으로 대체 어떻게 막는단 말인가?

저 통나무들은 자신들이 들고 있는 조잡한 방패쯤은 순식간에 박살낼 수 있는 위력을 내포하고 있었다. 그러니 막기는 커녕 통나무에 격타당하거나, 가시에 몸이 꿰뚫리고 말 것이었다.

그래서 낭인들은 서둘러 좌우로 피했다. 그러지 못한 자들은 때를 노려 허공으로 높이 뛰어오르거나 바닥에 납작 엎드렸다. 아예 몸을 돌려 참살대 쪽으로 도망치는 자들도 여럿이었다.

그들은 나름대로 민첩하게 반응했지만, 역시 문제는 눈이었다. 그들을 덮치고 있는 눈이 움직임을 불편하게 하고 시야마저 방해했다.

좌우로 피한 자 중 일부는 통나무의 길이를 제대로 파악하지 못해, 통나무의 양쪽 끝 부분에 격타당해 피를 내뿜으며 경사면 아래로 튕겨졌다.

바닥에 엎드린 자들은 삽시간에 눈 속에 파묻혔다. 위로 뛰어올라 피하려던 자 중 일부는 박자를 놓쳐 그대로 날카로운 가시에 꿰뚫린 채 통나무와 함께 데굴데굴 굴렀다.

위로 뛰어올라 통나무들을 피한 자들도 안전하지는 않았다. 허공이라 운신이 어렵다 보니 화살들을 막지 못해 온몸이 벌집이 되었다. 통나무들을 피한 뒤 바닥에 착지한 자들에겐 두 번째, 세 번째 통나무들이 짓쳐들었다.

낭인들과 달리 참살대는 전원 위로 뛰어올라 통나무들을 피한 뒤, 쏟아지는 화살들을 두 손으로 쳐낼 능력이 있었다.

그러나 안 그래도 눈 때문에 불편한데, 통나무들에 격타당해 경사면 아래로 쏘아지고 있는 낭인들의 몸뚱이들마저 시야를 가리고 움직임을 방해해 이십여 명이 우왕좌왕하다가 차디찬 시체가 되었다.

낭인들뿐 아니라 참살대마저 피해를 입자 화가 머리끝까지 치솟은 단목항우는 검을 뽑아 든 채 신경질적으로 신형을 날렸다. 전면에서 짓쳐드는 통나무를 향해 검을 내리꽂았다. 두 동강이 난 통나무는 허공으로 튀어 올랐다. 바닥에 요란한 소리와 함께 틀어박히며 멈추었다.

"이렇게 하란 말이다! 이렇게! 대 참살대가 이깟 통나무 하나 잘라 버릴 능력이 없단 말이냐?"

그의 고함은 효과가 있어 참살대의 대응이 바뀌었다. 그들은 검에 내력을 실어 통나무들을 자르기 시작했다. 낭인들은 여전히 좌우로 피하고, 바닥에 엎드리거나 위로 뛰어오르고, 경사면 아래로 도망쳤다. 그 와중에도 속도가 대폭 늦춰졌긴 하나 전진만은 계속하고 있었다.

통나무를 이용한 공격은 아홉 번째가 마지막이었다. 비축해 둔 통나무가 바닥났음이 분명했다.

그 마지막 통나무들이 경사면을 끝까지 내려갔을 때, 드디어 선두가 해담권문의 정문에 도착했다.

피해는 막심해 삼백 명의 낭인 중 생존해 있는 이들은 백여 명에 불과했고, 참살대도 이십 명이 더 죽어 머릿수가 삼백육십 명으로 줄어들어 있었다.

낭인 세 명이 악에 받친 살기를 내뿜으며 정문으로 돌진했다. 그들의 몸뚱이는 정문을 박살낸 것도 모자라 해담권문 내부로 쏘아졌다. 그러기 무섭게 온몸이 토막나 버렸다. 정문 좌우에 대기하고 있던 이들이 신속하게 검을 놀렸기 때문이다.

하나 내부로 들어갈 방법은 정문 외에도 존재했다. 낭인 중 일부는 미련하게 계속 정문을 공략했지만, 일부는 외벽을 그대로 뛰어넘었다.

참살대도 후자의 방법을 사용했다. 그들은 속속 외벽을 뛰어넘어 해담권문 내부로 들어갔다.

그때부터 전투의 국면은 수성과 공성에서 난전으로 흐름이 바뀌었다.

"이거 예상보다 더 많이 살아남았는데?"

단우영은 난전이 벌어지고 있는 정문 쪽을 응시하며 눈살을 찌푸렸다. 정근수가 지난 일주일 동안 부지런히 준비를 해 둔 덕택에 적들의 머릿수를 이백오십 명 가까이 줄였으니 승기는 이쪽으로 넘어왔다고 할 수 있었다.

하지만 그는 되도록이면 아군의 피해를 최소한으로 줄인 채 이기고 싶었다. 소중한 부하들의 죽음은 수십 번 겪어도 좀처럼 익숙해지지 않는 일이었기 때문이다.

옆에 있던 학자풍의 단정하게 생긴 삼십 대 초반의 중년인이 단우영을 다독였다. 그는 적귀대 부대주 일청교검(一靑巧劍) 유상(柔商)으로 무려 십이 년 동안 단우영을 보좌해 온 수완가였다.

"어쩔 수 없지요. 이미 일은 벌어졌습니다. 지시를 내려 주십시오."

"흠, 저쪽은 준비되어 있나?"

단우영은 힐끗 군데군데 자리 잡고 있는 건물들의 지붕을 쳐다보았다. 유상은 즉각 고개를 끄덕였다.

"물론입니다."

"좋다. 놈들이 삼분지 이 이상 들어오면 작전을 실행한다. 한 놈도 놓치지 마라! 단목항우는 내가 직접 상대하겠다."

"예!"

머리를 조아린 유상은 즉시 정문 쪽으로 달려갔다. 단우영은 전신의 근육을 풀며 시야에 단목항우의 모습이 들어오기를 기다렸다.

전투는 점점 열기를 더해 갔다. 적귀대의 상징인 검붉은 옷을 걸친 이백여 명과 해담권문의 상징인 청의를 입은 백 명이 속속 내부로 뛰어드는 적들과 치열하게 싸우고 있었다. 피와 비명이 난무하며 사상자가 빠른 속도로 늘어났다.

이백여 명 모두 적귀대는 아니었다. 개중 오십 명만이 적귀대였고, 나머지는 해담권문 백오십 명과 홍검방 십여 명이었다.

단우영은 적귀대 이백 명 전원이 난전에 참여했다고 적들을 속이기 위해 해담권문 백오십 명에게 검붉은색 옷을 입혔다. 앞으로 행할 작전을 위해선 그럴 필요가 있었다.

사백육십여 명의 적 중 삼백여 명이 해담권문 내부로 들어오고 개중 오십여 명이 죽었을 때, 난전에 참가하고 있던 유상은 오십 명의 적귀대원들에게·신호를 내렸다.

그러자 적귀대는 각자 몇 명씩 이끌고 서서히 뒷걸음질을 치기 시작했다. 그렇게 밀리는 것처럼 위장하며, 승기를 잡았다고 착각해 신이 나서 공격해 오는 적들을 조금씩 해담권문 내부 깊숙이 끌어들였다.

단목항우가 외벽을 뛰어넘어 내부에 착지한 것은 그때였다. 그는 대번에 상황을 파악했다. 참살대의 무력이 적귀대를 능가하고 있으니 이제 무서울 것은 아무것도 없었다. 해담권문의 머릿수가 적은 것은 무시했다. 적귀대만 쓸어버리면 해담권문쯤은 문제도 아니었기 때문이다.

그의 눈에 저 멀리에 오만하게 서 있는 단우영의 눈꼴신 모습이 보였다. 그는 살벌한 기세로 단우영에게 질주하며 우렁

찬 고함을 터뜨렸다.

"승리가 목전에 다가왔다! 늦추지 마라! 쫓고, 또 쫓아 한 놈도 남김없이 죽여라!"

낭인들과 참살대는 함성을 토해내며 더욱 맹렬하게 적들을 밀어붙였다. 단목항우도 달려가는 기세 그대로 단우영에게 일검을 뿌렸다. 단우영은 피하지 않고 맞받아쳤다. 귀가 찢어지는 쇳소리와 매서운 바람 소리가 끊임없이 터졌다. 그렇게 두 명의 일류고수는 목숨을 건 사투를 벌였다.

전장은 입구 쪽뿐 아니라 해담권문 전체로 빠르게 확산되어 가고 있었다. 뿔뿔이 흩어져 싸우는 형국이 되었다.

때가 되었다고 판단한 단우영은 부지런히 검을 놀리며 크게 소리쳤다.

"지금이다! 적귀대와 궁수부대는 적을 섬멸하라!"

뜬금없는 외침에 단목항우는 흠칫했다. 목전에 둔 승리에 뜨겁게 끓어올라 있던 피가 차갑게 식어 갔다.

그때, 건물 내부에 숨어 있던 백오십 명의 적귀대가 창문을 뚫고 밖으로 튀어나와 낭인들과 참살대의 배후를 쳤다.

그뿐 아니라 곳곳의 지붕에 납작 엎드려 몸을 숨기고 있던 백오십여 명의 낭인들마저 일제히 일어나 지상의 적들을 향해 화살을 뿌려댔다.

배후와 하늘에서 난데없는 기습을 받은 낭인들과 참살대는 속수무책으로 무너졌다. 비명이 배로 늘어났고, 바닥에 널브러지는 시체의 숫자 역시 급속도로 불어났다.

"이, 이 치졸한 놈! 이런 비열한 술책을 남겨 놓았다니!"

단목항우는 단우영을 대놓고 비난했다. 단우영은 피식 웃었다.

"훗, 홍검방이 받은 빚을 내가 대신 갚아 준 것뿐이다."

"죽어라!"

단목항우는 미친 듯이 공세를 퍼부었다. 하나 그와 단우영의 실력은 호각이었다. 좀처럼 승패가 갈릴 기미가 없었다. 이대로라면 두 사람의 승부가 매듭지어지기도 전에 낭인들과 참살대는 전멸할 것이었다.

필사적으로 머리를 굴린 단목항우는 결심을 굳혔다. 가장 골치 아픈 문제는 안전한 지붕 위에서 마음껏 화살을 쏘아대는 낭인들이었다. 그들이 적귀대와 해담권문을 지원해 주고 있기 때문에 아군이 제대로 된 반격을 하지 못하고 있었다.

단목항우는 칼받이에 불과한 낭인들 따위에게 대 참살대가 곤경에 처했다고 생각하니 도저히 분노를 가라앉힐 수가 없었다.

"참살대는 지붕으로 올라가라! 저 쥐새끼 같은 놈들을 우선적으로 쓸어버려라!"

이 상황을 타파할 좋은 계책인 것은 분명해 참살대는 신속하게 움직였다. 일부는 적들을 막고, 그 사이 나머지 일부는 건물 외벽의 돌기나 처마 같은 발 디딜 수 있는 것은 모두 이용해 지붕 위로 올라갔다.

지붕 위의 낭인들도 단목항우의 외침을 들었다. 그들은 지붕 위로 올라오는 참살대를 집중공격 했다.

참살대는 내력이 조잡하거나 아예 없는 낭인들의 화살쯤은 어렵지 않게 쳐낼 수 있는 실력자들이었다. 하지만 화살의 수가 워낙 많은 데다 적귀대가 뒤를 쫓고 있어 정신을 화살에만 집중할 수 없었다. 그 대가로 그들은 속속 화살에 맞아 바닥에 내동댕이쳐졌다.

그래도 참살대의 명성은 녹록지 않아 일백여 명 가까이가 화살의 비를 뚫고 기어이 지붕에 도착했다. 그때부터 지붕 위에선 학살이 자행되었다. 정면승부로 낭인들이 참살대를 이기는 것은 불가능했기 때문이다.

지붕 위에서 비명이 터지고, 낭인들의 시체가 우수수 지상으로 추락하자 단우영은 심각하게 얼굴을 굳혔다.

낭인들 따위는 죽든 말든 상관없었다. 문제는 그들이 소지하고 있는 활과 화살이었다. 참살대가 그것을 주워 내력을 담아 화살을 쏘아대기 시작하면 전세가 뒤바뀔지도 몰랐다.

생각은 짧았다. 단우영은 적귀대를 채근했다.

"일이부(部)는 지붕을 지킨다! 절대 적들에게 지붕을 내어주지 마라!"

적귀대는 총 네 부, 스무 개 조로 나뉘어 있었다. 단우영의 명령에 일이부 백 명은 참살대를 뒤따라 신속하게 지붕으로 올라갔다.

단우영도 단목항우의 공격을 쳐낸 뒤 재빨리 근처 건물로 달려갔다. 그의 몸은 외벽의 돌기를 밟으며 수직으로 솟구쳤다.

배후를 공격할 절호의 기회라고 판단한 단목항우도 즉각 단우영을 추격했다.

단우영은 순식간에 지붕 위까지 올라갔다. 그와 동시에 기다렸다는 듯이 참살대원 하나가 그의 목을 향해 검을 수직으로 내리찍었다.

흠칫한 단우영은 재빨리 마주 검을 날렸다. 그의 검이 반쯤 휘둘러지다 정지했다. 섬뜩한 파육음과 함께 화살 하나가 참살대원의 뒤통수를 뚫고 미간 밖으로 튀어나왔기 때문이다.

영문도 모른 채 즉사한 참살대원은 지상으로 추락했다. 단우영은 그의 시체를 디딤돌로 삼아 안전하게 지붕에 착지했다. 그는 반사적으로 고개를 이리저리 돌려 화살을 날린 장본인을 찾았다. 그러기 무섭게 그의 두 눈이 번쩍 뜨였다.

'꼬마……?'

소년 궁수

　단우영은 경악을 금치 못했다. 성인 남성들 속에 열 살 남짓한 소년이 하나 섞여 있었다. 그 소년이 자신에게 싱긋 웃음을 던졌다.

　비쩍 마른 몸에 누더기를 걸치고, 체력이 소진되었는지 뜨거운 땀을 흘리며 거친 숨을 토해내었다. 전체적으로 피곤하고 꾀죄죄한 몰골이었는데, 두 눈만은 총기가 가득했다.

　어안이 벙벙한 단우영을 뒤로하고 소년은 다음 먹이를 찾기 시작했다. 한 손엔 활을, 다른 손엔 화살을 쥔 채 낭인들 사이사이로 파고들었다. 그들을 방패막이로 삼아 몸을 지키며 한 번에 한 명씩 집중적으로 조졌다.

소년은 다른 낭인들과 싸우는 데 집중하고 있는 참살대원을 골라 빈틈을 노려 무릎을 향해 화살을 쏘았다. 휘청거리는 참살대원의 사타구니에 재차 화살을 쏘았고, 비명을 지르는 그의 목에 마지막 화살을 꽂았다.

한 발로 처리하기 힘든 실력자들이다 보니 나름대로 머리를 굴려 공략하고 있는 것이다.

더욱 놀라운 일은 소년의 화살이 단 한 발도 빗나가지 않고 있다는 것이었다. 세 발에 한 명씩 깔끔하게 처리하고 있었다.

이런 참혹하고 피 튀기는 전장에서 자신의 키만 한 활을 든 채 민첩하게 몸을 놀리며 그 이름도 드높은 참살대를 향해 과감하게 화살을 뿌리는 소년 궁수의 당돌한 모습은 너무도 이질적인 광경이었다.

"헛! 세상에!"

단우영은 저도 모르게 헛웃음을 터뜨렸다. 등 뒤에서 짓쳐드는 살기가 그를 일깨웠다. 한 박자 늦게 지붕에 도착한 단목항우가 공격을 감행한 것이다.

단목항우의 검은 단우영의 등을 향해 대각선으로 그어졌다. 재빨리 몸을 돌린 단우영은 그대로 검을 횡으로 휘둘러 단목항우의 검을 쳐냈다.

두 사람은 재차 사투를 벌였고, 참살대와 적귀대도 치열하게 맞서 싸웠다. 적귀대가 도착하자 낭인들은 미련 없이 지붕 아래로 뛰어내렸다. 고래 싸움에 새우 등 터지고 싶지는 않았기 때문이다.

사투를 벌이는 단우영의 눈에 막 지붕 아래로 몸을 던질 채비를 하는 소년 궁수의 모습이 보였다. 우연인지 몰라도 그때 소년 궁수 역시 단우영을 보고 있었다. 일순 두 사람의 눈이 허공에서 부딪쳤다.

무슨 생각이 들었는지 소년 궁수는 갑자기 시위에 화살을 걸어 당겼다. 그 상태로 드러눕듯 허공으로 신형을 날리며 시위를 퉁겼다.

시위를 벗어난 화살은 매섭게 단목항우의 허벅지를 향해 날아갔다. 그와 동시에 소년 궁수의 몸은 지붕 아래로 사라졌다.

단목항우는 반사적으로 손을 뻗어 허벅지에 꽂히는 화살을 쳐냈다.

단우영은 그 기회를 놓치지 않았다. 소년 궁수에게 '영악한 녀석!'이라고 찬사를 던지며 전력을 다한 일검을 단목항우의 심장을 향해 곧게 찔렀다.

당황한 단목항우는 필사적으로 몸을 비틀었다.

"크흑!"

다행히 심장은 보호했지만, 완전히 피하지는 못해 어깻죽지가 관통되고 말았다. 고통에 얼굴을 일그러뜨린 그는 재빨리 뒷걸음질 쳐 어깨에 박혀 있는 검을 빼냈다. 주위를 살펴 전황을 파악했다.

삼백 명의 낭인들은 전멸했고, 참살대도 이백 명이 채 남지 않았다. 게다가 자신은 부상마저 입었다.

그에 비해 적귀대는 삼십여 명밖에 죽지 않았다. 해담권문도 이백여 명이나 살아 있었으며, 백오십 명의 낭인들도 팔십명 가까이 생존해 있었다.

입술을 피가 날 정도로 깨문 단목항우는 악에 받친 고함을 질렀다.

"퇴각하라! 홍검방으로 퇴각해 전열을 재정비한다!"

단목항우는 원독에 찬 눈으로 단우영을 노려보고는 억지로 몸을 돌렸다. 한 손으로 어깨를 붙잡은 채 도망쳤다. 참살대도 맞서 싸우는 것을 포기하고 필사의 도주를 감행했다.

단우영은 흥이 날 대로 난 목소리로 아군을 채찍질했다.

"추격하라! 한 놈도 놓치지 마라!"

그것으로 비명과 유혈이 난무한 사투는 끝났고, 쫓고 쫓기는 추격전이 시작되었다.

추격전은 얼마 지나지 않아 끝났다. 해담권문을 탈출하는 과정에서 사십여 명이 더 죽어 백오십여 명으로 줄어든 참살대는 설산을 질주해 북쪽으로 도망쳤고, 그것을 확인한 단우영은 추격을 중단했다.

적들이 어디로 갈 것인지 이미 알고 있으니 무턱대고 뒤쫓는 것보단 일단 전열을 재정비한 뒤 추격하는 것이 더 효과적이기 때문이었다.

"한 식경이다. 한 식경 안에 몸이 성한 자 전원을 무장시켜 정문 앞으로 모아라. 단목항우가 부상당한 지금이 절호의 기회다. 홍검방에서 끝장을 본다!"

"예!"

단우영의 단호한 명령을 받은 유상은 즉시 승리의 기쁨에 젖어 있는 아군들 쪽으로 달려갔다.

한 식경 후 피와 시체, 병장기들로 얼룩져 있는 해담권문의 정문 앞에 삼백오십여 명이 모였다. 적귀대 백칠십여 명, 해담 권문과 홍검방의 문도 백팔십여 명이었다.

낭인들은 아직 도착하지 않았다. 그게 화가 난 단우영은 옆에 있는 유상을 추궁했다.

"어떻게 된 거냐?"

유상은 단우영을 안심시켰다.

"곧 올 겁니다."

"더 자세히 말해 봐."

"그게…… 아시다시피 일반적으로 낭인들을 고용할 때에는 계약금과 죽인 인간 하나당 얼마씩 지급하는 방식을 취합니다."

"빌어먹을! 시체들을 분류하느라 늦어지고 있는 거군! 누가 누구를 몇이나 죽였는지 파악해 한 푼이라도 더 받으려고 말이야."

"낭인단체 세 곳 모두 산 아래에 살림하는 아낙네들과 어린아이들을 남겨 놓고 왔다더군요. 그래서 그들을 불러 부상자들과 함께 시체를 세도록 하고, 너희는 서둘러 이곳으로 오라고 이미 윽박질러 두었습니다."

성한 낭인들이라고 해 봤자 몇십 명 되지 않을 테니 단우영은 그들을 기다리지 말고 그냥 출발할까 하는 충동에 휩싸였다. 한데 문득 자신을 도와준 소년 궁수가 떠올라 피식 웃고 말았다.

그는 끈기 있게 일각을 더 기다렸다. 그제야 낭인들이 속속 모습을 드러내었다. 총 오십여 명 정도였다.

사백여 명으로 불어난 무리는 해담권문을 떠났다. 적들이 도망치며 남겨 놓은 발자국과 핏자국을 따라 설산을 가로질렀다.

때는 정오 무렵으로 날이 밝은 데다 눈이 내리지 않아 발자국과 핏자국은 고스란히 남아 있었다. 덕분에 추격은 비교적 수월하게 진행되었다.

죽기 살기로 도망쳤는지 단우영 일행은 홍검방에 도착할 때까지 적들의 꼬리를 붙잡지 못했다. 시간은 반나절이 흘러 사위가 어둑어둑한 자정이 다 되어 있었다.

발자국과 핏자국은 홍검방의 정문까지 이어져 있었다. 내부 곳곳에 불이 밝혀져 있으니, 적들은 홍검방 내부에 있음이 분명했다. 한데, 추격한 발자국 외에도 다른 방향에서 온 발자국들마저 존재했다. 그것도 소수가 아니라 다수였다.

경각심을 일깨운 단우영은 부하들을 보내 저 다른 방향에서 온 발자국들을 역추적했다.

부하들은 반 시진 후에 돌아왔다. 근처 산촌의 농부에게 들은 바에 의하면 몇 시진 전에 무장을 한 삼백 명이 마을을 지나쳐 갔다고 했다.

인상착의를 들어 보니 삼백 명의 정체는 강서성 동부 용호산(龍虎山)의 용호문(龍虎門)이었다. 용호문주 자홍신권(紫紅神拳) 손대(遜大)가 직접 용호문 전체를 이끌고 움직였다.

단우영은 주먹을 부르르 떨었다.

"단목항우에 손대마저? 단목항우가 지원을 요청한 것이 아니야. 그들은 사전에 이곳 무이산에서 만나기로 약속했었던 거다. 목적이 이곳이 아니라는 것은 명백하군. 그보다 더 큰 음모가 있어!"

유상은 고개를 끄덕였다.

"반드시 알아내야 합니다. 일단 포위망을 구축한 뒤 정검회에 지원을 요청할까요?"

"아니, 이 기회를 놓칠 수는 없다. 참살대는 지쳐 깊은 잠에 빠져 있을 것, 작전만 잘 짜면 우리만으로도 충분히 승리할 수 있다."

"기습은 지형적으로 힘듭니다. 더구나 손대는 강합니다. 단목항우와 동급, 어쩌면 그 이상의 실력자일지도 모릅니다."

유상이 우려하는 것도 무리는 아니었다. 홍검방은 완만한 분지 중앙에 자리 잡고 있었다. 분지에는 나무나 바위 같은 자연물들이 일절 없었다. 사방이 탁 트인 장소였다.

분지 아래로 누군가가 내려오면 홍검방 내부에서 손쉽게 파악하고, 즉각 대비책을 세울 수 있다는 뜻이었다. 그래서 단목항우는 폭설을 틈타 기습을 하는 전략을 세웠던 것이다.

그러나 지금은 눈이 내리지 않고 있었다. 사위가 어둡긴 하지만 단우영 일행은 백의가 아닌 검붉은 옷과 청의를 입고 있어서 안력이 좋은 자라면 그리 어렵지 않게 파악할 수 있을 것이었다.

현재 단우영 일행은 적들에게 들키지 않기 위해 분지의 바깥쪽 경사면에 숨어 있었다. 여기서 홍검방과의 거리는 사십여 장 정도였다. 사십여 장이나 되는 거리를 적들에게 들키지 않고 좁히는 것은 사실상 불가능했다.

눈살을 찌푸린 채 고뇌하던 단우영은 유상에게 툭 말을 던졌다.

"으음, 일단 홍검방주와 해담권문주를 데려와라."

"예."

잠시 후, 고진성과 정근수가 단우영의 앞에 도착했다. 낭인 단체 세 곳의 우두머리들도 넉살 좋게 끼어 있었다.

단우영은 우선 고진성을 지목했다.

"고 방주님, 수하들은 몇이나 생존해 있습니까?"

"여섯이외다."

"진법은?"

"방도들에겐 전통적으로 사교진(四交陣)을 가르치고 있소."

"그렇군요. 방주님과 수하 셋이 사교진을 사용해 단목항우의 발을 묶어 주십시오. 이기라는 것이 아니라, 발을 묶어두면 족합니다. 할 수 있겠습니까?"

고진성은 독기를 드러내었다.

"본 방을 되찾을 수만 있다면 무슨 짓인들 못 하겠소! 맡겨만 주시오."

믿는다는 듯 살짝 고개를 끄덕인 단우영은 정근수에게로 시선을 옮겼다.

"정 문주님은 저와 함께 손대를 상대합니다. 손대를 처리한 후, 고 방주님을 돕습니다. 아시겠습니까?"

"알았소. 손대는 강한 자, 더구나 비열한 짓거리는 놈들이 먼저 시작한 일, 합공을 해도 놈들은 불만을 터뜨릴 수 없을 게요."

단우영은 화제를 바꾸었다.

"적들의 우두머리 문제는 해결되었으니, 이제 작전을 생각해 보지요. 정면승부는 불가합니다. 내부에서 적들을 흔들어 놓은 뒤, 그 기회를 노려 공격하는 것이 좋을 것 같군요. 불을 지르는 것이 가장 효과적입니다."

"응? 자, 잠깐! 불이라니? 본 방에 불을 지르겠다는 게요?"

고진성은 화들짝 놀랐다. 단우영은 강경한 어조로 그를 설득했다.

"이 전쟁에서 필요한 것은 건물이 아니라, 사람입니다. 사람이 하나라도 더 많이 있어야 간악한 흑사방을 끝장낼 수 있습니다. 아군의 피해를 최소한으로 줄이려면 불을 질러야 합니다. 걱정 마십시오. 정검회는 홍검방의 재건을 약속합니다."

"끄응, 확답을 해 주시오. 확답을!"

"이 단우영의 목을 걸겠습니다. 정검회가 지원해 주지 않을 경우, 본 세가의 자금을 사용해서라도 반드시 재건할 것입니다. 만족하십니까?"

"그렇다면야…… 후, 좋소. 그렇게 하시구려."

"감사합니다. 외부에서 내부로 이어져 있는 비밀통로가 있습니까?"

"하나 있긴 하지만, 내가 탈출할 때 써 버렸소이다. 놈들도 이미 그 존재를 알고 있을 거요."

"하면 내부로 몰래 들어갈 다른 길은 없습니까? 하다못해 분뇨배출구나 그런 것 말입니다."

"분뇨는 자체적으로 해결해 배출구가 없소. 거름으로 만들어 근처 농가에 무료로 제공하고 있지. 으음, 어디 보자…… 아! 배수구가 몇 군데 있는 것으로 아오. 지형적으로 자체 배수가 힘들어 여름만 되면 물난리를 겪었지. 그래서 아버님께서 이십 년 전쯤에 큰맘 먹고 대규모 공사를 벌여 배수구를 몇 개 만들었소."

"배수구라, 확인해 볼 만하군요. 위치를 가르쳐 주십시오."

"그게…… 위치를 알고 있는 자들은 다 죽어 버려…… 응? 맞다! 예전에 자식 놈이 배수구에 들어간 적이 있지. 그곳의 위치는 내 분명 기억하고 있소."

"안내해 주십시오!"

"알았소. 그러리다. 따라오시오."

단우영은 부하들에게 잘 숨어 있으라고 지시를 내린 뒤 고진성을 따라 은밀하게 움직였다. 유상과 정근수, 낭인단체 우두머리 세 명도 함께 이동했다. 단우영은 낭인들이 못마땅하긴 했지만 모르는 척 넘어갔다. 그들로선 정보를 하나라도 더 많이 입수해야 생존율이 높아지니까 말이다.

잠시 후 단우영 일행은 홍검방의 서쪽 오십여 장 떨어진 곳에 도착했다. 분지 바깥쪽 경사면 부근으로, 배수구는 홍검방보다 지형이 낮은 곳에 만들어져 있었다. 덕분에 홍검방에서 배출한 하수는 자연스레 여기까지 흐를 수 있었다.

고진성은 배수구를 지그시 바라보며 감회에 젖었다.

"철없는 막내 녀석이 탐험한답시고 저 안으로 들어갔었지. 녀석을 찾는다고 얼마나 고생했던지…… 후후후."

그의 두 눈은 촉촉이 젖어 있었다. 그에겐 세 명의 아들이 있었는데, 그중 첫째와 셋째가 참살대의 기습을 받았을 당시

사망했다. 죽은 막내아들이 떠올라 고진성은 씁쓸함을 감추지 못했다.

단우영은 안타까움이 절절히 묻어 있는 고진성의 말을 무시했다. 쪼그리고 앉아 배수구를 유심히 살폈다. 밤이라 그런지 하수는 흐르지 않았고, 바닥에 있는 물도 한 치 높이 정도만 얼어 있었다.

문제는 배수구 자체의 크기였다. 그는 혀를 차며 단정적으로 말했다.

"너무 좁군. 여기로 들어가는 건 무리야."

다른 이들도 얼른 배수구를 확인했다. 과연 건장한 어른이 들어가기엔 너무 좁았다. 다들 포기하고 다른 작전을 생각해내려는데, 유상이 낭인들을 보며 어떤 생각을 떠올렸다.

"어른은 무리지만 아이는 가능하지 않을까요? 낭인들은 때때로 아이들을 무기운반꾼으로 전장에 투입한다고 들었습니다. 불을 지르는 일쯤은 할 수 있을 겁니다. 몸이 작아 숨어다니면 들킬 위험성도 적을 테고요."

낭인단체 우두머리 세 명은 서로 빠르게 시선을 교환하더니 동시에 고개를 끄덕였다. 대표로 몽호단(夢虎團)의 단장인 몽호가 말했다.

"그렇긴 합니다. 자기 밥값은 자기가 버는 것이 원칙이라, 싸울 수 없는 어린놈들은 허드렛일이나 전장에서 보조무기를 운반하는 일을 하고 있지요."

유상은 단우영을 떠보았다.

"대주님, 어떻습니까?"

어린아이라 할지라도 낭인들, 목숨의 값어치는 무척 낮았다. 그래서 유상은 그들을 이용하는 데에 한 점 부끄러움이 없었다.

단우영은 턱을 쓰다듬으며 고민했다. 순간 그의 눈이 이채를 띠었다. 그는 얼른 세 낭인들을 쳐다보았다.

"어린아이 하나가 있었어. 무기 운반이 아니라 직접 싸우고 있었지. 그 아이를 아나?"

철규단(鐵奎團)의 단장인 철규가 움찔하더니 재빨리 몽호를 보았다.

"당신네들 쪽에서 본 것 같은데, 아니오?"

몽호는 얼른 대답했다.

"맞소, 맞아. 한 놈 있지. 제비 녀석 말하는 거지요?"

마지막 말은 단우영에게 한 것이었다. 단우영은 호기심을 드러내었다.

"그 아이 이름이 제비인가?"

"헤헤, 그렇습니다요."

"데려와라."

"엥? 제비 한 놈만 말입니까? 다른 애들은 부르지 않고요? 하루만 기다려 주시면 모두 데려올 수 있습니다."

그러자 다른 두 낭인도 하루면 아이들 모두를 이곳으로 데려올 수 있다고 입을 모았다. 하나 단우영은 확고했다.

"아니, 제비 하나면 된다. 어서 데려와."

낭인들은 아쉬운 빛을 드러내었다. 돈을 더 벌 기회가 줄어들어서였다. 별수 없이 두 낭인은 남아 있고, 몽호 혼자만 몸을 돌려 어둠 속으로 사라졌다.

잠시 후 몽호는 제비를 데려왔다. 하루 종일 움직여 피곤한지 얼굴이 초췌했다. 어깨에 대각선으로 활을 메었고, 양쪽 허벅지에 화살이 절반쯤 채워진 통을 달고 있었다. 활밖에 쓰지 않는 듯 다른 무기는 지니고 있지 않았다.

영문도 모른 채 끌려와 제비는 심통이 단단히 나 있었다. 단우영은 제비에게 이쪽으로 오라고 손짓했다. 제비가 다가오자 그는 배수구를 가리켰다.

"들어갈 수 있겠느냐?"

제비는 퉁명스레 물었다.

"들어가야 돼요?"

"일단 해 보아라."

"칫!"

뿌루퉁한 소리를 낸 제비는 배수구 앞에 섰다. 크기를 재 보고는 눈살을 찌푸리며 활과 화살통을 벗었다. 숨을 크게 들이마신 다음 호흡을 멈추고 다리부터 배수구 속으로 몸을 넣었다. 비쩍 말라 그런지 몰라도 제법 수월하게 들어갔다.

배수구 속에 어깨까지 들어간 제비는 얼굴만 내민 채 단우영을 쳐다보았다.

"이제 됐어요?"

단우영은 고진성에게 물었다.

"안쪽까지 배수구의 폭은 동일합니까?"

"그런 것으로 아오."

"다행이군요."

말을 무시당해 짜증이 난 제비는 앙칼지게 외쳤다.

"이제 됐냐고요?"

"그래, 됐다. 네게 시킬 일이 있다."

"뭔데요?"

"날이 추우니 기름이 있어야 불이 잘 붙겠군. 기름과 화섭
자를 넉넉히 주마. 안으로 들어가 건물에 불을 질러라. 최대
한 많이."

멍한 표정을 짓던 제비는 말없이 천천히 배수구 밖으로 나
왔다. 몸을 탈탈 턴 다음 주섬주섬 활과 화살통을 챙겼다.
떠나려고 다리를 움직이며 독백하듯 중얼거렸다.

"지랄하네, 씨발."

중인들은 경악했다. 새파랗게 어린놈이 그 이름도 드높은
적귀대주에게 욕설을 하다니 말이다.

당황한 몽호는 단우영에게 어색하게 웃으며 제비를 대신해
사과했다. 그리고는 제비의 머리를 힘껏 쥐어박았다.

"이 미친놈이 누구 안전이라고!"

제비는 바락바락 기어올랐다.

"아니, 너무하잖아? 보아하니 나 혼자 들어가는 것 같은데, 이게 말이나 돼? 나를 죽이고 싶으면 그냥 내 배를 째, 배를! 이딴 식으로 하지 말고!"

위험한 것은 사실이라 몽호는 더 뭐라고 구박하지 못했다. 단우영은 딱딱한 어조로 입을 열었다.

"자신이 없는 거냐?"

신경질적으로 몸을 돌린 제비는 삿대질을 하며 외쳤다.

"자신이고 뭐고, 아저씨도 너무하네. 돈도 안 된다는 거 뻔히 알면서도 귀한 화살 한 발 쏴서 도와줬더니 보답을 이딴 식으로 해?"

"두당 얼마씩 받고 있지?"

"헹, 그건 왜 물어요?"

"대답해 보아라."

제비는 어깨를 으쓱이며 거드름을 피웠다.

"어른들이랑 똑같이 받아요. 엽전 열 개."

"이 일을 한다면 엽전 백 개를 주마. 성공한다면 백 개를 더 주겠다."

제비는 입을 쩍 벌렸다. 두 눈은 튀어나올 만큼 휘둥그레져 있었다.

"이, 이, 이백 개? 진짜로?"

"거기에다가 불에 타 죽은 자들 역시 모두 네 몫이다. 어떠냐?"

흥분을 감출 수가 없어 제비는 전신을 부들부들 떨었다. 그러다 눈에 힘을 주고는 입에 침을 가득 모아 바닥에 힘차게 뱉었다.

좀 전의 행동과는 정반대의 의미를 지닌 분명한 거절의 표현이라 단우영은 영문을 알 수가 없었다. 제비는 그런 그를 노려보며 윽박질렀다.

"어서 침 안 뱉고 뭐 해요? 아니면, 지금 거짓말한 거예요?"

몽호단은 반드시 지켜야 하는 약속을 할 때 신의의 증표로 서로 같은 자리에 침을 뱉는 규칙이 있었다. 이렇게 한 약속을 지키지 않는 자는 나머지 낭인들이 힘을 모아 처단한다.

이른바 목숨을 건 약속이었다.

낭인들답게 더럽고 살벌한 방식이었지만, 한편으론 끈끈한 사람 냄새가 풍기기도 했다.

제비의 채근 덕분에 단우영도 이 침 뱉는 행위가 무엇을 뜻하는지 어렴풋이 파악했다. 헛웃음을 터뜨린 그는 주저 없이 제비가 뱉은 침 위에 자신의 침을 뱉었다.

그제야 제비는 해맑게 웃었다.

유상은 안절부절못했다.

제비가 배수구 안으로 들어간 지 벌써 한 시진이 넘었다. 늦어도 한 시진 반 뒤면 날이 밝는다. 그러면 기습은 무위로 돌아간다.

지금까지 소식이 없다는 것은, 제비가 적에게 들켜 죽었다는 것을 의미했다. 기습은 포기하고 종전의 계획대로 포위망을 구축한 뒤 정검회에 지원을 요청하는 것이 좋았다.

그는 단우영을 설득하기 위해 고개를 돌렸다. 하지만 그는 아무런 말도 하지 못했다. 단우영의 두 눈은 확고부동한 믿음으로 가득 차 있었다. 그는 불과 어제 만난 열 살 남짓한 어린아이를 깊이 신뢰하고 있는 것이다.

유상은 뭐라고 말을 건네야 할지 감이 잡히지 않아 고뇌했다.

그때 홍검방 내부에서 불길이 치솟았다. 한곳이 아니라 여러 곳에서 동시다발적으로 화재가 발생했다.

혼비백산한 고함들이 단우영 일행이 있는 곳까지 선명하게 들려왔다.

유상은 영문을 몰라 중얼거렸다.

"어떻게 동시에……?"

단우영은 흐뭇하게 웃었다.

"불화살을 날린 거다. 그러면 혼자서도 동시에 여러 곳에 불을 붙일 수 있지. 불이 타오르는 속도로 보아 화살에 기름병도 하나씩 달아 둔 것 같군."

"헤! 맙소사!"

"대단한 녀석이야. 받은 만큼, 아니 그 이상으로 활약을 해 주고 있어. 준비해라. 신속하게 접근해 내부로 침투한 다음 일거에 함성을 질러 적들이 전의를 상실하게 만든다. 그 후부 턴 무차별적인 학살이다!"

"예!"

불길이 걷잡을 수 없을 만큼 커지자 단우영은 사백 명 전원을 이끌고 신속하게 분지를 내려갔다. 사방에서 공격하기 위해 홍검방을 둥글게 에워싼 형태로 전진했다.

홍검방 외벽의 높이는 일곱 자로 다들 무리 없이 벽을 타고 내부로 들어갈 수 있었다. 내부로 들어간 이들은 바로 경비를 서고 있던 용호문도들과 맞닥뜨렸다.

용호문도들은 고함을 질러 적들의 내습을 알렸다. 하나 그리 효과는 없었다. 대부분이 불길을 잡는 데 집중하고 있던 탓이다.

경비들을 모두 해치운 단우영 일행은 전원 홍검방 내부에 도착했다. 그러자마자 그들은 우렁찬 함성을 여러 번 터뜨렸다.

야밤에 뜬금없이 안에서는 불길이 치솟고 밖에서는 적들이 공격해 오자 용호문과 참살대는 극심한 혼란에 휩싸였다.

단우영 일행은 그런 그들을 무차별적으로 학살했다. 사방에서 중앙으로 돌진하며 눈에 보이는 모든 적을 죽이고 또 죽였다.

용호문과 참살대가 저항다운 저항을 시작한 것은 머릿수가 무려 이백여 명이나 줄어든 뒤였다. 그들은 불을 끄는 것은 포기하고 적들과 맞서 싸우는 일에 집중했다.

홍검방 전체는 대낮처럼 밝았다. 불에 탄 건물들이 무너지며 뜨거운 불꽃을 흩날리고 굉음을 연신 터뜨렸다. 이런 열악한 환경 속에서 단우영 일행과 단목항우 일행은 악에 받친 고함을 터뜨리며 격렬한 사투를 벌였다.

승기를 잡은 쪽은 단우영 일행이었다. 그들은 한번 구축한 포위망을 절대 흩뜨리지 않으며 적들을 중앙으로 몰아붙였다.

"이, 이 지독한 노옴!"

어깨에 붕대를 친친 동여맨 단목항우는 단우영이 시야에 들어오자 노기를 터뜨렸다. 그는 맹렬하게 단우영을 향해 짓쳐들었다.

단우영은 단목항우가 모든 원한을 자신에게 집중하고 있다는 것을 깨달았다. 그는 즉시 계획을 변경했다. 정근수와 함께 단목항우에게 마주 달려가며 고진성에게 지시를 내렸다.

그와 정근수가 단목항우와 목숨을 건 사투를 시작했을 때, 고진성은 홍검방도 셋, 적귀대 오십 명을 대동하고 우르르 무시무시한 주먹을 연신 뿌려대고 있는 용호문주 손대에게 달려갔다.

적귀대는 손대 주변에 있는 용호문도들을 상대했고, 고진성과 홍검방도 셋은 사교진을 펼쳐 손대를 에워쌌다.

손대는 냉랭한 콧김을 내뿜으며 고진성 일행을 공격했다. 그러나 사교진은 위력적인 진법이었고, 고진성 일행이 위험해질 때마다 적귀대원들이 손을 빌려 주었기에 손대는 발이 묶이고 말았다.

단목항우는 내력을 마지막 한 방울까지 모두 끌어 올려 단목세가의 비전인 참마검법(斬魔劍法)을 전개했다. 하지만 그의 몸엔 자질한 상처들이 하나둘씩 계속해서 늘어 가고 있었다. 단우영도 단우세가의 비전인 환상검법(幻像劍法)을 시전하는 중이었고, 정근수 역시 위력적인 창해권법(蒼海拳法)을 아낌없이 뿌려대고 있었기 때문이다.

다급해진 단목항우는 눈알을 이리저리 굴리며 타개책을 강구했다. 부상당한 몸으로는 단우영, 정근수의 합공을 오래 버텨낼 수 없었다. 도망치는 것도 힘들었다. 적들은 철통같은 포위망을 구축해 둔 상태였다.

일순 단목항우의 뇌리에 죽음이라는 단어가 스치고 지나갔다. 코앞으로 다가온 죽음의 기운이 항거할 수 없는 두려움을 선사했다. 그 공포심이 안 그래도 무거운 그의 손발을 더욱 무겁게 만들었다.

"크아악!"

그때를 놓치지 않고 정근수는 강맹한 일권을 내질렀다. 잔인하게도 단목항우의 부상당한 왼쪽 어깨를 노린 일권이었다. 어깨뼈가 산산 조각난 단목항우는 비명을 터뜨렸다.

단우영은 재빨리 단목항우의 목을 향해 검을 찔러 갔다. 그러다 어딘가를 힐끗 보고는 검의 궤도를 바꾸어 단목항우의 복부를 찔렀다.

재차 비명을 터뜨린 단목항우는 크게 휘청거렸다. 당장에라도 바닥에 무릎을 꿇을 것만 같았다.

그 순간, 어딘가에서 세 발의 화살이 연속으로 날아왔다. 한 발도 남김없이 단목항우의 머리통을 비정하게 꿰뚫었다.

꼬치 신세가 된 단목항우는 전신을 부르르 떨다 힘없이 바닥에 널브러졌다.

어리둥절해진 정근수는 반사적으로 화살이 날아온 방향을 살폈다. 단우영은 그저 옅게 웃기만 했다. 그런 두 사람을 향해 제비가 신이 나서 달려왔다. 그는 단우영에게 호들갑을 떨었다.

"내가 죽였어! 이거 분명 내가 죽인 거야! 두목은 세 배예요! 세 배! 으하하하!"

정근수는 어이가 없어 입만 뻐끔거렸다. 단우영은 피식 웃었다.

"그래, 맞다. 이걸로 빚은 갚은 거다."

"엥? 빚? 아! 그렇지! 해담권문! 나 그때 분명히 아저씨 도와줬어! 이야, 아저씨 사나이네? 암, 그래야지. 사나이라면 당연히 빚을 갚아야지. 우헤헷! 세 배예요, 세 배! 잊지 마요!"

"벌써 많이 벌었으면서, 어린놈이 왜 이렇게 돈 욕심이 많아?"

"아, 다다익선도 몰라요? 돈은 많으면 많을수록 좋다고요! 나이 먹을 만큼 먹은 양반이 이 절대불변의 진리를 모르다니!"

"후훗, 그건 그렇구나. 아무튼 수고했다."

제비는 거드름을 피우며 자랑을 시작했다.

"말도 말아요, 말도 마. 무슨 배수구가 그렇게 길어? 기어도 기어도 끝이 없어. 중간 중간에 고드름 같은 게 길을 막아 가지고 소리 없이 부수느라 생고생했어요. 사람들 몰래 불에 잘 타는 지점들 찾고, 기름병 단 불화살 날리고. 아우, 바람이 더럽게도 쌩쌩 불어 화살 궤도 수정한다고 얼마나 고생했는지! 나 진짜 죽는 줄 알았다니까!"

"그랬구나."

"돈 확실히 줘야 돼요. 성공했으니까 엽전 이백 개! 그리고 이거 다 끝나고 나서 내가 일일이 불에 타 죽은 사람 셀 거야. 하나도 빠짐없이 세서 다 받아낼 거라고요. 알겠죠?"

"알았다, 알았어. 한 푼도 빠짐없이 다 주마."

"그래야지! 앗싸, 또 돈 벌러 가야지. 으하하!"

어깨를 들썩이며 촐싹거리던 제비는 동료 낭인들을 발견하고는 해맑은 탄성을 터뜨리며 재빨리 그들 쪽으로 달려갔다.

단우영은 얼빠진 표정으로 제비의 뒷모습을 바라보는 정근수의 어깨를 쳤다. 문득 제비에게 빚을 갚아야 한다는 치기심이 들어 단목항우를 죽여 버린 이상, 손대만은 반드시 생포해야 했다. 두 사람은 바로 손대를 향해 신형을 날렸다.

손대도 단목항우의 죽음을 목격했다. 용호문과 참살대가 백이십여 명으로 줄어든 상태라는 것도 파악했다. 단우영과 정근수가 합세하기 전에 포위망을 뚫고 도망쳐야 하는데, 고진성 일행이 집요하게 사교진을 펼치고 있어 그것도 쉽지 않은 일이었다.

그가 어떻게 해야 할지 갈피를 못 잡을 때, 용호문도 몇몇이 죽음을 각오하고 사교진을 돌파했다. 그들은 적귀대와 고진성 일행의 손에 난자되었지만, 한순간의 빈틈을 만들어내었다.

"문주님!"

그들은 죽어 가며 간절하게 손대를 불렀다. 속으로 피눈물을 삼킨 손대는 부하들의 죽음을 헛되이 하지 않기 위해, 신속하게 움직여 사교진을 벗어났다. 그 즉시 우렁차게 외쳤다.

"퇴각하라! 퇴각하라!"

손대는 홍검방 외곽으로 질주했고, 용호문과 참살대 백이십여 명도 뿔뿔이 흩어져 도망쳤다. 단우영은 손대를 추격하며 고함을 질렀다.

"단 한 놈도 놓치지 마라! 모조리 다 죽여라!"

그렇게 용호문과 참살대는 꽁지 빠지게 도망치고 적귀대, 해담권문, 홍검방은 집요하게 뒤쫓는 한밤의 추격전이 벌어졌다.

신세계를 경험하다

　적귀대와 해담권문, 홍검방은 사흘 동안 손대 일행을 추격
해 복건성과 강서성의 경계까지 다다랐다. 몇몇을 생포하기는
했지만, 끝끝내 손대는 놓치고 말았다. 그들은 여기서 아쉬움
을 뒤로하고 몸을 돌렸다.

　손대 일행이 강서성으로 들어간 이상 계속 추격하는 것은
위험했다. 생포한 자들을 고문해 적들의 음모를 알아내는 것
이 최선이었다.

　그들은 다시 이틀을 이동해 무이산 해담권문으로 돌아갔
다. 해담권문은 벌집을 쑤셔 놓은 것처럼 시끌벅적했다. 게다
가 시체들에게서 풍기는 역한 냄새가 코끝을 찔렀다.

낭인들은 추격에 참여하지 않고 이곳에 남았다. 홍검방에 있던 적들의 시체까지 모조리 이곳으로 옮겨 철저하게 돈 계산을 하는 중이었다.

생포한 자들은 참살대원 넷, 용호문도 다섯이었다. 그들은 해담권문 내의 모처로 옮겨져 무려 사흘 동안 잔인한 고문을 받았다.

애석하게도 단우영은 그들에게서 아무것도 알아내지 못했다. 그들은 그저 위에서 시키는 대로만 움직였을 뿐이었다. 더 고문하는 것은 시간 낭비라고 판단한 단우영은 미련 없이 그들 전원을 제거했다.

그 사이 낭인들의 돈 계산은 얼추 마무리되었다. 낭인들과 계약한 것은 해담권문이기에 그들이 재산을 털어 돈을 지급했다.

제비에게 주기로 한 돈, 엽전 이백구십 개만 적귀대가 계산했다. 불에 타 죽은 적이 아홉 명이라, 엽전 이백 개 외에도 구십 개를 더 주었다.

이번 일로 제비는 적귀대에게서 받은 돈을 포함해 무려 엽전 사백이십 개를 벌었다. 개중 이 할은 몽호단의 운영비 명목으로 몽호에게 상납해야 하니, 실질적으로 손에 쥔 돈은 엽전 삼백삼십육 개였다.

하나 그것도 엄청난 액수였다. 엽전 이백 개면 성인 남성 하나가 사십 일은 너끈히 배터지게 먹고 살 수 있는 금액이니 말이다.

놀랍게도 제비는 낭인 중 가장 어린데도 불구하고 가장 많은 돈을 번 것이었다.

정오 무렵, 단우영은 정근수의 서재에서 한가롭게 책을 읽고 있었다. 어제 정검회로 전서구를 보냈다. 답장이 올 때까진 여기서 기다려야 했다.

어느 순간부터 겨우 소란이 가라앉았던 바깥이 다시 시끌벅적해졌다. 그것을 궁금하게 여긴 단우영은 유상을 불렀다.

"무슨 일이냐?"

유상은 별것 아니라는 투로 대답했다.

"낭인들이 떠나고 있습니다. 받을 것은 다 받았으니 더 이상 이곳에 있을 이유가 없으니까요."

낭인단체 세 곳은 이번 일로 백여 명을 잃었다. 그래서 이것도 인연이란 생각에 앞으로는 함께 다니기로 했다.

계획이 세워졌으니 움직일 때였다. 새로운 돈벌이를 찾아 말이다.

과연 별것 아닌 일이라 단우영은 심드렁한 표정으로 고개를 끄덕였다. 그가 관심이 없다는 것을 파악한 유상은 몸을 돌려 밖으로 걸어갔다.

단우영의 두 눈이 이채를 발한 것은 그때였다. 그는 얼른 유상을 붙잡았다.

"잠깐!"

"무슨 일이십니까?"

"낭인들을 막아라. 그리고…… 제비를 데려와라."

"제비요? 그 아이는 왜?"

"데려와라."

유상은 영문을 몰랐지만 단우영의 태도가 너무도 강경해 즉시 머리를 조아렸다.

"예."

문이 닫히고, 단우영은 다시 방 안에 홀로 남았다. 그는 문 쪽을 응시하며 뜻 모를 미소를 머금었다.

"하마터면 놓칠 뻔했군."

활기차게 책을 접은 그는 자리에서 벌떡 일어났다. 성큼성 큼 걸어 밖으로 나갔다. 연무장에 도착해 제비를 기다렸다.

잠시 후 제비가 연무장에 들어섰다. 등에 자기 몸집만 한 봇짐을 메고 있었다. 그 속엔 옷가지와 생필품, 그리고 낭인 생활을 하며 번 전 재산이 들어 있었다.

연무장엔 단우영 외에도 무슨 일인가 싶어 찾아온 정근수 와 고진성, 적귀대 여럿이 모여 있었다.

제비는 반사적으로 봇짐을 보호하며 단우영에게 경계심 가 득한 눈초리를 던졌다.

"갑자기 왜 불러요? 설마, 이제 와서 나한테 준 돈이 아까 워진 거예요?"

"그런 게 아니다."

"그럼 왜 부른 건데요?"

"일단 봇짐을 내려놓아라."

"헷! 절대 싫어! 내가 미쳤다고 그래요?"

"이 녀석이 속고만 살았나? 누구도 네 봇짐은 건드리지 않는다. 내 이름을 걸고 약속하마."

"헹! 아저씨 이름이 무슨 가치가 있다고? 그냥 왜 불렀는지만 말해요. 어서 돌아가야 돼. 동료들 놓치면 안 된다고요."

단우영은 말없이 기세를 내뿜었다. 그게 너무나도 무서워 제비는 몸을 미미하게 떨었다. 어깨를 움츠린 그는 어쩔 수 없이 천천히 봇짐을 벗어 단우영의 옆에 내려놓았다. 그의 옆이 가장 안전한 장소였기 때문이다.

제비는 억지로 용기를 내어 단우영을 노려보았다.

"약속 지켜요. 이거 꼭 지켜야 돼요. 전 재산이 들어 있으니깐."

"알았다고 하지 않았느냐? 저쪽에 서서 활을 들어라."

단우영은 연무장 한편을 가리켰다. 이미 봇짐 외에도 활과 화살 역시 들고 있던 터라 제비는 그대로 단우영이 가리킨 곳으로 걸어갔다.

그의 세 걸음 옆에 선 단우영은 전면을 가리켰다.

"저기 뭐가 보이느냐?"

제비는 입을 삐죽 내밀었다.

"과녁이 있네요, 뭐."

"여기서 과녁까지의 거리는?"

"응? 지금 뭐하자는 거예요?"

"대답해 보아라."

"칫! 으음, 칠 장 여섯 자 정도요."

"대단하구나. 대번에 거리를 파악하다니, 그것도 아주 정확하게 말이다."

"헤헷. 그거야 기본이죠. 이게 뭐 힘든 거라고 그래요?"

칭찬에 기분 나쁠 사람은 없어 제비는 얼굴을 수줍게 붉히며 몸을 배배 꼬았다. 단우영은 정색을 하며 말했다.

"정중앙에 화살을 쏘아라."

흠칫한 제비는 주저하는 기색을 보였다.

"화살을? 아저씨, 이것도 다 돈이에요. 더구나 저런 단단한 과녁에 쏜 화살은 다시 못 쓴다고요."

"정 문주님이 준비해 둔 화살을 넉넉히 챙기지 않았더냐? 공짜로 말이다."

"그거야 뭐, 공짜인 경우가 별로 없으니까 챙긴 거지. 원래는 다 돈 주고 산단 말이에요."

"독한 놈이구만. 알았다. 잃은 만큼 다시 화살을 주마. 그러면 되겠지?"

"공짜로?"

"물론 공짜다."

"그렇다면야 뭐 괜찮죠. 히히."

제비는 치기 어린 웃음을 터뜨렸다. 오른손으로 활을 들고, 왼손으로 화살을 잡았다. 단우영은 그제야 한 가지 사실을 깨달았다.

"이제 보니 왼손잡이로구나."

고개를 설레설레 저은 제비는 양쪽 허벅지의 화살통을 가리켰다.

"아니에요. 양손잡이거든. 그때그때 맞춰서 이 손 저 손으로 쓰니까 이렇게 양쪽에 화살통을 차고 있는 거예요. 에헴."

"호오, 그래?"

"원래 왼손잡이였는데, 엄마가 왼손잡이는 안 좋다고 해서 오른손잡이로 바꾸려고 했어요. 그러다 보니 이렇게 됐어요. 근데, 헤헤, 사실 왼손이 더 편하긴 해요."

"그렇구나. 정중앙이다."

"알았어요."

제비는 화살을 시위에 걸었다. 겨냥한다고 시간을 허비하지 않고 바로 퉁겼다. 화살을 대기를 가로질러 과녁의 정중앙에 틀어박혔다.

제비는 어떠냐는 듯 득의양양한 표정으로 단우영을 바라보았다. 단우영은 바로 다음 지시를 내렸다.

"이번엔 세 치 위다."

"엥? 또요? 아저씨, 대체 뭐하자는 거예요?"

"시키는 대로 하기나 해라."

"쳇!"

속으로 뭐라 뭐라 구시렁거린 제비는 다시 화살을 쏘았다. 이번에도 정확히 정중앙에 꽂힌 화살의 세 치 위에 꽂혔다.

단우영의 지시는 계속되었다. 제비는 단 한 발도 실수하지 않고 단우영이 가리킨 곳을 정확히 맞췄다.

그렇게 열 발의 화살이 과녁이 꽂히자 단우영은 지시를 중단했다.

"짐작하긴 했다만, 실제로 확인하니 정말 놀랍구나."

제비는 귀엽게 콧대를 높였다.

"당연하죠. 내가 누구한테 활을 배웠는데?"

"누구에게 배웠지?"

"아빠요. 우리 아빠 활 되게 잘 쐈어요. 에헴."

뿌듯하게 웃고 있긴 한데 왠지 모르게 그 안에 슬픔 같은 것이 엿보였다. 무언가를 느낀 단우영은 나직이 물었다.

"죽었느냐?"

멈칫한 제비는 눈을 내리깔았다. 머쓱하게 머리를 긁적이며 억지로 웃었다. 애처로운 미소였다.

"사 년 전에요. 전장에서 돈 벌다가 엄마랑 같이 죽었어요."

"어미도 전장에서? 부모가 둘 다 낭인이었다고?"

"응. 나 태어나기 전부터 그랬대요. 태어난 후에도 계속했고. 엄마는 채찍을 썼는데, 나한테는 안 맞는다며 안 가르쳐 줬어요."

"그렇구나. 하면, 부모가 죽은 뒤부터 혼자 먹고산 거냐?"

"뭐 그렇죠. 처음엔 허드렛일 했는데 돈이 더럽게도 조금 들어오더라고요. 하루 한 끼 먹기도 힘들었어요. 그래서 그냥 이 년 전에 죽기 살기로 활 하나 들고 전장에 뛰어들었죠. 근데 통하더라고. 내 활이 통해요! 이제는 어른들이랑 똑같은 대우를 받고 있어요, 흠흠."

단우영은 큼지막한 손을 들어 제비의 머리를 부드럽게 쓰다듬었다. 무의식적으로 나온 행동이었는데, 제비는 그게 부담스러웠던 모양이다. 눈살을 찌푸리며 얼른 고개를 뒤로 빼내었다.

멋쩍어진 단우영은 슬그머니 화제를 바꾸었다.

"그러고 보니 성도 모르는구나. 성은 무어냐? 나이는 몇 살이지?"

"에이, 그런 거 없어요. 엄마, 아빠도 그런 것 없었고요. 나이는 새해가 밝은 지 이십 일이 지났으니까, 나도 이십 일 전에 열 살이 된 거죠 뭐."

단우영은 내색하진 않았지만 크게 경악했다. 외형은 열 살이긴 하나, 궁술 실력으로 보아 최소한 열두엇은 되었으리라 예상했다. 그런데 정말 열 살이었을 줄이야!

속마음을 숨긴 그는 나직이 입을 열었다.

"그래? 무슨 사연이 있나 보구나."

제비는 해맑게 웃으며 다부지게 말했다.

"헤헤, 뭐 사연 하나 없는 사람이 어디 있어요? 물어본 적도 없고, 궁금하지도 않아요. 나는 제비, 그냥 제비라고요."

"좋다. 제비야, 활 외에 다른 무기는 잡아 본 적 있느냐?"

"무기 운반하는 일할 때 칼이나 창 같은 건 들어 본 적 있어요. 그건 왜 물어요?"

"직접 사용해 본 적은 없고?"

"칫, 필요도 없는 걸 왜 써요? 난 활만 있으면 돼요. 활만 있으면 아무것도 안 무서워."

"그렇단 말이지."

말끝을 흐린 단우영은 어딘가로 걸어갔다. 그곳엔 해담권문의 문도들이 대련할 때 쓰는 연습용 무기들이 놓여 있었다. 그는 그중 이 척 삼 촌 길이의 검을 하나 뽑아 제비의 곁으로 돌아갔다.

"활과 화살통을 내려놓고 이걸 잡아라."

"아저씨! 아까부터 대체 뭐하자는 거예요? 검 같은 건 써 본 적 없다고 했잖아요?"

"지금 써 보면 될 게 아니냐?"

"내가 왜 그래야 하는데?"

"일단 해 보아라. 어서!"

단우영이 눈을 부라리자 또 한 번 겁먹은 제비는 투덜거리며 억지로 활과 화살통을 바닥에 내려놓았다. 두 손으로 검을 잡았다. 나이에 비해 팔 힘이 강해 검의 무게는 별것 아니었지만, 길이가 길다 보니 두 손으로 잡는 것이 더 편했다.

"이제 됐어요?"

제비는 신경질적으로 외쳤다. 그의 말을 무시한 단우영은 연무장 가장자리에 서 있는 부하 하나를 불렀다. 적귀대 사부 이조에 속한 이십 대 초반의 청년으로 이름은 부교검(腐咬劍) 한주(寒珠)였다.

지목을 받은 한주는 앞으로 나왔다. 단우영은 그와 제비에게 황당한 지시를 내렸다.

"서로 싸워라."

한주는 오늘 처음 검을 잡은 열 살짜리 꼬맹이와 싸우라는 말에 기가 막혔고, 제비는 복장이 뒤집어졌다. 그는 단우영에게 삿대질을 퍼부었다.

"아저씨! 미쳤어요? 밥 잘 먹고 미친 거야?"

그러나 단우영은 지극히 정상이었다. 그는 뒷걸음질 쳐 싸울 공간을 만들어 주며 머뭇거리고 있는 한주를 윽박질렀다.

"지금 뭐 하는 거지? 내 명령을 듣지 못했나?"

"아, 아닙니다!"

당황한 한주는 크게 부정했다. 서둘러 검을 뽑아 제비와 대치를 벌였다. 제비가 뭐라고 외치기도 전에 즉각 공격을 개시했다. 명령을 받았으니 최대한 빨리 끝을 볼 심산이었다.

코앞에 검이 짓쳐들자 기겁을 한 제비는 반사적으로 검을 들어 올리며 옆으로 빠르게 물러났다. 서너 걸음 이동한 그는 몸을 가누려고 했지만 마음처럼 쉽지 않았다. 태풍을 만난 것처럼 제멋대로 몸이 휘청거렸다.

"어, 어? 이거 왜 이래?"

그가 그러거나 말거나 한주는 재차 공격을 감행했다. 제비는 이를 앙다물었다. 균형을 잡지 못한 그 상태로 마주 검을 휘둘렀다.

커다란 쇳소리가 터졌다. 힘에서 밀린 제비는 뒤로 튕겨나 엉덩방아를 찧었지만, 용케도 검을 손에서 놓치지 않았다.

앉은 자세 그대로 제비는 한주를 노려보았다. 한주는 그를 바라보고 있지 않았다. 단우영을 향해 이런 한심한 싸움을 계속해야 하는 거냐며 불만을 던졌다.

한주의 그 오만한 태도가 제비의 호승심에 불을 질렀다. 독기를 품은 제비는 자리에서 벌떡 일어나 괴성을 지르며 한주를 덮쳤다. 한주는 살짝 옆으로 이동해 수월하게 제비의 검을 피했다. 제비는 다시 휘청거렸고, 한주는 그의 엉덩이를 걷어찼다. 어린아이에게 칼질을 내는 것은 꺼려졌기 때문이다.

이만하면 포기할 만도 한데 제비는 다시 몸을 일으켰다. 죽기 살기로 검을 휘둘렀다. 그러나 한 번 검을 휘두를 때마다 몸이 휘청거렸고, 바로잡는 데에는 어느 정도 시간이 걸렸다.

한주는 그것을 기다려 주지 않았다. 제비를 주먹으로 때리고 발로 걷어찼다.

삽시간에 제비의 몸 곳곳에 울긋불긋한 멍이 생겼다. 코와 입에서는 핏물이 흘렀다.

"제기랄!"

욕설을 퍼부은 제비는 재차 한주를 공격했다. 이번에 한주는 제비의 검을 피하지 않았다. 한 손으로 가볍게 검을 쳐낸 뒤, 주먹을 휘둘러 제비의 턱을 강타했다.

외마디 비명과 함께 허공에 떠오른 제비는 바닥에 대자로 드러누웠다. 그는 단우영을 노려보며 악을 질렀다.

"차라리 날 죽여!"

턱을 쓰다듬은 단우영은 무기 진열대 쪽으로 걸어갔다. 제비가 들고 있는 검과 동일한 무게와 길이를 가진 검을 하나 더 뽑아 제비의 앞에 던졌다.

"양손에 하나씩 들고 싸워라."

제비는 들고 있던 검마저 바닥에 내동댕이쳤다.

"안 한다니까, 씨발!"

단우영은 가볍게 제비의 말을 무시했다. 한주에게 단호한 명령을 내렸다.

"공격해라. 죽이지만 않으면 된다. 그리고 이 싸움의 승자에게는 은자 한 냥을 주겠다."

제비의 고개가 부러질 만큼 세차게 돌아갔다. 그는 입을 쩍 벌리고 있었다.

"하, 하, 한 냥? 은자 한 냥? 은자 한 냥이면 엽전으로, 에,

엽전으로…… 허걱! 이천 개잖아? 내 전 재산보다 훨씬 더 많아! 진짜 줘요? 이기면 주는 거예요?"

단우영은 즉시 고개를 끄덕였다.

"물론이다."

탐욕으로 눈에 불을 켠 제비는 침을 퉤! 뱉으며 자리에서 일어났다. 얼른 두 자루의 검을 양손에 하나씩 잡았다. 한주를 노려보며 사납게 으르렁거렸다.

"좋아! 해보자고!"

"헛, 참!"

가소롭다는 듯이 헛웃음을 터뜨린 한주는 검을 고쳐 잡았다. 죽이지만 않으면 된다는 명령을 받았으니, 이제부턴 칼집을 내줘도 될 것이었다. 은자 한 냥은 그의 두 달치 봉급이었다. 그로서도 절대 포기할 수 없는 액수였다.

먼저 공격한 것은 제비였다. 돈에 눈이 멀어 무턱대고 달려갔다. 한주는 매섭게 일검을 뿌렸다. 맞상대하려던 제비는 황급히 옆으로 물러났다. 힘에서는 상대가 안 된다는 것을 뒤늦게나마 자각했기 때문이다.

한주에게 등을 보인 제비는 휘청거렸다. 한주의 입가에 미소가 걸렸다. 좀 전과 동일한 상황이었다. 이제 제비의 허벅지에 칼집을 내주기만 하면 된다.

그는 얕은 상처만으로 끝내기 위해 힘 조절을 해 검을 휘둘렀다. 그때 휘청거리던 제비의 몸이 난데없이 한 바퀴 회전하며 검을 횡으로 그었다.

"헙!"

전혀 예상치 못한 반응이라 당황한 한주는 급히 뒷걸음질 쳤다. 당황한 것은 제비도 마찬가지였다. 그는 한주를 공격할 생각도 하지 못한 채 멍하니 입을 벌렸다.

"이게 뭐지? 잠깐, 그러니까! 아니, 아니, 아저씨! 잠깐만! 나 생각 좀 하게 잠깐! 씨발!"

한주는 제비에게 생각을 시간을 주지 않았다. 한순간이나마 열 살짜리 꼬맹이에게 헛바람을 집어삼킨 자신에게 화가 나 노기를 내뿜으며 공세를 퍼부었다.

제비는 정신없이 도망쳤다. 일단 검을 휘두르는 것은 포기하고 발놀림에만 집중했다. 좀 전에 느낀 이상한 감각을 다시 느끼기 위해서였다.

"그러니까 이걸 이렇게 하고, 이렇게 한 다음에, 이렇게, 이렇게."

그는 끊임없이 중얼거리며 생각하고 또 생각했다. 위태롭게 휘청거리며, 구경하는 사람들조차 가슴이 조마조마해질 만큼 아슬아슬하게 한주의 공격을 피하며 필사적으로 머리를 굴렸다.

점점 그의 움직임이 달라져 갔다. 균형조차 제대로 잡지 못하던 몸이 놀랍게도 서서히 빠르고 원활하게 변했다. 그러다 제비는 대소를 터뜨렸다.

"아하하! 이거야! 감 잡았어! 드디어 감 잡았다구!"

균형이 잡히자 무서울 것이 없어졌다. 호기 있게 쌍검을 챙챙 부딪친 제비는 더 이상 도망 다니지 않고 한주에게 돌격했다.

한주는 얼굴을 심각하게 굳혔다. 뭔가 이상함을 깨달아 전법을 바꾸기로 했다. 여태까지는 초식을 쓰지 않았지만, 지금부턴 주저 없이 쓰기로 말이다.

그는 적귀대가 공통적으로 익히고 있는 적마검법(赤魔劍法)을 전개했다. 그뿐 아니라 내력마저 한껏 끌어 올렸다.

적마검법은 변초를 배제하고, 오직 힘과 속도로 승부를 보는 실전에 최적화된 무공이었다. 거기에 내력마저 더해졌으니 실로 무지막지한 위력을 담고 있었다.

제비는 주눅 들지 않았다. 한주의 검이 반쯤 휘둘러졌을 때 민첩하게 대각선으로 이동했다. 반 바퀴 회전하며 한주의 옆구리에 검을 휘둘렀다.

한주는 검으로 그것을 쳐내려고 했다. 제비는 즉각 반대 방향으로 회전해 한주의 허벅지를 노렸다. 한주는 한 걸음 크게 물러났다.

제비는 튕기듯 한주에게 쏘아져 검을 곧게 찔렀다. 한주가 받아치려고 하자 얼른 검을 회수한 뒤, 반대쪽 손의 검을 찔렀다.

한주는 다시 물러났고, 제비는 악착같이 거리를 좁혔다. 정면승부는 무조건적으로 피하며, 이리저리 신속하게 몸을 놀려 집요하게 한주의 빈틈을 노렸다.

'이게 대체!'

한주는 기가 막혔다. 좀 전까지 몸의 균형조차 잡지 못하던 꼬맹이와 동일인이라는 것이 도저히 믿어지지 않았다. 귀신에 홀린 기분이었다.

하나 눈앞의 꼬맹이는 분명 사람이었다. 그게 그를 더욱 미치고 팔짝 뛰게 만들었다.

적마검법을 쓰고 있건만 그는 수세에 몰리고 있었다. 그뿐 아니라 두들겨 맞아 온몸이 아플 텐데도 불구하고 제비의 속도는 점점 빨라지고 있었다. 종내에는 눈으로 따라잡기조차 버거울 지경이 되었다. 두 손의 검을 자유자재로 놀리며 순간순간 드러나는 허점을 정교하게 노렸다.

'내가 밀리고 있다고? 오늘 처음 검을 잡아 본 이 꼬맹이에게 밀리고 있어? 말도 안 되는 일!'

"이야아압!"

세차게 도리질 쳐 현실을 부정한 한주는 괴성을 터뜨리며 전력을 다한 공격을 퍼부었다. 이미 단우영의 명령조차 잊은 상태였다. 그래서인지 그의 공격엔 제비를 죽이고야 말겠다는 살기가 물씬 담겨 있었다.

제비는 눈 한번 깜짝하지 않았다. 여전히 신이 날 대로 난 얼굴로 과감하게 마주 달려갔다. 몸을 비틀어 수직으로 내리꽂히는 한주의 검을 종이 한 장 차이로 아슬아슬하게 피했다. 그 즉시 한주의 품에 파고들어 허벅지에 오른손에 들린 검을 사정없이 꽂았다.

"크윽!"

허벅지에 큼지막한 구멍이 뚫린 한주는 신음을 터뜨렸다. 제비의 공격은 거기서 끝난 것이 아니었다. 그는 죽이지 않으면 죽는 세계에서 살아왔다. 본능적으로 상대를 끝장내기 위해 매섭게 몸을 회전해 왼손의 검으로 휘청거리는 한주의 목을 베어 갔다.

한주의 두 눈이 절망으로 물들었다. 그때 내력이 실린 고함이 연무장을 뒤덮었다.

"그마아안!"

뇌가 흔들릴 정도라 제비는 검을 휘두르다 말고 멈추었다. 고통으로 얼굴을 일그러뜨린 채 고함을 지른 단우영을 노려보았다.

단우영은 지극히 진지한 얼굴로 자신을 마주 바라보고 있었다. 그의 옆에 서 있는 유상은 넋이 나간 표정이었다.

그제야 제비는 장내가 쥐 죽은 듯이 조용하고 어색한 공기가 감돌고 있다는 것을 자각했다. 그는 슬그머니 주변을 돌아보았다. 장내에 있는 모든 이들이 숨조차 죽인 채 경악한 얼굴로 자신을 뚫어져라 쳐다보고 있었다.

제비는 머쓱하게 웃었다.

"헤헤, 이거 분위기가 왜 이래요? 거 참 뻘쭘하네."

그 말이 시발점이 되었다. 곳곳에서 탄성 섞인 숨소리가 새어 나왔다. 다들 기가 막히다 못해 어이가 없는 심정을 숨기지 못했다.

유상은 아직도 믿어지지 않는다는 듯 얼떨떨한 표정으로 단우영에게 물었다.

"이게…… 어떻게 된 일입니까? 단지 검을 한 개에서 두 개로 늘렸을 뿐이건만, 어찌 이리도 판이하게……."

단우영은 천천히 무기 진열대 쪽으로 걸어갔다.

"문제는 균형이었다. 한 손엔 활을, 다른 손엔 화살을 쥔 채 움직이는 것에 익숙해져 있다 보니 검 하나만 들고는 균형을 잡는 것이 어려웠던 거다."

"양손에 하나씩 무기를 드니 균형이 잡혔다는 겁니까?"

"그래, 전장에서 활약할 때의 감각을 되찾은 거지."

"이야! 그렇구나! 과연, 과연! 음음."

자신도 어떻게 몸의 균형을 잡았는지 정확히 몰랐던 터라 제비는 고개를 끄덕이며 즐거워했다. 그런 제비를 한번 째려봐 준 유상은 재차 단우영에게 물었다.

"하나, 아무리 그래도 산전수전 다 겪은 우리 적귀대가 오늘 처음 검을 잡아 본 열 살짜리 아이에게……."

단우영은 바닥에 주저앉은 채 얼이 빠져 있는 한주를 노려보았다.

"산전수전 다 겪은 것은 제비도 마찬가지다. 상대가 어린아이라고 판단해 방심했고, 그 어린아이가 예상외의 움직임을 보여 주자 당황한 것이 녀석의 패인이다."

따끔한 질책에 한주는 고개를 푹 숙였다. 입이 열 개라도 할 말이 없는 상황이었다.

왠지 미안해진 제비는 어색하게 머리를 긁적이며 안절부절못했다.

그 사이 단우영은 무기 진열대에 도착했다. 그는 이 척 길이의 가벼운 세검과 이 척 오 촌 길이의 무거운 박도를 집었다.

단우영은 세검과 박도를 제비의 앞에 던졌다.

"검을 버리고 그것을 들어라. 왼손으로 세검을 잡고, 오른손으로 박도를 잡아라."

제비는 손사래를 쳤다.

"아니, 아니, 아저씨! 나 지금 엄청 피곤해요. 두들겨 맞은 데다 계속 움직여서 이젠 진짜 손 하나 까딱할 힘도 없어."

"말할 힘이 있으면, 무기도 휘두를 수 있다."

"씨발! 이 아저씨 왜 이리 독해? 나한테 대체 바라는 게 뭐예요?"

단우영은 적귀대원 중 하나를 가리켰다. 작고 통통한 체구의 중년인으로 일부 삼조장인 추월검(趨月劍) 장무(壯務)였다.

장무는 내키지 않는 빛을 보였다.

"저더러 저 아이와 싸우라는 겁니까?"

일부는 적귀대 중 최강이었다. 더구나 장무는 일개 조원인 한주와 달리 아홉 명의 조원들을 이끌고 있는 입장이었다. 그러니 내키지 않는 것도 무리는 아니었다.

단우영은 차가운 일갈을 던졌다.

"너도 어린아이라고 방심하는 거냐?"

장무의 얼굴이 급속도로 굳어졌다. 그는 날카로운 안광을 내뿜으며 힘주어 외쳤다.

"아닙니다! 분명 죽이지만 않으면 되는 거였지요?"

"물론이다."

확답을 받은 장무는 팔을 몇 바퀴 돌려 근육을 풀며 천천히 연무장 중앙으로 걸어 나왔다. 당황한 제비는 단우영에게 투정을 부렸다.

"아저씨! 진짜 왜 이래요? 나 지쳤다니까. 왜 더 센 사람을 데려와? 응?"

"이번에도 이기면 은자 두 냥을 더 주겠다."

"……진짜로?"

단우영은 말없이 고개를 끄덕였다. 제비는 얼른 왼손엔 세검을, 오른손엔 박도를 잡았다. 눈앞에 은자 두 냥이 아른거려 도저히 웃음을 참을 수가 없었다.

"우히히, 대체 뭐 하는 아저씨기에 돈을 이렇게 펑펑 쓴대? 히히히힛."

냉막한 장무의 외침이 제비의 기분을 잡치게 만들었다.

"너는 그 돈을 받지 못한다."

제비는 혀를 날름 내밀었다. 세검과 박도를 이리저리 휘둘러 익숙해지려고 노력하며 얄밉게 말했다.

"받을 거네요, 뭐."

"차핫!"

말은 더 필요 없다고 생각했는지 장무는 기합을 터뜨리며 제비를 덮쳤다.

제비는 두 손을 내려다보았다. 세검과 박도가 햇살을 받아 반짝반짝 빛나고 있었다.

그는 저도 모르게 씨익 웃었다.

'이건 또 얼마나 재미있을까? 헤헷.'

단우영은 변태?

"맙소사! 어떻게 이런 일이?"

고진성은 탄성을 터뜨렸다. 옆에 있던 정근수도 혀를 내둘 렀다.

"그러게 말이오. 적귀대 조원을 쓰러뜨린 것도 믿어지지 않 거늘, 한술 더 떠 조장하고도 대등하게 싸우고 있다니!"

아닌 게 아니라 제비와 장무는 팽팽한 접전을 벌이고 있었 다. 한데 어우러져 쾌속하게 연무장을 누비며 신들린 듯 공격 과 방어를 주고받았다.

장무는 묵직하고 강맹한 공격을 뿌렸고, 제비는 작은 몸집 을 최대한 활용해 요리조리 피하며 빈틈을 노리는 전법을 구사했다.

벌써 한 식경이 흘렀건만 누구 한 사람 승기를 잡지 못했다. 오늘 처음 검을 잡은 열 살짜리 꼬맹이가 대 적귀대 조장을 상대로 한 식경 동안이나 접전을 펼치고 있는 것이다.

제비는 종전과 마찬가지로 정면승부는 극도로 피하고 있어 병장기 소리는 일절 터지지 않았다. 그저 무기가 바람을 가르는 날카로운 음향과 두 사람이 발하는 거친 숨소리만이 장내를 점령하고 있을 뿐이었다.

그래서인지 숨죽인 채 전투를 구경하던 장내의 모든 이들은 고진성과 정근수의 대화를 여과 없이 듣고 있었다.

정근수는 전투에서 눈을 떼지 않으며 옆에 있는 단우영에게 놀람을 던졌다.

"대체 어떤 마술을 부린 게요? 단지 무기를 쌍검에서 세검과 박도로 바꾸었을 뿐이건만, 움직임이 훨씬 더 빠르고 정교해졌지 않소?"

다들 미치도록 궁금한 사안이라 귀를 쫑긋 세웠다. 단우영은 나직이 대답했다.

"제비는 오른손으로 활을, 왼손으로 화살을 잡고 움직이는 게 제일 편하다고 했습니다."

"그게 어쨌다는 게요?"

"활과 화살 중 무거운 쪽은 전자입니다. 제비는 그렇게 무게가 불균형한 상태로 움직이는 것에 익숙해져 있는 상태입니다. 좀 전엔 거기까지 파악하지 못해 무게가 동일한 쌍검을 쥐게 했습니다. 뒤늦게 파악해 이번엔 활을 잡던 오른손으로 박도를, 화살을 잡던 왼손으로 세검을 잡게 한 겁니다."

"이런! 의도적으로 무게가 불균형한 상황을 만들어 주었다는 게요?"

"그렇습니다. 또한 적이 가까이 오면 활대로 후려치고, 화살로 찌르는 전법을 구사했겠지요. 그래서……."

뒷말은 고진성이 받았다. 그는 힘껏 손뼉을 쳤다.

"과연! 제비의 움직임이 이제야 이해되는군. 활대로 후려치듯 박도를 휘두르고, 화살로 찌르듯 세검을 찌르고 있어! 단우 대주는 제비가 활과 화살을 든 상태에 최적화되어 있다는 점에 주목해, 활과 화살을 박도와 세검으로 바꾼 거였군. 이제야 이해가 돼!"

"그게 다라고 생각하십니까?"

"응? 또 뭐가 있다는 게요?"

"가장 중요한 것이 있습니다."

"그게 뭐요?"

"정말 모르시는 겁니까?"

고진성과 정근수는 눈짓으로 의견을 주고받았다. 그러나 도무지 답을 찾을 수가 없었다. 보다 못한 유상이 대신 그들의 궁금증을 해결해 주었다.

"적귀대 일부의 조장은 아무나 할 수 있는 것이 아닙니다.

장무는 웬만한 군소방파의 문주와 맞먹는 실력자입니다. 그런 장무와 오늘 처음 검을 잡아 본 열 살짜리 소년이 대등하게 싸우고 있는 겁니다. 그 말인즉!"

"즉, 무어요?"

정근수의 채근에 한 번 호흡을 고른 유상은 지그시 현란하게 움직이고 있는 제비를 응시했다. 일순 그의 두 눈이 번쩍였다.

"저 아이가 천재라는 거지요. 이 정도 소름 끼치는 재능을 가진 아이는 단연코 본 적이 없습니다."

고진성과 정근수는 꿀꺽 마른 침을 삼켰다. 유상, 아니 단우영이 인정할 정도의 천재라면 그 그릇이 어느 정도인지 감조차 잡히지 않을 정도였다.

그들의 눈빛이 놀라움에서 탐욕으로 물들어갔다. 그것을 아는지 모르는지 유상은 단우영에게 넌지시 물었다.

"언제 저 아이의 재능을 알아보신 겁니까?"

단우영은 툭 내뱉었다.

"처음 만났을 때부터다. 그땐 정확히 몰랐다. 왜 계속 저 아이가 마음에 걸리는지 알 수가 없었지."

"그것을 확인하기 위해 데려오라고 하신 거군요."

"그래, 그리고 내 예상은 적중했다. 아니 훨씬 뛰어넘고 있어. 호승심과 투지, 끈기와 집념, 비정함마저 갖추었다. 으음, 이대로라면 둘 다 죽겠군."

흠칫한 유상은 얼른 전장을 살폈다. 제비와 장무 모두 숨이 턱 끝까지 차올라 고통으로 얼굴이 한없이 일그러져 있었다. 더구나 전신에서 핏물이 줄줄 흘렀다. 그런데도 불구하고 그들은 뭐에 홀린 것처럼 공격을 멈추지 않았다.

결심을 굳힌 단우영은 유상에서 명령을 내렸다.

"직접 부하 열 명을 이끌고 가라. 이미 스스로는 멈출 수 없는 단계다. 둘 다 잃을 수는 없다!"

"예!"

힘차게 머리를 조아린 유상은 연무장으로 접근하며 멀찍이 서 있는 일부 일조를 불렀다. 적귀대 내에서 그들이 가장 강한 조였다. 아무런 피해 없이 전투를 막으려면 저들을 쓰는 것이 좋았다.

유상과 일부 일조 열 명은 슬금슬금 제비와 장무 쪽으로 다가갔다. 그러다 기회를 포착하고 두 패로 나뉘어 신속하게 끼어들었다. 그들은 우르르 제비와 장무를 덮쳤고, 그것으로 전투는 종료되었다. 아니, 아직 종료되지 않았다.

"이것 놔! 아직 더 싸울 수 있어! 조금만 더 하면 저 애새끼를 박살낼 수 있단 말이다!"

동료들의 무리 속에 파묻힌 장무는 악다구니를 쓰며 몸을 바동거렸다. 제비 역시 마찬가지였다.

"왜 이러는 거야? 내가 이긴다니까! 저 뚱뚱이 별것 아냐! 내가 이겨! 놔! 놓으라고, 씨발!"

두 사람은 서로에게 삿대질을 퍼부으며 어린애처럼 치졸한 말싸움까지 벌였다. 제비는 어린애가 맞으니 그렇다고 쳐도, 적귀대 내에서 제법 근엄한 사람으로 알려진 삼십 대 초반의 장무마저 이럴 줄은 몰라 다들 난처한 기색을 보였다.

유상은 결단을 내렸다. 그는 발버둥 치는 제비의 수혈을 짚었다. 제비는 깊은 잠에 빠졌고, 장무도 수혈을 짚여 눈을 감았다.

장무는 한주와 함께 치료를 받기 위해 적귀대가 머물고 있는 숙소로 옮겨졌다. 제비도 단우영의 처소로 옮겨졌다. 그가 눈을 뜬 것은 다음 날 새벽녘이었다.

"으윽! 아야야!"

전신이 쑤시고 아파 제비는 신음을 터뜨렸다. 온몸이 붕대로 친친 감겨있는 데다 장소가 낯설어 그는 이리저리 두리번거렸다.

"일어났구나."

흠칫한 제비는 어느 한 쪽을 바라보았다. 탁자에 불이 밝혀져 있고, 단우영이 의자에 앉아 책을 펼치고 있었다.

"여기 어디예요? 그 뚱뚱이 아저씨 어디 있어요? 왜 말려! 내가 이긴다니깐!"

아직도 분이 풀리지 않는지 그는 씩씩거렸다. 헛웃음을 터뜨리며 고개를 설레설레 저은 단우영은 책을 덮고는 자리에서 일어났다. 제비가 앉아 있는 침상으로 다가가며 부드러운 어조로 말했다.

"그렇게 분하면 다음에 다시 싸우도록 해라. 그러면 되겠지?"

"그야, 뭐…… 아니, 아니, 지금 몇 시예요? 여기는 또 어디고? 나 가야 돼요. 동료들 놓치면 어쩌라고? 돈 줘요, 어서. 은자 한 냥에다가, 두 냥은…… 그, 그건 나중에 그 아저씨 박살내고 받을게요. 그러면 되죠? 응?"

동료들을 놓치면 이 드넓은 천하에서 진짜 혼자가 되고 만다. 부모를 잃은 그에게 있어 동고동락해 온 동료들은 유일한 버팀목이었다.

초조해진 제비는 억지로 침상 밖으로 나가려고 했다. 단우영은 그의 어깨를 힘으로 누르며 타일렀다.

"이미 떠났다. 당분간 사전(司前) 쪽에 머물며 일거리를 찾아보겠다고 하더구나."

"우화! 너무하네! 그 조금을 못 기다리고 나만 버리고 떠나? 사전이라고요? 헹! 당장 달려가 주지! 이것 놔요! 어서요!"

"그것으로 충분한 거냐?"

제비는 고개를 갸웃했다. 단우영의 말투와 얼굴이 너무나도 진지했기 때문이다. 그는 더듬거리며 물었다.

"왜, 왜 그래요? 왜 가, 갑자기 무게를 잡아?"

"오늘, 아니 어제 어땠느냐? 어떤 기분이 들더냐?"

"그야…… 뭐……."

제비는 말끝을 흐리며 애꿎은 손톱을 톡톡 두들겼다. 침상에 엉덩이를 걸쳐 제비와 마주 보고 앉은 단우영은 여전히 진지한 어조로 말했다.

"좋더냐, 싫더냐, 그것만 말해 보아라."

"좋았죠 뭐. 헤헤, 막 날아갈 것 같더라구. 몸이 이렇게, 이렇게 신기할 정도로 막 움직이는데 이야, 나 진짜, 진짜, 아우우!"

제비는 흥분을 주체할 수 없어 주먹을 부르르 떨었다. 짜릿한 희열이 전신을 가득 메우고 있었다.

단우영은 힘주어 말했다.

"너는 겨우 맛만 본 거다. 나는 그보다 몇 배, 몇십 배, 몇백 배 더 짜릿한 세상을 알고 있다."

"며, 며, 몇백 배라고요? 그 쾌감보다 몇백 배나 더?"

"물론이다. 이건 절대 거짓말이 아니다."

"말도 안 돼! 어떤, 어떤…… 세상인데요?"

"낭인들에게로 돌아가면 절대 알 수 없다는 것 하나는 확실하지."

"어, 어이, 어이, 아저씨! 지금 그게 무슨……?"

"사내대장부로 태어나 영원히 밑바닥 인생을 살고 싶은 거냐? 그렇게 평범하게 늙어 가고 싶은 거냐?"

"……."

"남자로 태어난 이상 야망을 품어야 한다. 더 높은 곳을 향해 도전해야 마땅하다! 그게 남자다!"

"······나더러 어쩌라는 거예요?"

"너는 어른 대접을 받고 있으니, 선택도 너 스스로 해라. 낭인이라는 삶 속에 안주하며 그저 그렇게 살아갈 것인지, 아니면! 지금 삶보다 몇백 배 더 위험하고, 몇백 배 더 짜릿한 세계로 한 걸음 내디딜 것인지!"

제비는 입이 바짝바짝 말라 연신 혀로 입술을 훔쳤다. 눈알을 이리저리 굴리며 안절부절못했다. 그러다 실눈으로 단우영을 응시하며 슬그머니 물었다.

"지금, 나 꾀는 거예요?"

단우영은 부정하지 않았다.

"동료들에게 돌아간다면 막지 않겠다. 하나 내 곁에 남는다면! 네가 결심을 굳힌다면! 나는 네게 날개를 달아 주겠다. 그 누구보다 눈부시고 휘황찬란한 순백의 날개를 달아 드넓은 창공을 마음껏 누비도록, 만천하에 네 이름을 떨치도록 만들어 주겠다!"

"날개······? 내 이름이 만천하에······? 나 같은 촌놈의 이름이? 진짜로? 그게, 그게 가능한 거예요?"

"가능하지 않다면 말을 꺼내지도 않았을 거다. 너에게 가능성이 있기에 이런 제안을 하고 있는 거야."

"으으, 아우으!"

"생각만 해도 피가 끓어오르지 않느냐? 더없이 짜릿해지지 않느냐?"

"응! 응! 맞아요! 막 부글거려! 온몸이 부글부글거려요!"

"그게 야망이라는 거다! 너도 남자라는 거야!"

"으하하하!"

제비는 엉덩이를 들썩이며 주체할 수 없는 쾌감에 어쩔 줄 몰라 했다. 그때 무슨 생각이 들었는지 그는 흥분을 가라앉히며 단우영의 눈치를 살폈다.

"그러면 저기…… 헤헤, 돈은 얼마나 주는데요?"

"이 자식이!"

단우영은 버럭 성을 내며 주먹을 들어 올렸다. 제비는 급히 두 손을 들어 올려 일단 들어 보라고 단우영을 달래었다. 그리고는 얼른 변명을 시작했다.

"아니, 아니, 이런 건 확실히 해 둬야 한다고요. 날개를 달든, 이름을 떨치든 일단 먹고 살아야지. 아, 안 그래요?"

"후우, 적귀대의 봉급은 한 달에 은자 다섯 푼이다."

말이 끝나기 무섭게 제비의 입이 쩌억 벌어졌다. 그는 자신의 목소리가 떨리고 있다는 것도 자각하지 못한 채 단우영을 채근했다.

"그, 그러니까, 그러니까 아무 일도 안 하고 빈둥거리기만 해도 달마다 은자 다섯 푼, 엽전 천 개를 준다고요? 달마다 엽전 천 개를 받아요? 그래요?"

"물론이다."

제비는 잽싸게 두 손으로 단우영의 손을 잡았다.

"할게요! 무조건 할게요! 하겠습니다! 엽전 천 개! 엽전 천 개!"

더없이 초롱초롱한 제비의 눈망울을 응시하던 단우영은 힘없이 어깨를 축 늘어뜨렸다. 제비가 잠든 동안 설득할 말을 생각한다고 머리를 쥐어뜯었건만, 결국 제비의 마음을 움직인 것은 그의 열변이 아니라 돈이었다. 정말이지 허탈한 한숨밖에는 나오지 않았다.

그래도 일단 목적을 달성했으니 단우영은 좋게좋게 생각하기로 했다. 그는 두 손으로 제비의 손을 굳건히 잡았다.

"약속한 거다!"

제비는 힘차게 고개를 끄덕였다.

"옙! 아, 그런데 아저씨, 동료들이랑 작별 인사도 못 했는데……."

"걱정하지 마라. 인연이 있다면 다시 만나게 될 거다."

"뭐, 그렇긴 하네요, 헤헷. 아무튼 아저씨, 앞으로……."

"아저씨가 아니다."

"엥? 그러면 뭐라고 불러요?"

"사부님이라고 불러라."

"어라? 난 사부 같은 거 없는데?"

"지금 생겼다. 이렇게 네 앞에 있다. 네가 중간에 포기하지만 않는다면, 나는 언제나 네 곁에 머물며 너를 더 높은 곳으로, 저 하늘 끝까지 날아오르도록 전심전력을 다해 도울 것이다."

너무도 듬직하고, 한편으론 부담스러워 제비는 몸을 배배 꼬았다. 그러다 얼굴을 굳히며 눈에 힘을 주었다. 당돌하게 외쳤다.

"나 포기 같은 것 안 해요. 돈도 엄청 벌고, 이름도 떨칠 수 있다는데 내가 왜 포기를 해?"

"그 마음을 잊지 마라."

"옙! 절대 안 잊을게요, 아저씨. 아니, 사, 사, 사사, 사부, 사부님!"

"후후, 그래."

단우영은 온화하게 웃으며 제비의 머리를 부드럽게 쓰다듬었다. 이번에 제비는 단우영의 손길을 피하지 않았다. 그는 크고 따뜻한 단우영의 손을 통해 느껴지는 안도감에 몸을 맡겼다.

다음 날 아침이 되자 제비는 그런대로 몸을 움직일 수 있게 되었다. 단우영은 제비를 데리고 무이산을 내려가 대장간에 들렀다. 제비의 손에 맞는 무기를 찾기 위해서였다.

성장하며 무기의 크기와 무게를 조금씩 바꾸어 줘야 하니 지금은 그리 좋은 무기는 필요 없었다. 단우영은 제비의 성장이 끝나고 나면 단우세가의 자금과 인력을 총동원해 최고의 무기를 찾아 줄 작정이었다.

제비는 세검과 박도의 매력에 흠뻑 빠진 상태였다. 단우영도 그게 좋다고 판단했다. 그래서 제비는 무게 두 근에 길이 일 척 오 촌짜리 세검과 무게 다섯 근에 길이 이 척의 박도를 구입했다. 강철로 만든 여섯 근짜리 활도 샀다. 제비는 목궁을 원했지만, 단우영이 고집을 부렸다.

해담권문으로 돌아가며 제비는 어깨에 메고 있는 활을 신경질적으로 때렸다.

"목궁이 좋다고 했잖아요? 그런데 왜 철궁을 쓰라는 거예요?"

"나는 네가 궁술을 포기하길 바랐다. 하나 포기할 수 없다고 고집을 부린 것은 너였어."

"쳇, 그건 안 된다고 했잖아요? 아빠가 가르쳐 준 거란 말이야."

"그러니까 내가 양보한 거다."

"왜 철궁이냐고요?"

"너는 앞으로 내공을 배우게 된다. 내력이 담긴 힘을 목궁은 버텨내지 못해. 몇 번 쓰지도 못하고 부러질 거다. 더구나 철궁은 근력 강화에도 도움이 되지."

"헤, 그런가? 알았어요, 뭐. 힘 기른다고 생각할게요."

"그래."

그 후에도 두 사제는 간간이 대화를 주고받으며 해담권문으로 향했다.

한주와 장무에게 당한 제비의 상처가 모두 아문 것은 이틀 후였다. 좋은 약을 쓴 덕분이었다.

단우영은 일단 제비에게 목욕을 하도록 시켰다. 욕탕에 뜨거운 물을 가득 받아 놓고 제비를 밀어 넣었다.

넓은 욕탕을 독차지한 제비는 신이 나서 뜨거운 물 속에 몸을 던졌다. 물장구를 치며 재미있게 놀았다.

그렇게 즐기고 있는데 갑자기 단우영이 욕탕 안으로 들어왔다. 벌거벗은 단우영의 잘 단련된 근육을 감상하던 제비는 음흉하게 웃었다.

"사부도 목욕하려고요?"

"그래."

단우영은 찬물 한 바가지를 퍼서 전신에 끼얹었다. 그것으로 끝이었다. 제자리에 우뚝 선 그는 확인 차원에서 물었다.

"몸은 깨끗이 씻었느냐?"

"응. 헤헤, 이 땟물 좀 봐요. 묵은 때 전부 다 벗겼어."

"잘했다. 밖으로 나오너라."

"엥? 지금 기분 되게 좋은데? 나가기 싫어요."

"나와."

"칫!"

제비는 투덜거리며 욕조 밖으로 나왔다. 단우영은 손가락으로 바닥을 가리켰다.

"가부좌를 틀고 앉아라."

멈칫한 제비는 급히 두 손으로 몸을 가리며 뒷걸음질 쳤다.

"앉아? 사, 사, 사부, 사부 혹시…… 벼벼, 벼벼변, 변태는
아니……죠?"

"뜬금없이 무슨 헛소리냐?"

"아니, 아니! 봐요! 앉으면, 내 얼굴이 사부 거시기랑 높이가
같아지잖아? 그러니까!"

"이 자식을 그냥 확!"

"갑자기 앉으라는데 누가 겁을 안 내? 상황이 그렇잖아?
어?"

땅이 꺼질 듯한 한숨을 내뱉은 단우영은 바닥에 엉덩이를
깔고 앉았다.

"이러면 되겠지?"

"뭐, 그러면 되죠. 헤헤."

슬금슬금 단우영에게 다가간 제비는 천천히 바닥에 단우영
과 마주 보고 앉았다. 그 상태로 잠시 동안 어색한 침묵이 흘
렀다.

"거시기 조금 뻘쭘한데요."

제비는 머리를 긁적이며 배시시 웃었다. 그와 달리 단우영
의 표정은 지극히 진지했다. 그는 손을 들어 제비의 하복부로
뻗었다.

반응은 폭발적이었다. 화들짝 놀란 제비는 앉은 상태 그대로 정신없이 뒤로 물러났다. 그는 단우영에게 삿대질을 퍼부었다.

"이 인간이 드디어 본색을 드러내는구나! 본색을 드러내! 처음 얻은 사부가 하필이면 이런 변태라니! 아우, 내 팔자야!"

"단전을 확인하려는 거다."

"단전? 내공이 쌓인다는 곳이요? 거길 왜 확인하는데요?"

"해야 하니까. 가까이 와라. 그리고 한 번만 더 변태니 어쩌니 하면 맞는다."

"진짜죠? 진짜로 내 거시기가 아니라 단전 만지려는 거죠?"

단우영은 화를 무던히도 억누르며 살짝 고개를 끄덕였다.

제비는 못 이기는 척 느릿하게 단우영에게 다가갔다. 단우영은 다시 손을 뻗었다. 꿀꺽 마른침을 삼킨 제비는 두 눈을 감았다. 주먹을 꾹 쥔 채 전신을 미미하게 떨었다.

다행히 단우영은 그의 거시기가 아니라 단전에 손을 밀착했다. 제비는 안도의 한숨을 내쉬며 긴장을 풀었다. 단우영은 눈을 감고 손에 정신을 집중했다.

잠시 후 단우영은 눈을 떴다.

"미약하지만 내력이 느껴지는구나."

제비는 깜짝 놀랐다.

"엥? 내력? 나한테 그런 게 있어요?"

"그래. 뭐 배운 거 없느냐? 잘 생각해 보아라."

"내공 같은 건 안 배웠는데? 아! 단장이 몸에 좋은 호흡법이라며 단원들 모두에게 하나 가르쳐 주긴 했어요. 그게 다예요."

"호흡법이라, 이름은?"

"일기공(一氣功)인가 뭔가라고 했어요. 이게 내공이에요?"

"일기공, 과연 그렇군. 몸을 만드는 기초적인 공부 중 하나지. 심법이라기보다는 네 말대로 호흡법에 더 가깝다."

"헤, 그렇구나."

정색을 한 단우영은 두 눈을 진지하게 빛내었다. 목소리마저 무게를 담았다.

"두 발을 꼬아 발바닥을 반대편 허벅지 위에 올려라. 두 발바닥은 하늘을 보아야 한다. 허리를 곧게 펴라. 정면에서 세 치만큼 고개를 들고, 손바닥은 하늘을 보이게. 물을 담듯 손을 오므려 오른손을 위로, 왼손을 아래로 해서 포개라. 그것을 이곳, 단전 아랫부분에 가볍게 갖다 대어라."

제비는 영문을 몰랐지만 순순히 시키는 대로 했다. 단우영은 다음 지시를 내렸다.

"눈을 감아라. 조금 아플 거다. 절대 입을 벌려서도, 정신을 흩트려서도 안 된다. 이건 아주 중요한 일이다."

지금부터 무언가 중요한 일이 벌어진다는 것을 깨달은 제비는 말없이 고개를 끄덕이며 단호한 의지를 드러내었다.

흡족한 미소를 머금은 단우영은 제비의 단전에 대고 있는 손에 힘을 주며 외쳤다.

"시작한다! 눈을 감아라! 정신을 집중해!"

제비는 얼른 눈을 감았고, 단우영은 제비의 몸속으로 내력을 흘려 넣었다.

그와 동시에 제비의 몸이 번개에 맞은 것처럼 찌릿찌릿 요동쳤다. 얼굴은 고통으로 일그러졌고, 굵은 땀방울이 송골송골 맺혔다. 그러나 제비는 절대 입을 열지 않았고, 정신을 흩트리지도 않았다. 죽을힘을 다해 버텼다.

단우영은 내력을 거둔 것은 한 식경 후였다. 그가 손을 떼자 제비는 바로 추욱 늘어졌다.

"아우, 죽는 줄 알았네. 끝났어요? 끝난 거예요?"

"그래, 끝났다. 잘 버텼어."

"헤헷, 내가 참는 것 하난 기똥차게 잘하거든. 근데 이거 뭐 한 거예요? 몸이 막 가렵고 뜨거워. 그리고, 에, 그리고……."

"날아갈 것처럼 가볍지?"

"아! 맞아요! 진짜 그래! 신기하네."

"강제로 내력을 일주천시켜 몸속의 불순물을 제거하고, 일기공으로 쌓은 기운도 말끔하게 없앴다. 그릇을 만든 거다. 그렇게 알고 있어라."

"그릇이요? 아무튼 잘된 거예요?"

"그래. 이제부터 너는 천공심법(天空心法)을 배우게 된다. 우리 단우세가의 비전절예로 직계자손들과 적전제자들만 익힐 수 있는 최강의 심법이다."

"최강이라면 무조건 찬성이죠! 배울래요. 으하하!"

"천공심법을 배우기에 앞서 몇 가지 명심해 두어야 할 것이 있다."

"뭔데요?"

"천공심법은 극양의 기운을 담고 있다. 밤보다 낮, 실내보다 실외, 태양 빛을 받으며 수련해야 더 효과적이다. 또한 가급적이면 이렇게 몸을 청결히 한 후에, 피부에 달라붙은 불순물들을 모두 제거한 후에 수련하는 것이 좋다."

"아아, 그래서 목욕하라고 한 거구나."

"그렇지. 그리고 내공의 크기를 측정하는 단위는 두(豆)다."

"두? 콩 말하는 거예요?"

"맞다. 내공의 양이 콩 하나만큼 커지면 일 두, 열 개만큼 커지면 십 두, 이런 식이다. 물론 내공의 양이 싸움의 승패를 결정짓는 절대적인 요소는 아니다. 네가 한주를 이긴 것처럼, 내공이 적은 자가 더 많은 자를 쓰러뜨리는 일도 비일비재하니까. 하나, 내공의 양이 강함을 측정하는 아주 중요한 요소라는 것은 무시 못 할 사실이다."

"그렇구나. 두라니, 희한하네. 헤헷. 그러면 사부는 몇 두예요?"

제비는 민감한 부분을 직설적으로 건드렸다. 단우영은 난

처해하는 대신 솔직하게 대답했다.

"나는 십팔 두다. 평균적으로 십오 두 이상이면 일류고수라고 할 수 있다. 이십오 두 이상은 절정고수이며, 사십 두를 넘어가면 존재 자체가 사기지."

"후와, 사부같이 엄청 센 사람이 십팔 두인데, 사십 두? 도저히 상상이 안 되는데요? 가만, 그러면 최고는 몇 두예요?"

"최고는 없다. 노력만 하면 내공은 무한히 쌓을 수 있거든. 그래서 이 세계가 짜릿하다는 거다."

"우으, 아우우! 또 피가 끓어올라요. 막 끓어올라!"

"하하하, 좋은 현상이다. 위를 보아라. 현재에 안주하지 말고 끝없이 위를 올려다보는 거다! 사십 두, 삼황(三皇)을 넘어 그 이상을 노려 봐! 남자라면 응당 그 정도 포부는 있어야 해!"

"옙! 에? 삼황? 설마, 존재 자체가 사기인 사람들이 실존하고 있는 거예요? 그래요?"

"물론이다. 그들은 전 강호의 존경을 받고 있다. 강호인 중 그들의 이름을 모르는 자는 아무도 없지. 그들은 만천하에 자신의 이름을 떨치고 있어!"

제비는 손을 번쩍 들며 다부지게 천명했다.

"목표 결정! 사십 두를 노리겠습니다! 삼황보다 더 유명해지겠습니다!"

단우영은 무릎을 쳤다.

"좋다! 시작하자! 기본 호흡법은 하나, 둘, 셋, 넷, 짧게 네 번 들이마시고, 하나, 짧고 강하게 한 번 내쉬는 거다."

"짧게 네 번, 세게 한 번, 좋아요. 기억했어요."

"무슨 일이든 시작이 힘든 법이다. 천공심법은 난해한 무학이기에 더욱 그렇다. 그래서 당분간은 내가 내력을 사용해 너를 도와줄 거다."

"에헤헤, 그러면 고맙죠."

수줍게 볼을 붉히는 제비의 모습이 귀여워 피식 웃은 단우영은 설명을 재개했다.

"정신을 집중해 호흡을 계속해라. 나는 내력을 사용해 네가 호흡을 통해 몸속으로 받아들인 기운을 단전으로 유도하겠다. 타인의 내력은 네 몸속에 영원히 남아 있지 않는다. 일정 시간이 지나면 소멸하지. 그러니 내가 주입한 내력은 사라질 것이지만, 네가 호흡을 통해 받아들인 기운은 사라지지 않고 단전으로 모여 서서히 응집되어 갈 거다. 그렇게 내공이 생성되면 첫 고비는 넘긴 거다."

"그러니까 나는 호흡만 신경 쓰면 되는 거네?"

"아니, 그건 아니다."

"그러면요?"

"호흡을 하며 몸속으로 받아들인 기운이 어떤 혈도들을 타고 단전으로 흘러 들어가는지 기억해야 한다. 내 도움 없이 너 스스로 할 수 있을 정도가 되어야 해. 이건 아주 중요하다.

반드시 그 혈도들을 사용해 몸속으로 받아들인 기운을 단전
으로 보내야 하니까."

"그…… 외워야 하는 혈도들이 많아요? 외우는 거는 좀 자
신 없는데……."

"괜찮다. 시간을 두고 천천히 외워 나가면 돼."

"다행이네. 그러면 그게 다예요? 그것만 하면 강해질 수 있
어요?"

"당연히 아니지. 단전에 내공이 생성되면 다음 단계로 넘어
갈 거다."

"다음 단계는 뭔데요?"

"몸의 혈도를 뚫어 신체능력을 향상시키고 내공을 더욱 키
워야지. 이 부분은 내가 내력을 사용해 도와줄 수 없다. 너 스
스로의 힘으로 혈도들을 뚫어야 내공이 증진되거든. 시작은
단전이다. 어느 혈도부터 뚫어야 하는지 손가락으로 하나씩
짚어 줄 거다. 이 혈도로는 어느 정도의 양과 속도로 내력을
흘려보내야 하는지, 다음 혈도로는 어느 정도의 양과 속도로
내력을 흘려보내야 하는지도 세세하게 가르쳐 주겠다. 그것
들도 모두 기억해야 한다."

"그러니까, 에, 호흡으로 받아들인 기운이 어떤 혈도를 타
고 단전으로 흘러 들어가는지 기억하고, 단전에서 출발한 기
운이 또 어떤 혈도들로 이동하는지 기억한다. 양과 속도도 기
억해야 하고. 맞아요?"

"맞다."

"씨발, 외울 게 더럽게 많잖아? 그걸 어떻게 다 외워?"

"앞서 말한 대로 한 번에 다 외울 필요는 없다. 조금씩 가능한 만큼만 외워 나가면 돼. 네가 전부 다 기억할 때까지 시간을 두고 계속해서 가르칠 거니까."

"후우, 알았어요. 한번 해 볼게요."

"구결도 외워야 한다. 단순히 외우는 데서 그치지 않고 이해를 해야 해. 구결이란 함축적 의미를 담고 있어 해석에 따라 다양한 결과를 만들어낸다. 당분간은 내가 해석한 방식으로 가르칠 것이지만, 화후가 어느 정도 되면 그때부턴 너 스스로 구결을 해석해 너만의 방식을 만들어 내는 것이 좋다. 아니, 그렇게 해야만 한다."

제비는 난처한 얼굴로 머리를 긁적였다.

"구결도? 그런데 난 글도 모르는데? 해석 같은 힘든 일을 어떻게 한데요?"

기가 막힌 단우영은 제비를 구박했다.

"글을 몰라? 한 자도 모르는 거냐?"

"뭐, 헤헤, 낭인이 글을 배워 어디다 써먹어?"

"이런, 고생하겠구만."

"그냥 구결 안 배우고 사부가 가르쳐 주면 안 돼요?"

"저 높은 하늘로 날아가고 싶지 않은 거냐? 삼황보다 더 높은 곳으로, 끝없이 올라가고 싶지 않느냐?"

"올라가고 싶어요! 당연히 올라가고 싶죠!"

"그러면 글을 배워야 한다. 구결을 해석하기 위해서라도 반드시 배워야 해!"

"아이, 큰일 났네. 난 글자만 보면 눈이 감기는데……."

"걱정 마라. 두들겨 패서라도 깨워 줄 테니까."

"에휴우……."

선택의 갈림길

제비가 내공 수련을 시작한 지 이틀이 흘렀다.

정오 무렵, 정검회의 사자가 해담권문에 도착했다. 그는 단우영, 정근수, 고진성을 한 사람씩 만나 정검회의 결정을 알렸다.

단우영은 유상을 불렀다. 유상은 궁금증을 드러내었다.

"오다 보니 고 방주의 안색이 밝아졌더군요. 홍검방을 재건해 주기로 한 겁니까?"

"그런 모양이다."

"다행이군요. 우리는 앞으로 어떻게 하라고 하던가요?"

"흑사방의 음모를 밝혀내라더군. 손대는 이번 일에서 손을 떼고 용호문으로 돌아간 상태라고 한다. 여기서 잃은 머릿수를 보충하기 위해 노력 중이라는군. 당분간 용호문은 어수선하겠지. 그 틈을 노려 손대를 납치한다."

유상은 헛바람을 집어삼켰다.

"헙! 우리더러 강서무림으로 들어가라는 겁니까?"

"그래."

"지원군은 얼마나 준다고 했습니까?"

"없다. 전면전이 아니라 손대 한 명 납치하는 일이니 소수정예가 더 나아."

"그렇긴 합니다만, 그래도 흑사방의 영역인 강서무림으로 들어가는 건데……."

"이미 결정은 내려졌다. 일부를 데려가겠다. 셋이 죽고, 다섯이 부상을 입었지. 머릿수를 오십으로 맞출 테니 그 다섯을 이부로 옮기고, 이부의 여덟 명을 일부로 옮겨라."

"예."

"너는 이삼사부와 함께 이곳에 남아라. 공석이 서른여덟 개나 생겼다. 세가에 연락해 두었으니 곧 새로운 대원들이 이곳으로 올 거다. 흑사방이 다른 방파를 내세워 다시 이곳을 공략할 가능성이 높다. 이삼사부, 해담권문, 모자라면 근처 방파들까지 불러 모아 반드시 이곳을 지켜라."

"알겠습니다. 바로 준비하겠습니다."

"그러도록."

문 쪽으로 걸어가던 유상은 무슨 생각이 들었는지 몸을 돌렸다.

"하면, 제비는 어떻게 하실 생각입니까? 대주님께서 처음으로 얻은 제자이자, 본 세가의 귀중한 미래 중 하나입니다. 가급적이면 안전한 세가로 보내는……."

단우영은 단호하게 손을 저었다.

"나와 함께 간다. 강하게 키워야지."

"그러시다면야, 알겠습니다."

고개를 꾸벅인 유상은 문밖으로 사라졌다. 단우영은 의자에 몸을 묻고 고뇌에 잠겼다. 앞으로 적지에 뛰어들어야 하니 계획을 철저하게 세워 두어야 했다.

시간은 빠르게 흘러 밤이 되었다. 단우영은 적귀대 일부 오십 명과 제비를 데리고 해담권문을 나섰다. 모두 검붉은 옷을 벗고 평범한 마의로 갈아입은 상태였다.

오십 명이 함께 이동하는 것은 위험해 조별로 뿔뿔이 흩어졌다. 그들은 이 주일 후 용호산 하부의 망가구(妄家口)에서 집결하기로 약속했다.

단우영은 제비와 일부장 귀연검(鬼延劍) 마정(磨情), 두 명과 단출하게 움직였다. 마정은 평상시 유상이 하던 일을 맡았다. 단우영을 보좌하는 한편, 이동 경로 검색이나 음식 조달 같은 자잘한 일도 모두 처리했다.

마정 덕분에 단우영은 제비에게만 집중할 수 있었다.

그는 밤에는 은밀하고 신속하게 이동하며 제비에게 글을 가르쳤다. 자신의 경험담을 이용해 실전에서 유용하게 써먹을 수 있는 임기응변이나, 생존법을 가르쳐 주기도 했다. 목숨이 걸린 문제이니만큼 제비는 열성적으로 배웠다. 모르는 것은 이해될 때까지 묻고 또 물었다.

낮이 되면 햇볕이 내리쬐는 인적이 드문 곳에 몸을 숨기고, 제비가 단전에 내공을 생성시키는 수련을 도왔다.

그렇게 두 사람은 하루 종일 함께하며 많은 대화를 나누었기에, 사이가 급속도로 가까워졌다. 사제의 끈끈한 유대감 같은 것이 생겨나기 시작했다.

엿새 후 망가구에 도착할 때까지 별다른 사건은 일어나지 않았다. 남의 눈에 띄지 않도록 최대한 조심스레 움직인 덕분이었다.

그 무렵 제비는 드디어 미약하긴 하나 자신만의 내공을 가지게 되었다. 단전에 내공이 만들어졌으니 이제 다음 단계로 넘어갈 차례였다.

세 사람은 약속장소인 망가구 서쪽 숲으로 들어갔다. 거기서 수련을 할 작정이었다.

제비는 풀잎을 하나 뜯어 만지작거리며 투덜거렸다.

"엿새면 충분히 도착하는데, 왜 이 주일 후에 집결하자고 한 거예요? 약속시각까지 여드레나 남았잖아?"

단우영은 가르치듯 말했다.

"손대 정도 되는 자를 납치하는 일은 어렵다. 그의 일거수 일투족을 남김없이 파악해야 해. 지금쯤이면 대원들 모두 용호산 주변에 도착했을 거다. 흩어져 정보를 수집하고 있겠지."

"아아, 그래서 이 주일 후구나. 정보를 수집하는 데 시간이 걸리니까."

"그렇지."

"그러면 우리는요? 우리도 정보 수집 해요?"

"본격적으로 천공심법 수련에 들어갈 거라고 하지 않았더냐? 정보 수집은 부하들만으로도 충분해."

"또 내공 수련? 세검이랑 박도 쓰는 법은 언제 가르쳐 줄 거예요? 왜 계속 내공만 배우라고 해? 재미없게."

단우영은 제비의 머리를 쥐어박았다.

"이 철없는 녀석! 내공이 일천한 녀석이 어떻게 상승의 무학을 배울 수 있단 말이냐?"

"상승은 나중에 배우고, 당장 쓸 수 있는 하급이라도 몇 개 가르쳐 줘요. 이것들 쓰고 싶어서 몸이 근질거린단 말이야."

"절대 안 된다."

"쳇! 치사하잖아? 나도 용호문에 갈 건데, 가서 뭐로 싸우라고?"

"본능에 맡겨라. 그래도 웬만한 놈들은 무리 없이 처리할 수 있을 거다."

"그러지 말고 하나라도 가르쳐 줘요, 응?"

제비가 하도 칭얼거리자 답답해진 단우영은 차근차근하게 설명해 주었다.

"현재 네가 가지고 있는 것은 전장을 돌아다니며 익히게 된 본능적인 전투감각뿐이다. 그 본능은 네 고유의 것이니 상관없다. 한데 본능만 가지고 있는 상태에서 특정한 무공을 배울 경우, 그 무공은 네 몸과 뇌리에 깊숙이 각인된다. 처음으로 배운 무공은 잊고 싶어도 잊혀지지 않는 법이니까. 결국 그 무공이 네가 앞으로 익힐 모든 무공의 기준점이 될 거라는 뜻이다."

"기준점이 생기면 좋은 거 아니에요?"

"나는 그 기준점이 어중이떠중이 무공이 되는 것을 바라지 않는다. 때가 되면 네게 가르칠 환상검법이 되길 바라고 있어. 다른 무공이 기준점으로 자리 잡힌 상태에서 환상검법을 익히면 대성하기 어렵다. 무의 상태, 본능만 가지고 있는 상태에서 환상검법을 익혀야 대성할 수 있어. 환상검법이 어느 정도 경지에 오르고 나면, 그때는 응용력을 기르기 위해 다른 무공을 배워도 되겠지."

"그러면 환상검법 가르쳐 줘요. 그러면 되잖아?"

"현재 상태로는 알아도 쓸 수 없다. 무리하게 쓰려다간 몸이 망가지고 말아. 그러니 때가 될 때까지 꾹 참아라."

"그때가 언젠데?"

단우영은 손가락 한 개를 폈고, 다시 네 개를 더 폈다.

"일 두! 최소 일 두는 되어야 환상검법의 기본기를 쓸 수 있다. 그리고 오 두는 되어야 정식으로 환상검법에 입문할 수 있어."

"히엑! 기본기만 일 두에, 정식은 오 두? 이제 내공이 티끌만큼 쌓였는데 언제 오 두만큼 키워요?"

"그러니 부단히 노력해야지."

"아이, 진짜 미치겠네."

단우영은 부드럽게 어깨를 힘없이 늘어뜨리고 있는 제비의 머리를 쓰다듬었다. 그는 확고한 신념을 담아 말했다.

"나를 믿어라. 내가 시키는 대로 해라. 지겹고 짜증 나겠지만, 내가 시키는 대로 정도를 따라 걸으면 너는 강해질 수 있다! 끝없이 강해질 수 있어!"

제비는 슬그머니 고개를 들었다.

"진짜로?"

"물론이다."

단우영은 씨익 웃었고, 제비도 수줍게 웃었다.

두 사람은 얼른 숲 속에 자리를 잡고 내공 수련을 시작했다. 마정은 주변을 경계하며 간간이 마을로 들어가 음식을 조달해 왔다.

다음 날 저녁 무렵, 마정은 단우영의 눈치를 살피며 조심스레 제안을 건넸다.

"대주님, 마을이 가까워 그런지 마을 사람들이 이곳으로 나무를 베러 옵니다."

"알고 있다. 무슨 말을 하고 싶은 거지?"

"대주님과 제비는 대화를 너무 많이 합니다. 제비의 웃음소리가 크기도 하고요. 제가 이곳을 지키며 부하들을 기다리겠습니다. 대주님과 제비는 용호산 하부로 들어가 몸을 숨기는 것이 어떨까 합니다. 일주일 후, 집결시간이 되면 돌아오십시오. 그편이 더 안전할 것 같습니다."

습관적으로 턱을 매만진 단우영은 긍정적인 빛을 보였다.

"그건 그렇군. 알았다. 그렇게 하지."

곧 단우영과 제비는 떠날 채비를 갖추었다.

두 사람이 북쪽의 용호산으로 서너 걸음 걸어갔을 때, 저 멀리서 부스럭거리는 소리가 들려왔다. 긴장한 단우영은 즉시 제비를 옆구리에 끼고 근처 나무 위로 뛰어올라 몸을 숨겼다. 마정도 가까운 나무 위로 신형을 날렸다.

소리는 빠른 속도로 가까워졌다. 거친 숨소리마저 여러 개 들렸다.

잠시 후 단우영의 시야에 네 명의 낯익은 얼굴들이 보였다. 삼조의 조원들이었다. 다들 부상을 입은 상태였다. 놀란 단우영은 얼른 그들의 앞에 나타났다. 마정도 그의 옆에 섰다.

"어떻게 된 거냐?"

단우영의 추궁에 대표로 일력검(一力劍) 호진(昊進)이 답했다.

"천화(天花)입니다. 이틀 전 천화 근처를 지나던 도중 교진정(喬眞亭)의 문도가 조장의 얼굴을 알아보았습니다. 기습을 당해 최임(催賃), 연요(延曜), 성환(聲還)이 죽었습니다. 조장과 하기(霞企), 마린(馬麟)은 생포되었습니다. 조장 덕분에 저희는 이렇게 도망칠 수 있었습니다. 죄송합니다."

"빌어먹을!"

단우영은 분통을 터뜨렸다. 마정도 얼굴을 무겁게 굳혔다. 마정은 단우영의 결단을 재촉했다.

"고문당하고 있을 것이 뻔합니다. 오래 버티지 못하겠지요. 버릴 것인지, 구할 것인지 결정해야 합니다."

제비는 화들짝 놀랐다.

"버, 버리다니, 그게 무슨 말이에요? 당장 다들 불러 모아 구하러 가야지. 삼조면 그 뚱뚱이잖아? 그 뚱뚱이 아저씨 죽으면 안 돼요. 나한테 박살날 때까지 살아 있어야 한단 말이야."

주먹으로 손바닥을 때린 단우영은 무겁게 내뱉었다.

"그리 쉬운 문제가 아니다."

"사부, 그게 무슨 소리예요?"

대답은 마정이 대신해 주었다.

"가장 큰 문제는 부하들과 연락할 방법이 없다는 거다."

"말도 안 돼. 전서구가 있잖아요, 전서구."

"전서구는 이동할 때 불편해 가지고 오지 않았다. 여기가 복건이라면 문제는 없지. 아무 마을에나 들러 전서구를 대여하면 되니까. 복건의 모든 전서구들은 정검회의 명령하에 특수한 방법으로 길들어 있어 쉽게 사용할 수 있으니 말이다. 그러나 여기는 강서다. 강서의 전서구들은 흑사방이 관리하고 있다. 그들이 어떤 식으로 전서구를 길들였는지 모르니, 우리가 원하는 대로 사용할 수 없어."

"젠장, 골 때리네."

"그러니 부하들을 모으려면 직접 찾아 나서야 하는데, 시간이 오래 걸린다. 그 사이 생포된 녀석들은 죽고 말겠지. 결국 구하러 간다면, 여기 있는 일곱 명만으로 교진정 백팔십 명을 상대해야 한다는 뜻이다."

제비의 얼굴에 짙은 그늘이 자리 잡았다. 그때 호진이 세차게 도리질 쳤다.

"아닙니다. 저희를 공격한 숫자는 백 명이었습니다. 모두 끌고 왔다더군요. 교진정주는 팔십 명과 함께 남쪽으로 지원을 나갔다고 합니다. 정주가 돌아오시면 기뻐하겠다고 떠벌렸습니다. 게다가 저희가 이십여 명을 죽였으니, 남아 있는 것은 팔십 명 정도입니다."

단우영의 두 눈이 이채를 발했다.

"팔십이라고?"

호진은 세차게 고개를 끄덕였다.

"확실합니다."

"팔십이라……."

말끝을 흐린 단우영은 깊은 고민에 잠겼다. 모두가 숨죽인 채 그를 주시했다. 잠시 후 그는 마정을 보며 물었다.

"용호문은 언제쯤 이 사실을 알게 될까?"

"교진정은 이미 흑사방으로 전서구를 보냈을 겁니다. 공을 세울 기회를 놓칠 수는 없을 테니까요. 흑사방은 확인 차원에서 누군가를 교진정으로 보낼 겁니다. 흑사방은 남창(南昌)에 있으니, 이틀 전에 교진정에서 전서구가 출발했다고 가정하면, 이삼일 후쯤이면 흑사방의 사자가 교진정에 도착할 겁니다."

"부하들은 죽었으면 죽었지 절대 입을 열지 않을 거다. 그들이 끝까지 입을 열지 않는다면, 흑사방의 사자는 그들이 그만큼 중요한 임무를 띠고 강서에 숨어들었다고 판단하겠지."

"그리고 강서의 모든 문파에 경계를 강화하라는 명령을 내릴 겁니다."

"그 명령이 용호문까지 다다르는 데에도 며칠이 걸리겠지. 그 말인즉, 부하들이 최대한 오래 버텨 준다면, 일주일 후 모두 모일 때까지 용호문은 우리의 존재를 모른다는 말이 되나?"

입술을 질끈 깨문 마정은 단우영에게 물었다.

"버리기로 결정하신 겁니까?"

단우영은 호진 일행을 바라보았다. 분위기를 읽은 그들은 비통함에 젖어 있었다. 단우영은 강한 어조로 그들을 채찍질했다.

"강서에 들어설 때부터 어느 정도의 희생은 각오했다. 교진정을 공격할 경우, 그 소문은 삽시간에 강서 전체로 퍼진다. 용호문도 경계를 강화할 테니 손대를 납치하는 일은 사실상 힘들어지고 만다. 우리는 장무의 희생을 헛것으로 만들어서는 안 된다. 장무를 위해서라도 반드시 손대를 납치해야 한다. 알겠나?"

"예!"

호진 일행은 발작적으로 외쳤다. 단우영은 마정에게 지시를 내렸다.

"이 녀석들의 치료를 도와라. 나는 예정대로 제비를 데리고 용호산에 오르겠다."

"알겠습니다."

마정은 고개를 꾸벅였고, 단우영은 제비에게 따라오라는 시늉을 하며 앞장서서 걸음을 옮겼다. 그러나 제비는 움직이지 않았다. 뿌루퉁한 표정을 지으며 힐난을 던졌다.

"그러다 혼자가 될걸요?"

휙 몸을 돌린 단우영은 사납게 으르렁거렸다.

"뭐라고?"

제비는 주눅 들지 않고 고개를 빳빳이 세웠다.

"사부는 지금, 아직 살아 있는 부하들을 버린 거잖아? 구하려는 어떤 시도도 안 하고 그냥 버린 거잖아요. 사부가 이런 식으로 나오면 어떻게 될 것 같아요? 다음에 사부가 그 뚱뚱이 아저씨랑 같은 처지가 되어 봐. 부하들이 사부 구하러 갈 것 같아요? 안 그럴걸? 사부의 죽음을 헛되이 만들지 않기 위해 우리끼리 더욱 힘을 내자, 이런 식으로 나올 거라고요. 왜? 사부에게 그렇게 배웠으니까. 그렇게 되길 바라요? 부하들에게 버려지는 걸 바라는 거야?"

"이 녀석이!"

"씨발, 내가 틀린 말 했나? 쳇!"

단우영은 슬쩍 호진 일행을 바라보았다. 그들은 그의 시선을 회피했다. 고개를 숙인 채 아무런 말도 하지 않았다.

분위기가 미묘해지자 짜증이 난 단우영은 의식적으로 언성을 높여 제비를 윽박질렀다.

"우리 적귀대는 임무를 최우선으로 생각한다. 어떤 희생을 치르더라도 반드시 임무를 달성하는 것이 우리의 좌우명이다! 낭인들 또한 마찬가지인 것으로 안다. 그런데 낭인 출신인 네가 어떻게 힘든 결단을 내린 사부의 마음을 몰라 주는 거냐?"

"낭인 출신이니까 더 이해가 안 되는 거예요."

"하! 뭐라고?"

"우린 돈이 최우선이에요. 그건 맞아. 벌이가 시원찮으면

친한 동료들 버리고 다른 곳으로 떠나기도 하고, 화가 나면 서로 죽이기도 해. 하지만 아무리 사이가 안 좋은 낭인들도 일단 일을 시작하면 서로 도와요. 절대 안 버려요. 우리 개개인은 약하니까. 어떻게든 힘을 합쳐야 되니까! 게다가 내가 동료를 버려 봐. 그러면 나중에 다른 동료가 나를 버릴지도 몰라요. 그걸 아니까 우린 어떻게든 서로를 돕는 거야."

"그렇게 동료를 돕다가 임무에 실패하면? 그땐 한 푼도 못 받게 되지 않느냐?"

"살아 있어야 돈을 쓰지. 죽으면 억만금을 벌어도 아무 소용없잖아? 더구나 여긴 몽호단이 아니잖아요? 돈이 최우선인 낭인단체가 아니라, 잘난 강호단체잖아? 천한 우리 낭인들도 안 하는 짓을 어떻게 잘난 강호인들이 한대? 칫, 이게 말이나 돼?"

다들 조용히 격앙된 제비의 말을 경청했다. 단우영조차 입을 굳게 다물었다. 제비는 바로 뒷말을 이었다.

"중요한 임무라면 이해를 하겠어. 어떤 희생을 치르더라도 반드시 달성해야 할 임무라면 이해를 하겠는데, 그런 것도 아니잖아요?"

단우영은 험상궂게 눈을 떴다.

"이번 임무가 중요하지 않다고? 손대 납치가 얼마나 중요한 일인지 모르는 거냐?"

"쳇! 막말로 손대 따위 납치 안 하면 어때? 납치 안 한다고 당장 우리 목숨이 위태로워지는 건 아니잖아요. 정검회가 흑사방의 손에 무너지는 것도 아니고. 손대는 나중에 다시 기회를 노리면 그만이지. 그게 아니면 다른 방법으로 흑사방의 음모를 알아내도 되고. 하지만 부하들은 달라요. 죽으면 그걸로 끝이야. 끝이라고요. 사부는 진짜 별로 중요하지도 않은 임무 때문에 오랫동안 동고동락한 부하들을 이렇게 헌신짝 버리듯 버리고 싶은 거예요? 그래?"

장내에 무거운 침묵이 내려앉았다.

호진은 대견한 눈으로 제비를 바라보며 적막을 깨뜨렸다.

"시건방진 애새끼가 제법 멋진 말도 할 줄 아는구나."

그는 따스하게 웃고 있었다. 다른 조원 세 명도 훈훈한 미소를 머금었다. 제비는 발끈해서 호진에게 삿대질을 퍼부었다.

"어허, 이거 왜 이래? 나만큼 착하고 순수한 아이가 또 어디 있다고?"

"뭐, 인마?"

"어쭈, 어쭈, 뭐야 이거? 한판 붙자는 거예요, 지금? 나 이래 봬도 당신네 조장이랑 동급의 실력자야! 앙?"

"하! 이 애새끼를 그냥!"

그렇게 호진과 제비가 치기 어린 말다툼을 하고 있을 때, 마정이 한 손을 번쩍 들었다. 단지 그뿐이건만 존재감이 철철 넘쳐 호진과 제비는 행동을 중단하고 숨을 죽였다.

마정은 진지한 얼굴로 단우영을 바라보며 간청했다.

"지금까지 대주님의 명령에 불복한 적은 단 한 번도 없습니다. 하나, 이번만은 재고해 주시길 부탁드립니다."

단우영은 눈을 고깝게 떴다.

"내게 거역하겠다는 뜻이냐?"

"좋은 제자는 스승을 가르친다고 들었습니다. 스승도 제자에게 배우는 것이 있다는 겁니다. 제비의 말대로 이번 임무는 장무를 잃을 가치가 없습니다. 용호문과 싸우다가 죽는 것이라면 또 몰라도, 이런 식으로는 아닙니다. 장무는 평생을 세가를 위해 몸 바쳐 일했습니다. 그는 전장에서 명예롭게 죽을 자격이 있습니다. 이런 식으로는…… 아닙니다."

마정은 머리를 깊숙이 숙이며 재고를 부탁했다. 호진 일행도 머리를 숙였다. 제비는 단우영에게 똥고집 좀 꺾으라고 눈을 부라렸다.

얼굴을 굳히고 있던 단우영은 갑자기 헛웃음을 터뜨렸다.

"좋은 제자는 스승을 가르친다라……."

그의 말투가 부드러워 다들 얼른 고개를 들었다. 기대감 가득한 눈으로 단우영을 바라보았다. 크게 숨을 내뱉어 마음을 고른 단우영은 호진에게 물었다.

"움직일 수 있나?"

호진은 가슴을 탕탕 치며 호기 있게 외쳤다.

"숨이 붙어 있는 한, 끝까지 움직일 것입니다. 걱정하지 마십시오."

다른 세 명도 마찬가지라는 듯 눈에 힘을 주었다. 단우영
은 마정에게 손짓했다.

"근처 나무에 암호문을 남겨라. 우리가 교진정으로 가는
이유를 적고, 약속시각까지 돌아오지 않는다면 더 기다리지
말고 너희끼리 독자적으로 움직이라고 말이다. 용호문이 여전
히 어수선하다면 손대를 납치한다. 어수선하지 않고 오히려
경계가 강화되었다면 미련 없이 손을 떼고 해담권문으로 돌
아간다. 그렇게 적어라."

"알겠습니다."

마정은 바로 근처 나무로 달려갔다. 호진 일행은 신이 나서
분주하게 움직일 채비를 해 나갔다. 단우영은 싱글싱글 웃고
있는 제비를 바라보다 왠지 화가 나 그의 머리를 쥐어박았다.

"요 괘씸한 녀석! 감히 사부에게 대들다니!"

제비는 은근한 미소를 던졌다.

"에이, 좋으면서 뭘 그래요? 여태까진 독불장군처럼 자기
마음대로 하다, 사부 눈치 안 보고 과감하게 충고하는 제자
가 생겨서 기분 좋잖아요, 안 그래요? 히히히."

"헤! 요놈이, 요놈이!"

단우영은 제비의 머리를 옆구리에 끼고는 주먹으로 계속 쥐
어박았다. 하나 그의 얼굴에는 기분 좋은 미소가 한가득 걸려
있었다. 단우영에게 악의가 없다는 것을 알아 제비는 투정부

리지 않고 천진난만하게 웃기만 했다.

　숲을 떠난 단우영 일행은 서남쪽의 천화로 질주했다. 전속력으로 달려 하루 반나절 만에 도착했다.

　때는 신시 초라 행동을 개시하기엔 적당하지 않았다. 그래서 일행은 천화 근처의 숲에 몸을 숨겼다. 밤이 될 때까지 음식을 먹고 운기를 해 체력을 회복하는 데 힘썼다.

　시간은 빠르게 흘러 자정이 되었다. 일행은 미리 준비해 둔 검은 무복으로 갈아입었다. 은밀하게 천화로 들어가 중부로 향했다.

　교진정은 천화의 주인이었다. 중부의 요지에 자리 잡고 천화의 모든 상권을 주물렀다. 문도 수는 백팔십 명으로 그리 많지 않았지만, 규모는 상당히 컸다. 전각만 해도 십여 채가 넘었고 연무장도 세 곳이나 되었으며, 제법 넓은 연못마저 하나 만들어져 있었다.

　자정이 넘어 거리는 쥐 죽은 듯이 조용했다. 덕분에 일행은 누구에게도 들키지 않고 교진정까지 다다를 수 있었다. 그들은 교진정의 뒷문으로 이동했다. 뒷문과 이십 장 떨어져 있는 가게의 한쪽 벽 그늘에 몸을 숨겼다.

　뒷문에는 네 명이 경비를 서고 있었다. 문의 좌우에 두 명씩 우뚝 서서 주위를 두리번거렸다. 내부를 돌아다니는 불빛도 여러 개 보였다. 적들도 바보는 아니라 누군가가 장무 일행을 구하러 올 경우를 대비하고 있는 것이다.

단우영은 턱을 쓰다듬으며 나직이 중얼거렸다. 짜증이 잔뜩 묻어 있었다.

"소리 없이 침투해 장무 일행만 구한 뒤 사라지는 것이 최선이다. 일단 저들이 문제인데, 넷을 어떻게 한꺼번에 소리 없이……."

그의 눈이 이채를 띠었다. 그는 옆에 쪼그려 앉아 있는 제비를 바라보았다.

"철궁은 익숙해졌느냐?"

단우영의 의도를 파악한 제비는 신이 나서 눈을 초롱초롱 빛내며 얼른 고개를 끄덕였다.

"응, 응! 궁술은 내 생명이야. 틈날 때마다 부지런히 연습했어요."

"여기서 저들을 맞출 수 있겠느냐?"

"가뿐하죠."

"연사는 몇 발이나 가능하지?"

"세 발까진 확실하게 맞출 수 있어요. 네 발째는 모르겠네. 으음……."

"잘됐구나. 어차피 한 놈은 생포해야 하거든."

"헤, 그래요?"

"좌측부터 세 명이다. 목을 노려 비명을 지를 기회를 주지 마라. 네가 활을 쏨과 동시에 내가 직접 움직여 마지막 한 놈을 잡겠다."

"좋아! 히히히."

키득거린 제비는 몸을 일으켜 활을 잡았다. 약지와 소지를
오므려 화살 두 개를 쥐고, 나머지 세 손가락으로 화살 한 개
를 잡았다. 그가 화살을 시위에 거는 것을 확인한 단우영은
마정을 지목했다.

"너도 나와 함께 움직인다. 제비가 실수할 경우 네가 처리
해라."

마정은 말없이 고개를 끄덕였다. 이번에 단우영은 호진 일
행에게 명령을 내렸다.

"너희는 둘로 나뉘어 좌우를 감시한다. 알겠나?"

호진 일행도 말없이 고개를 끄덕였다.

준비가 끝나자 단우영은 때를 기다렸다. 뒷문 쪽으로 이동
했던 몇 개의 불빛들이 서서히 다른 곳으로 이동하는 것이 보
였다. 뒷문과 불빛들의 거리가 만족할 만큼 벌어지자 단우영
은 제비에게 신호를 주었다.

제비는 신속하게 그늘 밖으로 한 걸음 나갔다. 뒷문에 서
있는 경비들을 향해 주저 없이 시위를 세 번 연속으로 퉁겼
다. 그와 동시에 단우영와 마정은 뒷문으로 신형을 날렸다.
호진 일행도 좌우로 흩어졌다.

제비는 무의식적으로 화살에 내력을 담았다. 내력이 담긴
화살은 어두운 밤거리를 쾌속하게 가로질러 뒷문을 지키는

세 명의 목을 한 치의 오차도 없이 꿰뚫었다. 그러고도 모자라 벽에 틀어박았다. 자연스레 세 명도 벽에 걸리는 신세가 되었다.

유일하게 화살에 맞지 않은 한 명은 혼비백산했다. 뒤늦게 정신을 차린 그가 소리를 지르려고 할 때, 큼지막한 손이 그의 입을 틀어막았다. 복부에서 엄청난 충격이 느껴졌다. 단우영이 주먹으로 그의 배를 때린 것이다. 그는 너무 아파 고통에 몸부림칠 뿐, 어떠한 저항조차 하지 못했다.

그렇게 한 명을 제압한 단우영은 급히 주변을 살폈다. 마정은 이미 그의 옆에 도착한 상태였다. 호진 일행도 좌우를 경계하고 있었다.

"후."

단우영은 한시름 놓았다는 듯 짤막한 한숨을 내뱉었다.

발소리가 터지며 뒷문이 열렸다. 단우영은 벽에 등을 기대고 있었지만, 마정은 뒷문 앞에 서 있었다. 자연스레 마정과 문을 연 두 경비의 시선이 허공에서 부딪쳤다.

마정은 얼굴을 일그러뜨렸다. 문 안쪽에도 경비가 있을 줄은 몰랐다. 화살이 벽에 박히는 소리를 듣고 무슨 일인지 확인하기 위해 문을 연 것이 분명했다.

저들이 고함을 지르기 전에 어떻게든 처리해야 했다. 마정은 신속하게 경비들을 덮쳐 갔지만, 한 박자 늦었다. 경비들은 반사적으로 뒷걸음질 치며 뭐라고 크게 외치려 했다.

'빌어먹을!'

속으로 욕설을 퍼붓는 마정의 양쪽 귀 옆을 두 발의 화살이 스치고 지나갔다. 그 화살들은 정확히 두 경비의 목에 꽂혔다.

그들은 비명조차 지르지 못한 채 허물어졌고, 마정은 그들의 몸이 바닥과 충돌하기 전에 얼른 낚아챘다. 바로 문밖으로 나와 벽에 등을 기댔다.

저 멀리서 제비가 득의양양하게 웃으며 손을 흔들고 있었다. 기가 막혀 헛웃음을 터뜨린 마정은 마주 손을 흔들었다.

단우영은 힐끗 문 안쪽을 주시했다. 다행히 아무런 반응도 없었다. 그래도 조만간 내부를 돌아다니는 경비 몇몇이 다시 이곳으로 올 것이다. 그전에 빠르게 움직여야 했다.

그는 마정과 호진 일행을 불렀다. 마정이 양 옆구리에 끼고 있는 두 시체를 가리키며, 마정과 호진에게 그들의 옷을 벗겨 그 옷으로 갈아입으라고 지시했다. 다른 세 명에겐 시체들을 한곳으로 모으라고 명령했다.

그 후 그는 생포한 경비를 데리고 제비가 있는 곳으로 신형을 날렸다. 제비 옆에 도착한 그는 뒷문 쪽을 바라보았다.

마정과 호진은 어느새 경비의 옷을 다 벗긴 상태였다. 그 옷을 들고 문 안으로 들어간 다음, 문을 닫았다. 삼조원 세 명은 시체들을 한곳에 모은 뒤 문의 좌우에 등을 기대고 섰다.

단우영은 공포에 젖어 부들부들 떨고 있는 경비를 내려다 보았다. 그는 살기를 담아 음산하게 내뱉었다.

　"한 번만 묻겠다. 사실대로 대답한다면 살려 줄 것이며, 조금이라도 머뭇거린다면 가차 없이 죽이겠다. 이해했나?"

　경비는 미친 듯이 고개를 끄덕였다. 단우영은 본론을 꺼냈다.

　"나흘 전에 생포한 자들은 살아 있나? 살아 있다면 어디에 있지?"

　그러며 그는 경비의 입을 막고 있던 손을 살짝 떼었다. 대답 대신 고함을 지르려고 한다면 얼른 다시 입을 막기 위해서였다. 다행히 경비는 고함을 지르지 않았다. 운 좋게도 그는 교진정에 대한 충성심이 별로 없는 사람 같았다.

　"사, 삼주각(三柱閣), 삼주각 지하감옥에 있습니다. 셋 다 살아 있습니다. 사, 살려 주십시오. 제발!"

　손으로 경비의 입을 막은 단우영은 바닥의 흙을 가리켰다.

　"그려라. 경비들의 위치도 빠짐없이!"

　경비는 덜덜 떨리는 손을 들어 바닥에 그림을 그리기 시작했다. 동료들의 위치는 점으로 찍고, 선을 그어 이동 경로를 표시했다.

　단우영은 그림을 뚫어지게 노려보며 생각에 잠겼다. 계획이 세워지자 그는 제발 살려 달라고 눈으로 간절하게 애원하는 경비의 목을 주저 없이 꺾었다.

경비는 흰자위를 드러내며 즉사했다. 그를 바닥에 내려놓은 단우영은 옆에 서 있는 제비를 바라보았다.

"내가 잔인한 것 같으냐?"

제비는 고개를 갸웃했다.

"잔인할수록 좋은 거 아니에요? 난 그렇게 알고 있었는데?"

"후훗, 너나 나나 정상적인 삶을 살기는 글렀구나."

"칫, 정상 비정상의 기준이 따로 있나? 내가 정상이라고 생각하면 그만이지."

"하긴, 그도 그렇군. 자, 가자."

"응!"

두 사람은 뒷문으로 달려갔다. 그들이 반쯤 다가갔을 때 뒷문이 열렸다. 마정과 호진이 각자 시체 하나를 끌고 밖으로 나와 동료들에게 건네주었다. 그들은 다시 문 안으로 들어가지 않고 단우영을 기다렸다.

"누구지?"

단우영의 물음에 마정은 나직이 대답했다.

"멋모르고 다가온 경비들을 제거했습니다. 놈들은 이들의 부재를 조만간 알게 될 겁니다."

"빨리 움직여야겠군."

쪼그려 앉은 단우영은 바닥에 교진정 내부의 지도를 그렸다. 어느 한 곳을 가리키며 말했다.

"장무 일행은 이곳 삼주각에 있다. 주변을 이십여 명이 지키고 있어. 이들에게 발각되지 않고 건물 내부로 들어가는 것은 힘들다. 그러니 양동작전을 쓴다."

"어떻게 말입니까?"

마정의 물음에 단우영은 제비를 제외한 다섯 명 전원을 지목했다.

"너희는 이 방향으로 원을 그리며 이동해 삼주각의 측면으로 접근한다. 도중에 경비를 보거든 바로 제거해라. 소리 없이 제거할 필요는 없다. 중요한 것은 속도니까."

다들 여기까지 이해했다는 듯 고개를 끄덕였다. 단우영은 다음을 말했다.

"삼주각에 도착한 뒤 적들을 공격한다. 주변에 있던 적들까지 너희에게 몰려들면 그때 '빌어먹을! 포기한다!'라고 분통을 터뜨리며 도망쳐라. 최대한 많은 적들을 달고 삼주각에서 멀어져야 한다. 집결장소는 천화에 오기 전 잠시 머물렀던 그 숲이다. 이해했나?"

다섯 명 중 대표로 마정이 대답했다. 그는 탐탁잖은 기색을 보였다.

"저도 함께 말입니까? 대주님과 제비만으로는……."

"삼주각 내부에는 다섯뿐이야. 나 혼자서도 처리할 수 있다. 떠날 때는 장무 일행도 전력이 될 것이니 문제없어. 더구나 너 정도의 실력자가 포함되어 있어야 적들은 네가 이번 구출

작전의 책임자라고 믿을 거다."

"그건 그렇군요. 그래도 제비보다는 호진이 더 낫지 않을까요?"

발끈한 제비가 반론하려고 할 때, 단우영이 먼저 말했다.

"제비의 발이 느리니 어쩔 수 없는 일이다."

"아! 과연, 거기까진 생각 못 했습니다. 알겠습니다."

입을 삐죽 내민 제비는 단우영에게 투덜거렸다.

"쳇! 그냥 내가 더 낫다고 하면 어디가 덧나기라도 하나? 왜 말을 해도 꼭 그딴 식으로 한데?"

"시끄럽다."

제비를 구박한 단우영은 몸을 일으켰다. 마정 일행을 바라보며 눈을 빛냈다.

"가자!"

"예!"

마정은 호진 일행을 데리고 신형을 날렸다.

단우영도 제비를 옆구리에 끼고 마정 일행과는 다른 방향으로 달려갔다. 그는 은밀하게 움직여 몇몇 경비들의 눈을 피해 삼주각으로 접근했다. 삼주각에서 십여 장 떨어진 곳에 위치한 삼층 건물의 벽에 등을 기댔다.

한번 호흡을 고른 그는 수직으로 솟구쳐 삼층 건물의 지붕 위로 올라갔다. 제비와 함께 지붕의 경사진 면에 납작 엎드려 몸을 숨겼다. 그 상태로 삼주각을 주시했다.

속으로 열까지 세었을 무렵, 삼주각의 오른쪽에 있는 건물 뒤편에서 찢어지는 비명이 터졌다. 삼주각을 지키고 있던 이십여 명은 흠칫하며 그쪽을 주시했다.

이내 마정 일행이 어둠 속에서 튀어나와 환한 불빛 속으로 뛰어들었다. 이십여 명의 교진정도 중 사십 대 중반의 털도 사내가 우렁찬 고함을 터뜨렸다..

"기습이다! 적의 기습이다!"

교진정 곳곳에 흩어져 있던 불빛들이 웅성거리며 빠르게 이쪽으로 달려오기 시작했다. 그 사이 이십여 명과 마정 일행은 맹렬하게 격돌했다. 병장기 소리가 난무하고 연신 비명이 터졌다.

마정 일행은 한데 뭉쳐 서로가 서로를 도왔다. 그들은 한 번에 한 명씩 여섯 명을 쓰러뜨렸다. 그들이 한 명을 더 죽였을 때, 삼주각에 모여 있는 교진정도는 사십 명을 넘었다.

마정은 계획대로 큰 목소리로 분통을 터뜨렸다.

"빌어먹을 놈들! 포기한다!"

그는 호진 일행을 데리고 얼른 도망쳤다. 기습이라고 외쳤던 털보 사내는 껄껄 웃었다.

"와하하하! 쥐새끼 같은 놈들! 여기가 어디라고 감히! 추격해라! 저놈들도 생포해 지옥을 맛보여 주자!"

신이 난 교진정도들은 함성을 지르며 마정 일행을 뒤쫓았다. 아직 삼주각에 도착하지 못했던 경비들도 삼주각을 지나쳐 추격에 참여했다.

삽시간에 삼주각 주변은 조용해졌다. 일곱 구의 시체들만 바닥에 널브러져 뜨거운 피를 내뿜었다.

아니 시체들뿐이 아니었다. 네 명의 교진정도들이 추격에 가담하지 않고 이곳에 남았다. 두 명은 삼주각의 입구를 지켰고, 다른 두 명은 시체들을 한곳으로 모으고 있었다.

제비는 짜증을 내었다.

"또 네 명이네? 여기 사람들은 왜 이렇게 숫자 사를 좋아한담?"

"그러게 말이다."

입맛을 쩝 다신 단우영은 제비에게 손을 내밀었다.

"화살 한 발을 다오."

"엥? 왜요?"

"연사는 세 발까지 가능하다고 하지 않았더냐?"

"아! 뒷문에서처럼?"

"저기 맨 우측, 시체를 옮기는 놈은 내가 맡겠다. 나머지 셋은 네 거다. 할 수 있겠지?"

"당연하죠, 에헴!"

귀엽게 콧대를 높인 제비는 화살통에서 화살 네 발을 뽑아 그중 한 발을 단우영에게 건넸다. 화살을 받은 단우영은 제비에게 눈짓을 주었다.

두 사람은 동시에 반쯤 몸을 일으켰다. 제비는 화살을 연속으로 세 발 쏘았고, 단우영도 화살을 투척했다.

삼주각의 입구에 서 있던 경비 두 명은 선 채로 즉사했다. 시체를 옮기던 두 명은 허리를 굽힌 상태 그대로 바닥에 널브러졌다.

단우영은 지붕 아래로 신형을 날리며 따라오려는 제비에게 눈을 부라렸다. 이곳에 남아 있으란 뜻이었다. 제비는 못마땅했지만 어쩔 수 없이 고개를 끄덕였다.

지상에 착지한 단우영은 화살에 꽂힌 시체 네 구를 양 옆구리에 끼고 삼주각 안으로 들어가 문을 닫았다. 다시 납작 엎드린 제비는 입구를 주시하며 시위에 화살을 걸어 둔 채 대기했다.

"흐하아암."

지루해진 제비는 크게 하품을 했다. 그때 일단의 무리가 삼주각으로 접근했다. 당황한 제비는 더욱 몸을 낮추었다.

그는 의아함을 느꼈다. 삼주각으로 다가가는 사람은 세 명이었다. 그들은 다른 교진정도들처럼 황의를 입고 있지 않았다. 커다란 백사가 상반신을 휘감은 흑의를 걸치고 있었다.

'백사? 백사방? 아니, 흑사방? 아니, 저건 백사인데…… 대체 누구지?'

제비는 부지런히 머리를 굴렸지만, 아직 강호 지식이 일천한 관계로 저들이 누구인지 알 수가 없었다. 그 사이 세 명은 삼주각에 도착했다. 심각한 표정으로 주변을 두리번거렸다. 그러다 흠칫하며 삼주각의 입구를 노려보았다. 삼주각 내부에서 어떤 소리를 들은 것이다.

빠르게 시선을 교환한 그들은 삼주각 안으로 들어가려고 했다. 제비는 마른침을 삼켰다. 단우영을 믿지만 왠지 느낌이 좋지 않았다. 저 세 명에게서 심상치 않은 기운이 감지되고 있었다.

'씨발, 해보자! 이깟 일로 두려워한다면 어떻게 저 하늘을 훨훨 날겠어?'

표독스레 입을 다문 제비는 시위를 있는 힘껏 당겼다. 화살에 내력을 듬뿍 담아 세 명 중 가장 강해 보이는 삼십 대 초반의 사내에게 날렸다. 화살은 사내의 뒤통수를 향해 짓쳐들었다.

제비는 회심의 미소를 머금었다. 하나 그것은 곧 무참하게 구겨지고 말았다. 믿을 수 없게도 삼십 대 초반의 사내는 빙글 몸을 돌려 너무도 수월하게 한 손으로 화살을 낚아채었다.

당황한 제비는 반사적으로 엎드렸지만 이미 늦은 일이었다. 삼십 대 초반의 사내는 정확하게 제비가 숨어 있는 지붕을 가리키며 동료 두 명에게 지시를 내렸다.

동료가 아니라 부하인지 두 청년은 머리를 조아렸다. 즉시 제비가 숨어 있는 지붕으로 신형을 날렸다. 삼십 대 초반의 사내는 제비가 숨어 있는 지붕을 향해 비릿하게 웃었다. 무기를 뽑아 든 그는 삼주각 안으로 들어갔다.

'진짜 재수 없는 아저씨네!'

사내가 던진 미소가 뇌리에 남아 제비는 이를 갈았다. 위치가 발각되었으니 더 숨어 있을 필요는 없었다. 몸을 일으켜 다리를 고정한 제비는 접근하고 있는 두 명을 향해 무차별적으로 화살을 날렸다.

상대가 어린아이라는 것을 파악한 두 청년은 코웃음을 쳤다. 화살을 피하지 않고 검과 손으로 쳐내었다. 어린아이가 쏘는 화살쯤은 피할 가치도 없다는 뜻이었다.

'이 인간들도 더럽게 세잖아? 나중에 화살을 검은색으로 칠해야겠어. 깃털도 까마귀나 그런 놈들 걸로 바꾸고.'

제비는 지금 같은 밤에는 현재 사용하고 있는 흰 깃털에 황갈색 몸통을 가진 화살보다는 검은색의 화살이 더 효과적이라는 것을 깨달았다. 활은 검은색이니 바꿀 필요는 없을 것이었다.

아무튼 저들은 현재 자신의 궁술 실력으로는 쓰러뜨릴 수 없는 고수들이었다.

'그렇다면, 우히히! 드디어 이것들을 쓸 때로구만.'

두려움보다는 흥분이 더 컸다. 음흉하게 웃은 제비는 활을 어깨에 메었다. 대신 양쪽 허리춤에 꽂아둔 박도와 세검을 뽑았다. 몇 번 발을 굴러 본 그는 결심을 굳혔다.

'여긴 움직이기가 불편해. 내려가자.'

불안정한 지붕 위에선 마음껏 날뛸 수 없었다. 지붕 끝으로 달려간 제비는 이층과 일층의 처마를 밟고 지상에 착지했다. 숨죽인 채 귀를 기울였다.

그가 도망친다고 생각했는지 두 명은 건물의 좌우로 흩어져 달려오고 있었다. 포위하려는 것이다.

오히려 잘된 일이었다. 제비는 왼쪽의 사람과 더 거리가 가깝다는 것을 깨닫고는 그쪽으로 달려갔다. 포위되기 전에 한 명씩 쓰러뜨릴 속셈이었다.

발소리를 죽인 채 이동해 건물의 모퉁이에 등을 기대고 섰다. 적이 모퉁이 밖으로 모습을 드러냄과 동시에 번개같이 세 검을 찔렀다.

청년은 황급히 머리를 숙였다. 다행히 머리는 보호했지만, 머리칼이 잘려 허공에 흩날렸다. 그는 두 눈을 살기로 번뜩이며 제비의 복부에 검을 꽂았다.

제비는 옆으로 한 걸음 이동하며 몸을 회전했다. 박도를 횡으로 그었다. 청년은 검의 궤도를 변경해 박도를 때렸다. 하나 그의 검은 허공을 갈랐다.

억지로 몸을 멈춘 제비는 반대 방향으로 회전하며 다시 세 검을 찔렀다. 그는 장무와의 전투를 경험으로 삼아 힘 대결은 피하는 것이 좋다고 판단했다.

청년은 고개를 옆으로 꺾어 세검을 피했다. 두 사람은 서로의 숨결이 닿을 만큼 가까운 거리에서 한 치도 물러서지 않은 채 손발을 부지런히 놀렸다.

청년의 얼굴에 당혹감이 자리 잡았다. 새파랗게 어린 꼬맹이가 어찌 이토록 강할 수 있는 건지 알다가도 모를 일이었다.

그가 당황할수록 제비는 신이 났다. 점점 장무와 싸울 때의 감각이 전신을 지배하고 있었다. 종래에는 눈앞의 청년이 아예 장무로 보였다.

'이 뚱뚱이! 이번에는 반드시 이긴다! 그 비곗덩어리를 잘근잘근 썰어 주겠어! 으하하하!'

제비의 기세에 밀린 청년은 한 걸음 뒷걸음질 쳤다. 그는 힐끗 제비의 뒤편을 바라보았다. 동료는 부지런히 달려오고 있었지만 거리는 아직도 십여 장이나 되었다.

그는 늑장을 부리는 동료에게 짜증을 내었다. 그게 그의 두 번째 실수였다. 첫 번째 실수는 물론 한순간이나마 다른 곳으로 한눈을 판 것이었다.

제비는 그 기회를 놓치지 않고 박도로 청년의 무릎을 베었다.

"크윽!"

고통으로 얼굴을 일그러뜨린 청년의 몸이 한쪽으로 크게 기울어졌다. 제비는 주저 없이 청년의 명치에 세검을 찔렀다. 청년은 몸을 비틀어 피하려고 했는데 애석하게도 역효과를 불러왔다. 세검은 명치가 아니라 심장에 꽂혀 버렸다.

"헙! 이, 이, 이이!"

청년은 원독에 찬 눈으로 제비를 노려보다 서서히 허물어졌다.

제비는 승리의 쾌감에 젖지 못했다. 청년의 심장에서 세검을 뽑자마자 옆으로 크게 물러났다. 그가 서 있던 자리에 검이 수직으로 내리꽂혔다. 뒤늦게 도착한 다른 한 명이었다.

그는 동료의 시체를 살핀 후 제비를 노려보며 이를 갈았다.

"말도 안 되는 일! 새파랗게 어린 애새끼가 어떻게? 네놈은 대체 누구냐?"

제비는 코웃음을 쳤다.

"헹! 그런 당신은 누군데?"

"이놈! 어리다고 봐주지 않겠다. 죽어라!"

청년은 성난 기세로 제비를 덮쳤다. 제비는 마주 달려가며 고함을 질렀다.

"이거 왜 이래? 그건 내가 할 소리라구!"

먼저 공격한 것은 청년이었다. 그는 제비의 몸을 세로로 쪼개 버리려는 듯 재차 검을 수직으로 베었다. 제비는 무모할 정도로 과감하게 내리꽂히는 검 속으로 뛰어들었다. 넘어질 것처럼 상체를 앞으로 숙이며 청년의 가랑이 사이로 돌진했다.

청년의 검은 제비의 등에 대각선으로 붙어 있는 철궁을 후려갈겼다.

"억!"

달려가던 기세에 충격까지 더해져 제비의 몸은 쾌속하게 청년의 가랑이 사이로 들어갔다. 충격으로 뇌가 흔들릴 정도였는데, 이를 앙다물어 필사적으로 정신을 차린 제비는 세검과 박도를 한데 모아 머리 위로 들어 올렸다.

"크아아아아악!"

청년은 천지가 떠나가라 비명을 터뜨렸다. 제비가 그의 가랑이 사이를 통과하며 사타구니를 다섯 치 깊이로 썰어 버렸기 때문이다. 한순간에 고자가 된 청년은 고통에 몸부림쳤다.

몇 바퀴 바닥을 구른 뒤 몸을 일으킨 제비는 청년에게 달려갔다. 그의 고통을 덜어 주기 위해 박도를 횡으로 그었다. 몸통과 분리된 청년의 머리가 허공으로 튀어 올랐다.

제비는 등을 문질러 고통을 조금이라도 해소하려고 노력했다. 그런 그의 입가에는 뿌듯한 미소가 하나 가득 걸려 있었다.

'으히히, 설마 내가 거시기를 노릴 줄은 몰랐겠지?'

성인이었다면 자신이 얼마나 치졸한 짓을 한 것인지 자각했겠지만, 제비는 어린아이였다. 더구나 살기 위해서라면 무슨 짓이든 하는 낭인 출신이었다. 그래서 그는 그저 해맑게 웃기만 했다.

제비의 귓가에 저 멀리서 여러 개의 발걸음 소리가 들렸다. 그 소리들은 빠른 속도로 가까워지고 있었다. 추격에 참가하지 않은 몇몇이 비명을 듣고 달려오고 있는 것이다.

당황한 제비는 반사적으로 건물의 지붕을 올려다보았다. 일층의 처마를 향해 힘껏 뛰었는데 손이 닿지 않았다. 지니고 있는 무기의 무게가 상당한 데다 키마저 사 척 오 촌으로 작

있기 때문이다. 위에서 아래로 뛰어내리는 것은 가능해도, 아래에서 위로 뛰어오르는 것은 역부족이었다.

'그러게 철궁이 너무 무겁다니까!'

제비는 애꿎은 단우영에게 화를 내었다. 주변을 두리번거리며 안절부절못하다 얼른 삼주각 쪽으로 달려갔다. 일이 이렇게 되었으니 단우영과 합류하는 것이 최선이었다.

그가 삼주각의 팔 장 앞까지 다다랐을 때, 난데없이 삼주각의 입구가 박살나며 한 사내가 밖으로 튀어나왔다. 백사가 그려진 흑의를 입고 있는 삼십 대 초반의 사내였다.

그는 박살난 입구를 노려보며 신경질적으로 입가에 묻어 있는 피를 훔쳤다. 자신에게 일격을 먹인 적에게 표독한 살기를 내뿜었다.

"단우영! 적귀대주가 예까지 직접 행차하다니! 살아서 복건 땅을 다시 밟을 생각은! 킥!"

그의 뒤통수에 한 발의 화살이 틀어박혔다. 제비였다. 그는 눈앞에 적이 튀어나온 데다 자신의 존재를 모르는 것 같아 본능적으로 화살을 날렸다.

입구 밖으로 나온 단우영은 혼자가 아니었다. 장무 일행 세 명과 함께였다. 단우영은 멀쩡했지만, 장무 일행은 얼굴이 초췌하고 창백한 데다 전신이 피로 흥건히 물들어 있었다.

네 사람은 입을 쩍 벌린 채 얼빠진 얼굴로 쓰러진 사내와 제비를 번갈아 바라보았다. 놀란 것은 제비도 마찬가지였다.

그는 멋쩍게 웃었다.

"희한하네. 또 막을 줄 알았는데 말이야. 이 아저씨 엄청 센 줄 알았는데 바보였잖아? 난 그냥 사부에게 공격할 틈을 만들어 줄 생각으로…… 에헤헤."

장무는 혀를 내둘렀다.

"단목항우에 이어 창조진(昌造榛)마저 열 살밖에 안 된 애새끼에게 당했단 말인가? 허어!"

제비는 고개를 갸웃했다.

"창조진? 이 아저씨 유명한 사람이에요?"

"유명하다마다. 흑사방 백사대(白蛇隊) 부대주 성락기검(星落技劍)이란 말이다!"

"그렇구나. 아니. 잠깐! 그런데 기분 나쁘게 왜 소리를 질러? 어이, 뚱뚱이! 뚱뚱이!"

"뭐, 인마? 뚱뚱한 게 아니라 조금 통통한 것뿐이야!"

"헛소리하지 말고 어이, 돼지! 뭐 하고 있어? 어서 칭찬해. 마구마구 칭찬해. 나 아니었음 당신 죽었어. 이거 왜 이래?"

"이 애새끼를 그냥 확!"

"우와, 이거 성질나네. 그 배때기에 칼집 몇 개 더 내줘? 앙?"

"너, 너!"

짜증이 난 단우영은 한 손을 번쩍 들어 올렸다. 장무와 제비를 매섭게 노려보았다.

흠칫한 두 사람은 입을 합 다물었다.

"시작이 안 좋았다지만 그래도 너무 심하군. 자제해라. 알겠나?"

장무와 제비는 못마땅한 기색을 드러내며 억지로 고개를 끄덕였다. 단우영은 어느 한 곳을 가리켰다.

"남은 놈들이 속속 몰려드는군. 떠난다. 뒤처지지 마라. 뒤처지는 놈은 이번엔 정말로 버리고 간다! 명심해라!"

"예!"

제비를 옆구리에 낀 단우영은 신형을 날렸다. 장무 일행도 얼른 그의 뒤를 쫓았다. 제비는 열심히 다리를 놀리는 장무와 달리 자신은 비교적 편한 상태로 있어 왠지 모를 우월감을 느꼈다. 장무를 약 올리기 위해 그를 향해 얄밉게 웃으며 혀를 쏙 내밀었다.

장무는 이를 갈며 분통을 터뜨렸다. 그러다 무슨 생각이 들었는지 피식 웃으며 고개를 돌렸다. 제비가 아니었으면 이렇게 구하러 오는 일은 없었을 거라고 단우영에게 들었기 때문이다.

정말이지 더럽게도 얄밉고, 더럽게도 고마운 애새끼였다.

고귀한 피

　새벽까지 이리저리 도망쳐 적들을 뿌리친 단우영 일행은 날
이 밝아올 무렵 약속장소인 천화 근처의 숲에 도착했다. 마정
일행은 이미 도착해 쉬고 있었다.

　힘겹게 상봉한 삼조원 일곱 명은 옹기종기 모여 서로가 서
로를 치료해 주었다. 마정도 약간의 부상을 입긴 했지만 별것
아니었다. 단우영과 제비는 그저 지쳤을 뿐이었다.

　단우영과 마정은 마주 보고 앉아 다음을 논의했다. 제비는
단우영의 옆에 앉아 구경했다. 먼저 입을 연 것은 마정이었다.

　"창조진이 움직였다는 건, 배후에 사마후(司馬厚)가 있다는
뜻이겠지요."

단우영은 동조하는 빛을 보였다.

"그렇겠지. 창조진은 우리의 예상보다 훨씬 빨리 교진정에 도착했다. 흑사방이 아니라 더 가까운 곳에 있었음이 분명해."

"용호문일 겁니다."

"너도 그렇게 생각하나?"

"예. 이 음모를 지휘하는 자는 사마후입니다. 그는 손대에게 실패한 과정을 듣기 위해 용호문으로 갔겠지요. 거기서 흑사방의 전서구를 받고, 창조진을 이곳으로 보낸 겁니다. 손대를 물리친 우리 적귀대가 왜 강서로 들어왔는지 알아내기 위해서 말이지요."

"용호문은 경계를 강화했겠군."

단우영은 씁듯이 내뱉었다. 마정은 고개를 끄덕였다.

"사마후는 우리의 목적이 손대일 가능성이 높다고 판단했을 테니까요. 포기하고 무이산으로 돌아가야 합니다. 사마후는 심계가 깊고 집요한 자입니다. 반드시 다시 무이산을 노릴 것입니다."

"놈이 직접 움직인다면 우리만으로는 안 된다. 정검회의 지원이 필요해."

"맞습니다. 복건에 도착하는 대로 정검회에 전서구를 보내야 합니다."

"일단 망가구로 돌아가 나머지 녀석들과 합류한다. 저녁에 출발한다. 그때까지 저 녀석들을 움직일 수 있게 만들어라."

"예!"

마정은 장무 일행 쪽으로 걸어갔다. 제비는 단우영의 눈치를 살피며 조심스레 물었다.

"사부, 사마후가 누군데 그렇게 겁을 내요?"

단우영은 씁쓸하게 웃었다.

"흑사방주 흑멸도제(黑滅刀帝) 사마강(司馬强)의 손자다. 나이는 스물여덟밖에 안 되지만 이십오 두의 고수야. 삼백 명의 백사대를 이끌고 있지."

"히엑! 이십오 두? 이십오 두면 저, 절정고수? 스물여덟밖에 안 됐으면서?"

"소위 어릴 때부터 영재교육을 받은 천재라는 얘기지."

제비는 덜컥 겁이 났다. 그는 단우영의 팔을 흔들었다.

"어, 어쩌죠? 창조진은 부대주라고 했잖아? 그러면 사마후 오른팔이라는 말이잖아요? 나 그 사람 죽였는데 괘, 괜찮을까? 응?"

"후후, 괜찮다. 이름을 떨쳐야지. 단목항우에 이어 창조진까지, 계획은 착착 진행되고 있어. 긍정적으로 생각하도록 하려무나."

"에헤헤, 그런가?"

"그래, 이제 수련을 시작하자."

"옙!"

제비는 가부좌를 틀고 앉았다. 단우영의 도움을 받아 가며 천공심법을 연마했다.

저녁이 되자 일행은 숲을 떠났다. 부지런히 이동해 사흘 후 망가구에 당도했다. 삼조 전원이 부상을 입은 상태다 보니 올 때보다 시간이 두 배로 걸렸다.

그들은 약속장소에서 하루 동안 머물며 휴식을 취했다.

해담권문을 출발한 지 이 주일째가 되는 날의 저녁 무렵, 그들의 곁으로 한 조씩 모습을 드러내었다. 이윽고 모든 조원이 한자리에 모였다.

그들은 교진정에서 일어난 일을 모르고 있어, 마정이 간단하게 설명해 주었다. 그 후 마정은 조원들에게 그동안 어떤 정보들을 입수했는지 물었다. 그는 그 정보들을 가지고 단우영에게로 향했다.

"이상합니다."

"뭐가 말이냐?"

"용호문은 여전히 어수선하다고 합니다. 부하들이 잠입 경로를 여러 개 찾아냈습니다."

단우영은 피식 웃었다.

"간악한 놈들! 함정이다. 우리를 유인하려는 거야."

"이런, 과연 그렇군요."

"우리가 움직일 기미가 없으면, 놈들은 계획을 바꿔 우리를 찾아 나설 거다. 그전에 이곳을 떠나야 한다."

"예! 언제 출발합니까?"

"당장이다. 일이사조에 삼조원 둘을 넣고, 오조에 하나를 넣어라. 그렇게 사 개조로 흩어져 떠난다. 명심할 건, 또다시 붙잡히는 놈들이 있다면, 적들의 손이 아니라 내 손에 죽을 거라는 거다! 단단히 일러두어라."

"예!"

마정은 부하들에게 다가갔다. 그들에게 단우영의 살벌한 협박을 전했다. 삼조를 제외한 전원은 문제없다며 눈을 빛냈고, 삼조는 힘없이 고개를 숙였다.

잠시 후 일행은 뿔뿔이 흩어졌다. 단우영도 제비, 마정을 데리고 숲을 떠났다. 그들은 올 때와는 다른 경로를 사용해 남하를 시작했다.

나흘 후 그들은 별다른 문제 없이 복건성에 도착했다. 제비는 만세를 불렀다.

"우아후! 공기부터 다르구만. 여기 진짜 좋아. 아하하!"

이제 숨지 않고 당당하게 다녀도 된다. 제비는 그게 너무 좋았다. 깡충깡충 뛰며 기쁜 마음을 대놓고 표현했다.

단우영은 부드럽게 웃었다.

"후후, 복건은 정말 좋은 곳이지. 그래서 우리 단우세가도 무려 오백 년 동안 이곳에 뿌리내려 살고 있는 거니까."

"히야, 오백 년? 역사가 오백 년이나 돼요?"

"그래. 참, 세가가 어디에 있는지 아느냐?"

"응? 모르는데요?"

"남동쪽의 천주(泉州)에 있다. 거기선 바다가 보이지 않지만, 내 별장에선 보이지. 전망이 아주 좋단다."

제비는 두 눈을 반짝반짝 빛냈다.

"별장? 사부, 부자였어요?"

"흠흠, 뭐 그렇지."

"이야, 대단하네. 바다라니! 엄청 크다면서요? 물도 짜다고 하던데 진짜 그래요?"

"본 적이 없느냐?"

"없어요. 한 번도 없어."

"좋다, 조만간 데려가 주마. 정말 멋지단다."

"아우우! 이거 신 나는데? 언제 가는데요? 응? 언제 가요?"

"일단 무이산의 일부터 해결해야지."

"쩝, 그건 그러네. 그러면 어서 가요. 후딱 해결해 버리자고! 어서요!"

제비는 단우영을 채근하며 앞장서서 달려가기 시작했다. 단우영에게 어서 따라오라고 손짓했다. 그 모습이 귀여워 단우영은 따스하게 미소 지었다.

마정은 천진난만한 제비를 보며 슬쩍 물었다.

"저 녀석은 어떤 어른이 될까요?"

"모른다. 그러나 한 가지만은 확실하다."

"뭡니까?"

단우영의 두 눈에 기광이 번뜩였다.

"제비는 세가의 이름을 만천하에 떨쳐 줄 거다. 나는 그렇게 확신한다!"

"후후, 그러려면 일단 저 철딱서니 없는 성격부터 고쳐야겠군요."

"내버려 두어라. 아직 어리지 않느냐? 나이를 먹어 가며 서서히 바뀌게 될 거다. 아니, 그렇게 만들 거다."

"예."

마정은 흐뭇하게 웃었고, 그것은 단우영도 마찬가지였다.

두 사람은 제비와 함께 무이산으로 부지런히 이동했다. 이틀 후 무이산에 도착해 정오 무렵 해담권문으로 들어갔다.

유상은 그들을 반갑게 맞이했다. 그는 단우영을 처소로 안내하며 물었다.

"보내주신 전서구를 받았습니다. 정말 사마후가 직접 움직이고 있는 겁니까?"

"확실하다."

"큰일이군요."

"그렇지. 별다른 이상은 없나?"

"없습니다. 쥐 죽은 듯이 조용합니다."

"더 찜찜하구만."

"그러게 말입니다."

"정검회의 답장은 왔나?"

"네? 정검회에도 직접 전서구를 보내셨다고 하셔서, 저는 따로 연락을 하지 않았습니다. 지금이라도 보낼까요?"

"아니, 되었다. 며칠 기다리면 연락이 오겠지."

"예."

"인부들 여럿이 건축자재를 들고 산을 오르고 있더군. 벌써 홍검방을 재건하고 있는 거냐?"

유상의 얼굴에 그늘이 졌다.

"그건 아닙니다."

"하면?"

"정 문주가 사재를 털어 홍검방이 있던 자리에 지부를 만들고 있습니다."

단우영은 이해가 안 돼 추궁했다.

"지부라니? 그게 무슨 소리지?"

"고 방주와 수하들, 일가족까지 모두 죽었습니다. 정 문주가 죽였지요. 음식에 독을 타서 말입니다."

"뭐라고? 지금 장난하는 거냐?"

"정검회의 결정이었습니다. 그게 더 싸게 먹힌다고 판단한 거지요."

"빌어먹을! 자세히 말해 봐."

"고 방주에겐 재건을 약속하고, 정 문주에겐 고 방주를 죽이라고 명령한 겁니다. 정 문주는 무이산 전체가 자신의 것이 되니 거절할 이유가 없지요. 정검회는 홍검방을 재건한다고 돈을 쓰지 않아도 되고 말입니다."

"하! 기가 막히는군. 회주님의 결정은 아니다. 그분은 이런 식으로 일을 처리하실 분이 아니야. 소회주인가? 백리산(百里∰), 또 그놈인가?"

쌓인 게 많은 듯 단우영은 이를 갈았다. 유상은 살짝 고개를 끄덕였다.

"아마도 그럴 겁니다. 소회주는 비정할 정도로 손익계산이 철저하니까요."

"후우, 되었다! 집어치우자! 일부는 돌아왔나?"

"아직입니다."

"세가에서 충원병력은 보냈고?"

"스물한 명이 왔습니다. 나머지 열일곱 명은 몇 달 기다려 야 할 것 같습니다. 예비병력들이 있긴 한데 아직 본 대에 들 어올 만한 실력은 아니라고 합니다."

"열일곱이 아니야. 스물이다. 일부 삼조에 공석이 세 자리 생겼으니까."

"그렇군요. 세가에 연락을 해 두겠습니다."

"일부부터 머릿수를 오십 명씩 채워라. 사부는 당분간 삼 개조로 운영한다. 일부 삼조원들은 그대로 두되, 조장인 장 무는 사부 삼조장으로 강등한다. 일부 삼조의 조장은 네가 알아서 쓸 만한 놈으로 채워."

"이번 일의 책임을 물으시는 겁니까?"

"실수를 했다면 당연히 벌을 받아야지! 다시 일부로 옮기고 싶다면 부단히 노력을 하라고 해."

"알겠습니다."

"햇빛을 받을 수 있는 한적한 장소를 물색해라. 날이 추우니 주변에 머물 수 있는 집도 있어야 한다. 정검회에서 연락이 올 때까지 그곳에서 제비를 가르치고 있겠다."

"예!"

유상은 명령을 받들기 위해 어딘가로 사라졌다. 단우영은 홀로 정근수가 마련해 준 처소로 향했다.

다음 날 그는 제비와 함께 무이산 남서부의 암자로 향했다. 해담권문과 가깝고 버려진 곳이라 인적이 드물었다. 두 사람은 그곳에 머물며 수련에 박차를 가했다.

빠르게 일주일이 흘렀다. 해가 뉘엿뉘엿 기울자, 단우영은 하루 종일 내공 수련으로 진이 빠진 제비를 채근해 글을 가르쳤다. 유상이 방문한 것은 그 무렵이었다.

제비는 이제 살았다는 듯 바닥에 대자로 드러누웠다. 단우영과 유상은 그런 제비의 옆에서 대화를 주고받았다. 유상이 먼저 말했다.

"내일 정오에 지원군이 온다고 합니다. 그들을 맞이하셔야 하니 돌아갈 채비를 하시는 것이 좋겠습니다."

"누가 온다고 하던가?"

"자세한 언급은 없더군요. 그저 그들의 명령을 따르라고만 했습니다."

"으음, 왠지 불안하군."

"사실 저도 조금 그렇습니다."

눈살을 찌푸린 단우영은 제비를 불렀다.

"제비야, 짐을 싸라."

제비는 우는 시늉을 했다.

"좀만 쉬고요. 하루 종일 이게 뭐야? 낮에는 혈도 기억한다고 고생하고, 밤에는 글자 기억한다고 죽어요, 죽어! 머리가 터질 것 같단 말이야."

"짐 싸라."

"아악! 아아아악!"

제비는 머리를 쥐어뜯으며 괴로워했다. 자리에서 벌떡 일어나더니 미친 듯이 밖으로 뛰쳐나갔다. 유상은 옅게 웃었다.

"고생하시는군요."

"저 녀석만큼은 아니지."

"진전은 좀 있습니까?"

"실전에 강한 유형이야. 몸으로 익히는 것은 기가 막힐 정도로 잘한다. 벌써 혈도들을 네 개나 뚫었거든."

"맙소사! 그 난해한 천공심법을 말입니까?"

"그래. 문제는……."

"문제라니요?"

단우영은 이마를 문질렀다.

"후, 문제는 머리가 돌이라는 거지. 벌써 글을 가르친 지 한 달여나 되었건만, 아직도 천자문 세 번째 장을 못 넘기고 있는 실정이다."

"이런, 상당히 극단적인 아이로군요."

"그러게 말이다. 일단 글을 알아야 구결을 가르칠 수 있는데, 그게 어느 천년에 가능할지 모르겠다. 구결을 해석이나 할수 있을지도 의문이고."

"하면 차후 세가로 돌아가게 되면 글 선생을 하나 고용하는 것이 낫겠습니다. 아무래도 대주님보다는 전문적으로 글을 가르치는 자가 더 나을 테니까요."

"흠, 그건 그렇군. 알았다. 그렇게 하지. 너는 짐을 싸라. 나는 나가서 제비를 데리고 오겠다."

"예."

단우영은 암자 밖으로 나갔다. 제비를 찾는 것은 어렵지 않았다. 제비는 나무 앞에 서서 머리를 콩콩 찧으며 자학하고 있었다. 그의 목덜미를 낚아챈 단우영은 억지로 암자 안으로 끌고 들어갔다. 유상과 함께 짐을 싼 뒤 해담권문으로 떠났다.

세 사람이 해담권문에 도착한 다음 날 정오 무렵, 눈부신 백의를 입은 삼백 명의 대인원이 모습을 드러내었다. 그들을 이끌고 있는 자를 확인한 단우영은 깜짝 놀랐다. 예상치 못한 거물이었기 때문이다.

"단우 대주, 오랜만이군."

잔풍비검(殘風飛劍) 백리정(百里情)은 오만하게 고개를 까닥였다. 찢어진 눈과 날카로운 콧대, 그리고 역삼각형 얼굴이 그의 오만함을 더욱 재수 없게 만들어 주었다.

　백리정은 올해 스물여섯 살로 단우영보다 열 살이나 어렸다. 하나 그는 당당하게 하대를 했고, 단우영도 그것을 받아들였다. 이유는 간단했다. 백리정은 이십삼 두의 고수이며, 정검회 소회주 백리산의 장자였기 때문이다. 적어도 복건성 내에서는 누구도 무섭지 않은 정검회주 건곤검제(乾坤劍帝) 백리소(百里素)의 직계자손이었다.

　단우영은 정중히 머리를 조아렸다.

　"육검대주께서 직접 오실 줄은 몰랐습니다."

　정검회에는 일검부터 육검까지 여섯 개의 검대가 존재했고, 백리정은 그중 육검대(六劍隊)를 맡고 있었다. 그렇기에 그가 데리고 온 삼백 명은 육검대였다.

　백리정은 비릿하게 웃었다.

　"배후에 사마후가 있는 것이 확실하겠지?"

　"그렇습니다."

　"좋군, 좋아. 저쪽에서 사마후가 나선다면, 이쪽에서도 응당 내가 나서야지! 아하하하!"

　백리정이 행차한 이유가 밝혀지는 순간이었다. 흑사방이 사마강의 손자를 내보냈으니, 정검회도 백리소의 손자를 내보내 맞불을 놓은 것이었다.

단우영은 백리정을 정근수의 집무실로 안내했다. 천천히 걸음을 옮기던 백리정은 단우영의 옆에서 따라오고 있는 제비를 보았다. 그는 피식 웃었다.

"저 아이가 근래에 받아들였다는 제자인가?"

"예."

"천한 낭인 따위를 제자로 받아들이다니, 단우세가는 아주 개방적이군그래. 하하하핫!"

눈을 동그랗게 뜬 제비는 걸음을 멈추었다. 입을 반쯤 벌린 채 백리정의 뒷모습을 바라보았다. 잠시 그렇게 멍하니 있던 그는 갑자기 얼굴을 무참하게 일그러뜨리며 발작적으로 활과 화살을 잡았다.

당황한 단우영은 급히 손을 들어 제비를 막았다. 눈으로 제발 경거망동하지 말라고 타일렀다. 그리고는 유상에게 어서 제비를 다른 곳으로 데려가라고 했다. 유상은 서둘러 제비를 잡아끌었다.

잠시 후 단우영과 백리정은 처소에 도착했다. 백리정은 탁자에 앉았고, 단우영은 그의 맞은편에 시립했다.

백리정은 턱짓으로 단우영을 가리키며 툭 내뱉었다.

"단도직입적으로 말하지. 빙빙 돌리는 건 적성에 안 맞거든."

"말씀하십시오."

"철소촌(铁关村)으로 가. 그쪽에서 지원을 요청했어."

"손을 떼라는 겁니까?"

"그래. 손대 납치에 실패한 벌이라고 생각해. 자세한 얘기는 철소촌의 황남문? 황서문? 아무튼 거기 가서 듣도록."

"공식적인 명령입니까? 아니면⋯⋯."

"아니면, 내 독단이냐고?"

"확실히 해 두어야 뒤탈이 없을 겁니다."

"아버님의 결정이다. 이걸로 부족한가?"

"아닙니다. 충분합니다."

백리정은 두 눈을 음산하게 가라앉혔다.

"단우 대주."

"예."

"내 자비를 베풀어 이번 한 번만 용서해 주겠다. 두 번 다시 내 명령에 토를 달지 마라. 나를 모욕하지 마라. 계속 우리의 왼팔로 남아 있고 싶다면, 내가 시키면 무조건 고개를 끄덕여! 단우세가가 아니더라도 우리의 왼팔이 되고 싶어 하는 문파는 널리고 널렸으니까! 알겠나?"

"⋯⋯죄송합니다. 앞으로는 이런 일 없을 겁니다."

"당연히 그래야지! 시간 끌 것 없이 오늘 내로 떠나."

"예. 그럼 이만."

"아아."

백리정은 파리 쫓듯 손을 휘저었다. 단우영은 끝없는 분노와 모멸감을 느꼈지만, 단우세가를 생각해 그것을 꾹 억눌렀다. 그는 정중하게 머리를 조아린 뒤 밖으로 나갔다.

유상은 아직도 씩씩거리고 있는 제비를 달래고 있었다. 제비는 얼른 단우영에게 달려가 투정을 부리려고 했다. 단우영은 그런 제비를 막았다. 주변에 보는 눈이 많았다. 그는 제비와 유상을 데리고 한적한 곳으로 갔다.

주변에 아무도 없음을 확인한 그는 제비에게 물었다. 더없이 진지한 어조였다.

"화가 나느냐?"

얼굴을 시뻘겋게 붉힌 제비는 고래고래 악을 질렀다.

"응! 응! 나 미칠 것 같아! 내가 천하고 낭인 출신이라는 것도 아는데, 인정하는데! 왜 그런 새끼한테 그런 말을 들어야 하는데? 지가 뭔데 나한테 그런 말을 하냐고! 나 진짜 확!"

"그놈의 얼굴에 한 방 먹여 주고 싶으냐?"

"그래도 돼요? 그래도 돼?"

"지금은 안 된다. 그러나 방법은 있다."

"뭔데요? 나 할게. 무조건 할게."

단우영은 두 손으로 제비의 어깨를 굳건히 잡았다. 두 눈을 강렬하게 빛내며 제비의 얼굴을 정면으로 바라보았다.

"강해져라. 그러면 된다."

"에? 가, 강해지기만 하면 되는 거예요?"

너무 단순해 제비는 약간 당황했다. 단우영은 확신에 찬 미소를 던졌다.

"그래. 네가 그놈보다 더 강해지면, 정식으로 비무를 신청해 그 녀석의 면상에 한 방 먹여 줄 수 있는 거다!"

제비는 주먹으로 손바닥을 힘껏 때리며 쾌재를 불렀다.

"좋아! 좋다고! 다 죽었어! 나 진짜 열심히 배울 거예요! 진짜로! 으하하하!"

단우영은 제비의 머리를 부드럽게 쓰다듬었다.

"그래! 나도 더 열심히 가르쳐 주마!"

"응!"

그렇게 대화가 일단락되자 유상은 조심스레 끼어들었다. 그는 씁쓸한 표정을 짓고 있었다.

"하필이면 육검대라니, 눈앞이 캄캄해지는군요."

단우영은 눈살을 찌푸렸다.

"그보다 더 심각하다."

"예? 무슨 말씀이십니까?"

"손을 떼라고 하더구나."

두 눈을 부릅뜬 유상을 역정을 내었다.

"말도 안 됩니다. 우리는 이미 이번 일에 깊이 개입한 상태입니다. 한데 이제 와서 손을 떼라니요?"

"그게 정검회의 결정이다."

"이! 이이! 끄응, 정말 너무하는군요. 그러면 우리는 세가로 돌아가는 겁니까?"

"아니, 서쪽의 철소촌으로 간다. 육검대주는 황남문(黃男門)

의 이름도 제대로 기억하지 못하고 있더군. 그들 쪽에서 지원을 요청했다고 한다."

"황남문이라…… 정말 이곳저곳에서 분란이 끊이지 않는군요. 마지막으로 세가에 들른 것이 벌써 삼 년이 넘었습니다. 그동안 우리는 계속 복건과 강서의 경계선 주변을 떠돌고 있군요."

"어쩔 수 없지. 이런 상태가 무려 이백여 년이나 지속되고 있으니까. 흑사방이나 정검회, 둘 중 하나가 무너지기 전에는 끝나지 않을 거다. 둘 중 하나가 무너져야 한다면, 무너지는 쪽은 흑사방이 되어야 할 테! 흑사방을 무너뜨릴 때까지 우리는 최선을 다해야만 한다!"

"예! 언제 출발합니까?"

"오늘 내로 떠난다. 최대한 빨리 부하들을 준비시켜라."

"알겠습니다."

유상은 몸을 돌려 사라졌다. 단우영도 제비를 이끌었다.

"가자. 우리도 짐을 싸야지."

제비는 하고 싶은 말이 많았지만, 단우영의 표정이 너무 어두워 그것을 속으로 억눌렀다. 두 사람은 말없이 처소로 향했다.

사라지는 아이들

　무이산을 출발한 적귀대 백팔십 명은 나흘 후 철소촌에 다다랐다. 그들은 마을의 북쪽 입구로 접근했다.

　마을은 북쪽 전체가 시커멓게 죽어 있었다. 사람이라곤 코빼기도 보이지 않았고, 불에 타 재만 남은 건물들만 덩그러니 남아 있었다. 바닥은 검은 재로 뒤덮여 있었다.

　전면의 철소촌을 훑으며 제비는 지나가듯 중얼거렸다.

　"여기는 아직도 안 고쳤네?"

　단우영은 의문을 품었다.

　"이곳에 와 본 적이 있느냐?"

　"응. 작년 봄에요. 저기, 저기는 우리가 태웠어요. 일 년이나 지났는데, 왜 계속 이 상태로 내버려 두는 거람?"

"뭐? 너도 이곳을 불태우는 데 일조했다고? 강서 놈들과
손을 잡았다는 말이냐?"

서슬이 시퍼런 단우영의 기도에 제비는 몸을 움츠렸다. 그
는 기어들어 가는 어조로 말했다.

"그, 그게, 우리는 상황에 따라 이쪽저쪽 오가며 돈을 벌었
으니까, 아니, 그, 그 정도는 이해를 해 줘야죠. 이해를 해 줘
야지."

"후우, 알았다. 하나! 앞으로는 절대 강서 놈들과 손을 잡
아서는 안 된다! 알겠지?"

"옙! 알겠습니다. 물론이죠!"

"좀 더 자세히 말해 봐라. 나는 작년에 이곳에 없었거든."

"별거 아니에요. 자계(資溪)에 있는 자성루(紫星樓)랑 계약을
해 가지고 여기로 왔어요. 우리뿐 아니라 다른 낭인단체들이
랑 또 다른 방파 두 갠가 세 개랑, 아무튼 수백 명이 함께요.
여기가 아니라 더 남쪽에 있는 광택(光澤)이 최종목표였거든
요."

"그래서?"

"일단 여기부터 손에 넣고 한 열흘 정도 있었어요."

"바로 광택으로 남하하지 않고?"

"약탈이 우선이죠. 정검회와 흑사방의 전쟁은 결국 땅 따먹
고 돈 뺏기잖아? 땅을 따먹었으니까, 자연 이제 돈을 뺏을 차

례지. 헤헤헤."

"그건 그렇군. 그 뒤에는?"

"열흘 동안 열심히 돈 되는 건 다 약탈하고 있는데, 도망쳤
던 황남문이 지원군을 데리고 공격해 왔어요. 그쪽이랑 우리
쪽이랑 머릿수는 얼추 비슷했는데, 우리가 졌어요. 개중 파란
옷을 입은 이백 명 정도가 엄청 셌거든요. 그래서 뒤도 안 돌
아보고 자계까지 줄행랑을 쳤죠 뭐."

"파란 옷이라, 누구인지는 아느냐?"

"들었는데, 뭐더라? 헤헤, 까먹었나 봐요."

단우영은 혹시나 하는 생각에 유상을 바라보았다. 기억을
더듬은 유상은 확신이 없는 어조로 입을 열었다.

"작년 철소촌이면, 아마도 독고진(獨孤喥)의 청봉대(靑鳳隊)
가 아닌가 합니다. 철소촌을 탈환하고 자계까지 역공격을 갔
다가 단목항조와 충돌했다고 들었습니다."

"단목항조? 자성루를 지원하러 단목항조가 직접 움직였
나?"

"그렇다고 하더군요. 양쪽 다 큰 피해를 입었는데, 흑사방
쪽에선 계속 지원군을 보냈지만 우리 쪽은 그렇지 못해 일주
일을 못 버티고 퇴각했다고 했습니다."

단우영은 제비를 돌아보았다.

"하면 너도 단목항조와 함께 청봉대와 다시 싸웠겠구나."

제비는 바로 고개를 저었다.

"아니, 아니에요. 우린 자계에 가자마자 바로 떠났어요."

"그건 왜지?"

"자성루주가 엄청 나쁜 영감이었거든요."

"자전괴검(紫電怪劍) 관기(觀器)가 말이냐?"

"응! 우리가 약탈한 거 전부 뺏어 갔어요. 원래 일 할은 남겨 주거든. 그게 관례인데, 그 영감탱이는 그 약속을 깼다고요. 다들 진짜 화가 나 가지고 그 영감탱이 욕하며 떠났어요."

단우영은 비릿하게 웃었다.

"평판이 좋다고 들었거늘, 실상은 다르구나. 네 말대로 정말 나쁜 영감이야."

"그렇다니까! 아우, 그 영감탱이 면상 떠올라서 또 기분 나빠지네."

제비는 씩씩거리며 분통을 터뜨렸다. 단우영은 그런 제비의 머리를 부드럽게 쓰다듬었다. 그 사이 일행은 시커멓게 죽은 대지를 가로질러 철소촌의 중부로 향했다. 황남문은 중부에 있었다.

대낮인데도 불구하고 한적한 주위를 돌아본 단우영은 나직이 내뱉었다.

"마을 전체가 죽은 것 같군."

유상은 자신의 생각을 밝혔다.

"대충 감이 잡히는군요."

"뭐가 말이냐?"

"황남문은 지난 일 년 동안 마을을 부흥시킬 자금까지 모두 군자금으로 사용해 병력을 끌어모았을 겁니다. 그래서 북쪽의 건물들이 재건되지 않은 거고, 이렇게 마을이 죽어 있는 거지요."

"과연, 일 년 전의 빚을 갚아 주겠다는 거구만."

"확실합니다."

"이거, 왠지 대규모 전쟁의 냄새가 풍기는데?"

유상은 옅게 웃었다.

"피가 끓어오르십니까?"

단우영은 부인하지 않았다. 그는 호쾌하게 웃었다.

"후하하, 그래! 너는 어떻지?"

"사실 저도 흥분됩니다."

제비도 질 수 없다는 듯 번쩍 손을 들었다.

"나도! 나도 그래! 나도 피가 끓는다구!"

유상과 단우영은 제비를 바라보며 피식 웃었다. 일행은 잠시 후 황남문에 도착했다.

황남문의 수용 가능 인원은 사백 명이었다. 한데 지금 황남문엔 육백 명이 넘는 대 인원이 머물고 있었다.

그게 가능한 이유는 황남문주 철중검(鐵重劍) 황부(黃浮)가 황남문의 남쪽 외벽 전체를 부수고 마을 쪽으로 울타리를 쳐서 영역을 오백 평 정도 넓혔기 때문이었다. 그는 그 공간 안에 자리 잡고 있던 가게나 집들을 파괴했고, 거주민들도 다른 곳으로 보냈다.

단우영 일행을 맞이한 이는 황남문의 총관 회선선(回旋扇) 제진(齊瑨)이었다. 그는 수하를 시켜 적귀대를 인근 객잔으로 안내했다.

황남문 내에 있는 육백 명은 처소만 차지하고 있는 것이 아니었다. 여유 공간 전부를 연무장으로 삼아 매일같이 수련을 하고 있었다. 그런 까닭에 황남문은 포화상태라 적귀대가 머물 공간이 없었다.

단우영은 탐탁지 않았지만 다른 묘수가 없어 제진의 제안을 받아들였다. 부하들을 인근 객잔으로 보냈고 그는 유상, 제비와 함께 제진을 따라 황부의 집무실로 향했다.

집무실로 가려면 몇 개의 연무장을 지나쳐야 했다. 어떤 곳에선 각양각색의 복장을 하고 있는 낭인 몇십 명이 진법 훈련을 받고 있었고, 어떤 곳에선 청의를 입은 몇십 명이 제각각 수련에 열중이었다.

청의를 입은 자들의 정체는 독고세가(獨孤世家)의 청봉대였다. 독고세가는 정검회의 오른팔 격인 문파였고, 청봉대의 대주는 독고세가주 해일검제(海溢劍帝) 독고인(獨孤忍)의 둘째 아들인 청살일검(靑殺一劍) 독고진이었다.

독고진과 단우영은 이십 년 넘게 우정을 쌓은 친구였다. 몇몇 청봉대원들이 단우영을 알아보고는 정중하게 묵례를 건넸다. 단우영도 그들에게 턱을 까닥였다.

제비는 청봉대원들과 눈을 마주치지 않기 위해 단우영의 크고 넓은 등 뒤에 몸을 숨겼다. 제비의 심정을 알 것 같아 단우영은 모르는 척 넘어갔다.

잠시 후 단우영 일행은 집무실에 도착했다. 집무실엔 오십 대 후반의 노인과 삼십 대 중반의 사내가 머리를 맞대고 회의 중이었다. 황부와 독고진이었다.

단우영은 황부와 일면식이 없어 먼저 그에게 정중히 포권을 취했다. 그런 다음 독고진을 바라보았다.

"자네도 이번 작전에 참가했군그래."

독고진은 옅게 웃었다. 그는 단우영과 마찬가지로 육 척 장신에 건장한 체구를 소유했고, 나이도 동갑인 서른여섯 살이었다. 상대가 막역지우이다 보니 독고진의 목소리엔 허물이 없었다.

"참가가 아니야. 나와 황 문주님이 공동으로 주도한 작전 이거든. 우리 두 사람 다 작년에 받은 빚을 갚아 주려고 칼을 갈고 있었지."

"후후, 그랬구만."

"지원군을 보내 달라고 하긴 했지만, 자네가 올 줄은 몰랐네. 그것도 이렇게 일찍 말이야."

"일찍이라니?"

"응? 못 들었나? 작전개시는 삼 개월 후, 유월 초하룻날이야."

단우영의 얼굴이 급격하게 일그러졌다. 자신을 무이산에서 쫓아내기 위해 무려 삼 개월이나 일찍 이곳으로 보내다니! 제 멋대로 일을 처리한 백리산과 백리정이 너무나도 못마땅했다.

무언가 낌새가 이상하다는 것을 느낀 독고진은 단우영의 눈치를 살폈다.

"무슨 문제라도 있는 건가?"

"아니, 아무것도 아니야. 오다 보니 낭인들에게 진법을 가르치고 있더군. 특별한 이유라도 있는 건가?"

그가 화제를 바꾸고 싶어 한다는 것을 깨달은 독고진은 뜻대로 해 주었다.

"낭인들 삼백 명과 장기계약을 했어. 개개인이 약하니 별수 있나? 진법으로 만회해야지. 백기회(白旗會) 문제도 있고."

"백기회? 백기회라면 오 년 전 소회주의 큰사위인 누염신(累炎身)이 세운 신흥방파가 아닌가? 그 이름이 왜 언급되는 거지?"

"그들도 반년 전부터 마을 서쪽에 머물며 진법 훈련 중이거든. 삼 개월 후쯤이면 그런대로 쓸 만해질 거야."

"그랬군. 신흥방파이니 힘은 보잘것없겠지. 모자란 무력을 진법으로 보완하려는 거군. 한데 누염신이 자네의 말을 순순히 받아들였다고?"

독고진은 어깨를 으쓱였다.

"그럴 리가 있나? 반년 전에 진법 훈련 문제로 충돌했어.

현실을 깨닫게 해 주려고 십 대 십의 비무를 제안했지. 결과는 뭐, 알겠지?"

"그걸로 끝났다고?"

"후후, 아니더군. 누염신이 정검회에 하소연을 했고, 사자가 와서는 나에게 호통을 쳤지."

"그래서?"

"나도 고함을 질렀지. 백기회가 전멸해도 좋으냐고 말이야. 그러니 아무런 말도 못 하더군. 하하하하."

당시의 상황이 눈앞에 그려져 단우영은 피식 웃었다. 그는 천천히 고개를 끄덕였다.

"알 것 같군. 자계를 손에 넣는 건 백기회가 되어야 한다는 말이렷다?"

독고진은 부정하지 않았다.

"백기회의 기반을 다지기 위해선 명성이 필요하니까. 황 문주님과 나는 명성 따윈 필요 없어. 그저 자성루와 단목세가를 박살내면 족할 뿐이지."

"단목세가도? 림고산까지 쳐들어갈 계획인가?"

"그러니 이렇게 병력을 많이 끌어모으고 있는 것 아니겠나?"

"그렇구만. 차라리 잘 되었어. 나도, 부하들도 그동안 하루하루 숨 가쁘게 살아왔네. 이 기회에 푹 쉬며 체력을 비축해 놓으면 되겠군."

"그래 주게나. 마을 동쪽을 비워 놓겠네. 마음대로 쓰면 돼."

"아아, 그러지."

그렇게 대화가 일단락되자 독고진은 주변을 돌아볼 여유를 갖게 되었다. 그는 단우영의 옆에 서서 두 눈을 초롱초롱 빛내고 있는 소년을 바라보았다.

그리 잘생긴 것은 아니지만, 나름대로 개성이 넘치는 외모였다. 눈이 크고 이목구비가 뚜렷했으며, 어린 나이인데도 불구하고 얼굴 곳곳에 고생을 많이 한 흔적이 묻어 있었다.

"이 아이는 누구지?"

단우영은 아차 하는 표정을 지었다.

"이런, 내 정신 좀 보게. 소개가 늦었군. 내 제자야. 제비야, 인사해라. 내 오랜 친구다."

제비는 배시시 웃으며 넙죽 허리를 굽혔다.

"안녕하세요, 아저씨. 제비입니다."

독고진은 두 눈을 휘둥그레 떴다. 그는 단우영에게 믿어지지 않는다는 듯 실소를 던졌다.

"이거 참, 세상 오래 살고 볼 일이로군. 자네가 제자를 얻었다고?"

단우영은 부드럽게 웃었다.

"후후, 그렇게 되었네. 자네는 아직인가?"

"시간이 없지 않나? 고 녀석 참 또랑또랑하게 생겼구만. 왠지 약 오르는데? 이참에 나도 하나…… 응?"

제비를 유심히 바라보던 독고진의 두 눈에 이채가 번뜩였다. 그는 성큼성큼 제비에게 다가갔다. 덥석 제비의 턱을 붙잡고는 좌우로 돌려 보았다. 그의 안색이 딱딱하게 굳은 것은 직후였다.

당황한 제비는 단우영에게 도움을 요청했다.

"이, 이 아저씨가 갑자기 왜 이래? 사, 사부! 이 아저씨 왜 이래요?"

단우영의 표정도 심각하게 변했다. 그는 목소리에 무게를 담았다.

"소진, 왜 이러나?"

소진은 독고진의 애칭이었다. 그런데 독고진은 단우영의 말을 듣지 못한 것 같았다. 그는 제비를 노려보며 매섭게 추궁했다.

"너 혹시, 작년에 나하고 만난 적 없느냐?"

"아, 아아, 아니, 그, 그게, 거시기, 에헤헤……."

찔리는 게 있어 제비는 어색하게 웃기만 했다. 그 태도 덕분에 확신을 하게 된 독고진은 제비의 멱살을 붙잡고 번쩍 들어 올렸다.

"이 애새끼! 네놈이 맞구나! 얄밉게 화살 한 발씩 날리며 요리조리 도망치던 그 애새끼가 네놈이었어! 하도 기가 막혀 네 녀석의 면상을 아직도 잊지 못하고 있다!"

"사, 사부! 사부! 사부!"

제비는 애타게 단우영을 불렀다. 하나 그가 부르기도 전에 단우영은 이미 움직인 상태였다. 그는 제비의 멱살을 잡고 있는 독고진의 손목을 움켜쥐며 음산하게 목소리를 깔았다.

"내 제자에게 무슨 짓이지?"

바람 소리가 날 정도로 세차게 고개를 돌린 독고진은 단우영을 노려보았다. 두 사람의 시선이 허공에서 격렬하게 부딪쳤다. 독고진은 거칠게 내뱉었다.

"자네 제자가 작년에 무슨 짓을 했는지 아나? 내 부하 하나를 죽였어! 비열하게 화살을 날려 내 부하를 죽였단 말이야! 낭인 따위를 제자로 받아들이다니 정신이 나간 건가?"

"그 말은 그냥 넘길 수 없군. 취소해라. 이십 년 넘게 알고 지낸 친구 사이라고 해도 내 제자를 모욕하는 것은 용납할 수 없어!"

"이……!"

"그때 제비는 낭인이었다. 제비는 자신의 역할을 다한 것뿐이야. 왜 그걸 모르는 거지?"

잠시 동안 씩씩거리던 독고진은 앓는 소리를 내며 제비의 멱살을 쥔 손에서 힘을 풀었다. 허공에 떠 있던 제비는 바닥에 착지했고, 그제야 단우영도 독고진의 손목을 놓아주었다.

독고진은 단우영에게 애써 침착한 어조로 말했다.

"내가 너무 흥분했군. 사과를 받아 주게."

"아아, 그러지."

"하나 여기는 어린아이가 있을 장소가 아니야. 밖으로 내보내도록 해."

"견문을 넓히는 중이다. 내 곁에 두었으면 하는군."

"뭐라고?"

두 사람이 두 번째로 눈싸움을 벌이려고 할 때, 제비는 얼른 외쳤다.

"나 나갈게요. 나갈게요. 여기 숨 막혀서 못 있겠어요. 그러니까, 헤헤헤, 두, 두 분은 친구 사이라고 했잖아요? 그런데 왜 이렇게 살벌해? 그러지 마요, 응? 그, 그리고, 아저씨, 미안해요. 미안합니다."

제비는 독고진에게 허리를 구십도 이상 숙이며 사과했다. 그리고는 잽싸게 몸을 돌려 집무실 밖으로 나갔다.

방 안은 무거운 공기만 감돌 뿐, 누구 한 사람 숨조차 크게 내쉬지 못했다. 그 침묵을 깬 것은 독고진이었다. 그는 머리를 긁적이며 한풀 꺾인 어조로 말했다.

"제법 눈치가 있구만."

단우영은 옅게 웃었다.

"그리고 사과할 때는 사과할 줄도 알지. 계속 꽁해 있을 텐가?"

"후, 되었네. 내가 너무 속 좁게 굴었어."

"알긴 아는구만."

단우영은 악의 없이 피식 웃었고, 독고진도 졌다는 듯 허탈하게 웃었다.

　그렇게 장내의 공기가 부드러워지자 독고진은 진지하게 말했다.

　"자네 제자는 엄청난 괴물이다. 내 눈으로 직접 목격했으니 확실해. 잘만 키우면 상상을 초월하는 고수가 되겠지."

　"알고 있네. 그래서 제자로 받아들인 거니까."

　"후훗, 과연 그랬군. 이거 더 부러워지는데?"

　"그렇게 부러우면 자네도 어서 제자를 들이라구. 그러면 되지 않나?"

　"정말 그래야겠어. 아니, 아예 혼인을 해 버릴까?"

　"이런, 서로 마흔이 될 때까지는 여색을 멀리하고 무공 수련에만 정진하기로 약속하지 않았었나?"

　"쳇, 그딴 약속 알 게 뭐야?"

　"후하하하!"

　단우영은 대소를 터뜨렸다. 독고진도 웃음을 참다가 더 참지 못하고 호탕하게 웃어젖혔다. 숨죽이고 있던 나머지 세 사람, 유상, 황부, 제진은 한시름 놓았다는 듯 안도의 한숨을 내쉬었다.

　잠시 후 다섯 사람은 머리를 맞대고 앞으로의 일을 상의했다.

적귀대는 철소촌 동쪽의 객잔 네 곳을 빌렸다. 각 부씩 머물렀고, 단우영과 제비는 일부와 같은 객잔에 자리를 잡았다. 식비와 숙박비는 황남문에서 해결해 주기로 했다.

철소촌에 도착한 다음 날 아침 무렵, 단우영은 제비를 데리고 객잔 별채의 좁은 마당으로 향했다. 내공 수련을 시키기 위해서였다. 제비가 막 수련을 시작하려고 할 때, 유상이 찾아와 단우영에게 머리를 숙였다.

"잠시 밖에 다녀오겠습니다."

"어디를 말이냐?"

"오늘이 삼월 초하룻날입니다."

"아, 그렇군. 알았다. 다녀와라."

"예."

제비는 호기심을 드러내었다.

"초하룻날? 사부, 그게 뭔데 이해를 해요? 부대주 아저씨 어디 가는 거예요?"

"매달 초하룻날은 봉급날이다. 부대주는 세가와 거래를 하는 전장으로 가서 돈을 찾아오려는 거야."

흠칫한 제비는 자리에서 벌떡 일어났다. 그는 고래고래 악을 질렀다.

"봉급? 돈? 돈! 이럴 수가! 내가 이걸 잊어 먹고 있었다니! 사부! 나 입대한 뒤부터 한 푼도 못 받았어! 사부가 제자 돈을 떼먹다니, 세상에 이게 말이나 돼요? 말이나 되냐고!"

"흐허험험, 그간 바쁘지 않았더냐? 잊어 먹을 수도 있지."

"잊어 먹을 게 따로 있지! 내 돈! 내 도온! 한주인가 뭔가 하는 아저씨 이겼으니까 은자 한 냥에, 일월 이십일일에 입대했으니까 일월 말까지 열흘! 한 달에 은자 다섯 푼이라고 했으니까 그 삼 분의 일이면 엽전 삼백삼십삼 개, 아니 반올림해서 엽전 삼백삼십사 개! 거기에 이월 달 봉급 은자 다섯 푼을 합하면, 에…… 합하면, 은자 한 냥 반 엽전 삼백삼십사 개, 엽전 삼천삼백삼십사 개야! 내 돈 줘요! 어서 내 돈 내놔!"

제비는 단우영의 어깨를 거칠게 흔들었다. 기가 막힌 단우영은 제비의 머리를 쥐어박았다.

"이런 괘씸한 놈을 봤나? 천자문은 지지리도 못 외우면서 돈 계산은 왜 이리도 빨라?"

"칫, 글공부랑 돈 계산이 같남? 아니, 그딴 식으로 어물쩍 넘어갈 생각 말고 어서 내 돈 내놔요!"

"후우, 알았다, 알았어. 부대주랑 같이 가라. 가서 네 돈을 받아. 그러면 되겠지?"

"당연하죠! 당연히 그래야지. 아저씨, 어서 가요!"

쏜살같이 유상에게 달려간 제비는 그의 팔을 잡아끌었다. 그때 단우영이 제비를 불렀다.

"참, 제비야."

"응? 뭐예요?"

"이 기회에 네가 가지고 다니던 엽전들도 다 전표로 바꾸어

라. 그러면 몸이 더 가벼워질 거다."

홍분으로 방방 날뛰던 제비는 갑자기 멍한 표정을 지었다. 그는 더듬더듬 물었다.

"저, 전표요? 봉급을 전표로 주는 거예요?"

"그렇단다. 왜 그러느냐?"

제비는 얼굴을 붉히며 수줍게 몸을 배배 꼬았다.

"아니, 전장은 낭인들하고는 거래를 안 하잖아요. 그래서 전표는 갖고 싶어도 못 갖는 거였는데……. 진짜 전표로 줘요? 그리고 내 돈도 전표로 바꿀 수 있어요? 진짜로?"

"후후, 물론이다."

신이 난 제비는 주먹을 부르르 떨었다. 이내 두 손을 번쩍 쳐들며 환호성을 터뜨렸다.

"이야호! 만세! 우아아아! 내 꿈이 이루어진다! 꿈이 이루어져! 나 전표 가지는 게 꿈이었어요! 무겁고 손때 묻은 엽전이 아니라, 냄새 좋고 살랑살랑 흔들리는 전표 한 장 가져 보는 게 꿈이었다고요! 아하하하! 앗싸아! 아저씨! 뭐 하고 있어요? 어서 가자니까!"

제비는 다시 유상을 잡아끌었다. 유상은 제비의 모습이 귀여우면서도 한편으론 애처로워 씁쓸한 미소를 머금었다.

그것은 단우영도 마찬가지였다. 안타까운 시선으로 제비를 바라보던 그는 유상에게 어서 가서 제비의 소원을 들어주라고 눈짓했다. 단우영에게 살짝 고개를 꾸벅인 유상은 제비를 데리고 객잔을 빠져나갔다.

철소촌엔 전장이 세 군데 있었지만, 작년에 자성루의 공격을 받을 당시 모두 망해 버렸다. 그래서 돈을 찾으려면 남쪽의 규현(葵縣)으로 가야 했다.

유상은 시간을 단축하기 위해 황남문에 들러 말을 한 필빌렸다. 말에 올라탄 그는 제비를 앞에 앉히고 남쪽으로 질주했다.

제비는 마을을 빠져나가 넓은 평야를 달리며 아직은 차가운 바람을 만끽했다. 너무 흥분되어 웃음이 멈추지 않았다. 그는 유상을 채근했다.

"아저씨, 대륙전장(大陸錢場)으로 가요, 대륙전장."

그러나 유상은 고개를 저었다.

"안 된다. 금산전장(金山錢場)으로 가야 해."

"에? 왜요? 대륙전장으로 가요."

제비는 입을 삐죽 내밀며 투정부렸다. 유상은 그런 제비를 달래었다.

"세가는 금산전장과 거래를 하고 있다. 다른 전장에선 돈을 못 찾아."

"그, 그래요? 그러면 금산전장에 갔다가 대륙전장으로 가면 안 돼요? 응?"

"왜 그렇게 대륙전장에 목을 매는 거지?"

"그야…… 금산전장은 복건에서나 알아주지, 다른 성에서는 안 먹히잖아? 하지만 대륙전장은 달라요. 세상에서 제일 큰 전장이라구. 세상 어디를 가도 대륙전장의 전표는 현금과 동일한 가치를 지닌단 말이야. 나 대륙전장 전표 가지는 게 꿈이었어요."

"후우, 녀석 고집하고는. 알았다. 금산전장으로 갔다가 대륙전장으로 가자. 그러면 되겠지?"

"응! 헤헤, 고마워요, 아저씨."

"되었다. 남도 아니고."

"아하하, 그건 그러네."

두 시진 후 유상과 제비는 규현에 도착했다. 그들은 곧장 금산전장으로 향했다.

유상은 우선 부하들에게 지급할 돈을 찾은 뒤, 제비에게 줄 돈을 계산했다. 제비가 받아야 할 돈은 엽전 삼천삼백삼십사 개였지만, 유상은 일월 봉급을 엽전 삼백삼십사 개가 아니라 은자 다섯 푼으로 계산해 제비에게 은자 두 냥을 주었다.

제비로선 마다할 이유가 없어 은자 한 푼짜리 전표 스무 장을 넙죽 받았다. 그는 너무 고마워 유상의 어깨를 주무르며 끝없는 칭찬을 퍼부었다. 덩달아 기분이 좋아진 유상은 껄껄 웃었다.

이제 전표와 제비가 낭인 생활을 하며 번 돈을 바꾸러 대륙전장으로 갈 차례였다. 그런데 애석하게도 규현엔 대륙전장의 지점이 없었다. 더 남쪽인 화교(华桥)에 있었다.

유상은 고민했는데, 제비가 하도 성화를 부려 어쩔 수 없이 말을 타고 화교로 향했다.

세 시진 후, 늦은 오후 무렵 두 사람은 화교로 들어갔다.

철소촌을 떠나기 전에 아침 식사를 했고, 그 뒤 지금까지 아무것도 먹지 못해 두 사람은 굶주려 있었다. 그래서 먼저 배를 채우기 위해 인근의 식당으로 향했다.

식당은 안쪽뿐 아니라 바깥쪽에도 몇 개의 탁자를 마련해 놓았다. 식사를 하며 지나다니는 사람들을 구경하기 위해 유상과 제비는 바깥쪽의 탁자에 앉았다.

점원은 유상을 보자마자 비굴한 미소를 하나 가득 흘리며 최대한 공손하게 주문을 받았다. 유상이 단지 손님이어서는 아니었다. 그가 입고 있는 옷 때문이었다.

제비는 심통이 난 표정으로 주방으로 가는 점원의 뒷모습을 쳐다보았다. 점원은 유상에게만 굽실거렸지, 그에게는 굽실거리지 않았기 때문이다.

그는 유상의 옷과 자신의 옷을 비교했다. 그도 적귀대의 상징은 검붉은색 옷을 입고 있었지만, 왼쪽 가슴에는 유상처럼 검은 악귀의 형상이 그려져 있지 않았다. 옷의 형태도 크게 달랐다.

적귀대의 무복은 단우세가가 직접 단골 옷 가게에 주문 제작을 하고 있었다. 단우영은 단우세가에 언질을 해 놓았지만,

아직 제비의 옷은 완성되지 않았다. 그래서 제비는 이렇게 가짜 옷을 입고 있는 것이었다.

그는 젓가락으로 애꿎은 탁자를 찌르며 투덜거렸다.

"주문해 놓은 지 한 달이 넘었는데 내 옷은 왜 아직도 안 와요? 그러고 보니 본 대 내에서 내 위치도 애매하네. 다른 사람들은 몇 부 몇 조, 이렇게 소속되어 있는데 말이야. 칫!"

유상은 부드럽게 웃었다.

"곧 도착할 거다. 그리고 정식 조원이 되기엔 아직 일러."

제비는 발끈해서 외쳤다.

"이르다니, 그게 무슨 소리예요? 나 조장이랑 동급의 실력자잖아?"

"실력이 문제가 아니야. 나이가 문제지. 최소 열여섯은 되어야 조에 들어갈 수 있을 거다. 그때까진 대주님의 제자로서 본 대와 함께 행동하도록 해라."

"아우, 나이가 문제구나. 나이가! 아아, 빨리 어른이 되었으면 좋겠다."

"후후, 녀석 하고는."

피식 웃은 유상은 가만히 하늘을 올려다보았다. 서서히 황혼이 드리워지고 있었다. 빠르게 생각을 정리한 그는 자리에서 일어났다.

"먼저 먹고 있어라. 잠시 다녀올 데가 있다."

"에? 어디를 가는데요?"

"아무래도 오늘은 여기서 하루 묵고 내일 떠나야겠다. 예정이 틀어졌으니 대주님께 전서구를 날려야지."

"아! 그러네. 왠지 미안해지네요."

"하하하, 그럴 필요 없다. 대주님도 이해해 주실 거다."

"하긴 뭐, 사부는 뭐, 에헤헤, 그렇겠죠. 빨리 다녀와요. 늦으면 아저씨 것까지 내가 다 먹어 버릴 거니까."

"이런, 그것참 겁나는데?"

과장되게 몸을 움츠린 유상은 껄껄 웃으며 식당을 떠났다. 전서구를 대여하는 가게를 찾기 위해서였다.

혼자 남겨진 제비는 잠시 동안 거리를 돌아다니는 사람들을 구경했다. 점원이 음식을 가져왔다. 소면 두 그릇과 만두 네 개였다. 제비는 허겁지겁 소면과 만두를 먹어치웠다.

바람 소리와 함께 무언가가 짓쳐들었다. 저 멀리서 몇몇 아이들의 깜짝 놀란 고함도 터졌다. 제비는 반사적으로 고개를 돌렸다. 넝마를 얼기설기 엮어 만든 조잡한 공이 코앞까지 다가와 있었다.

손을 앞으로 쭉 뻗은 제비는 공을 움켜쥐었다. 그리고는 이쪽으로 헐레벌떡 달려오는 예닐곱 명의 아이들에게 눈을 부라렸다.

"야, 이 공 누가 던졌어? 하마터면 맞을 뻔했잖아?"

강호인들처럼 몸에 무기를 주렁주렁 매단 제비의 모습에 아이들은 잔뜩 겁을 집어먹었다. 서로의 눈치만 살필 뿐 누구

한 사람 앞으로 나서지 않았다. 제비는 더욱 험상궂게 말했다.

"누가 던졌냐니까?"

여덟 살쯤 되어 보이는 아이 하나가 기어들어 가는 어조로 투덜거렸다.

"안 던지고 찼는데……."

자리에서 벌떡 일어난 제비는 그 아이에게 삿대질을 했다. 무안해서 그런지 얼굴이 발갛게 상기되어 있었다.

"더, 던지거나 차거나, 그게 그거지! 너야? 네가 던졌, 아니 아니, 찼어?"

"칫, 시비 걸지 말고 그냥 공 줘요. 시간 없어."

"시간이 없기는? 나 시간 많아. 범인 나올 때까지 절대 안 준다."

"그러지 말고 공 줘요. 곧 있으면 날 저문단 말이야. 그러면 더 못 놀아요."

"나 참, 뭐 이런 바보가 다 있어? 밤에도 놀면 되지. 밤에 놀면 오줌 싼다고 엄마가 그랬어? 오줌 쌀까 봐 밤에 못 노는 거야?"

제비는 장난기를 가득 담아 약을 올렸다. 한데 아이들의 표정이 심상치 않았다. 다들 무언가를 두려워하고 있었다. 의아하게 여긴 제비는 자신에게 말을 건 아이를 다그쳤다.

"왜 그래?"

"그냥 공이나 줘요. 요즘 이상하단 말이야. 애들이 없어진 대요. 벌써 수십 명이나 없어졌대. 그래서 엄마가 날이 저물기 전에 무조건 집으로 오라고 했어요. 늦으면 엄마한테 맞는단 말이야. 빨리 공 줘요, 어서."

제비는 깜짝 놀랐다.

"애들이? 세상에 어떤 나쁜 놈이 애들을 데려간대?"

"그러게. 사람인지 귀신인지 모르니까 더 겁나. 진짜 공 안 줄 거예요? 아빠한테 가서 이른다?"

"쳇!"

자리에서 일어난 제비는 아이들과 공을 번갈아 바라보았다. 무슨 생각이 들었는지 공을 넘기지 않고 아래로 떨어뜨렸다. 공이 바닥에 닿기 전에 살짝 찼다. 그는 두 발을 번갈아 사용해 공을 찼고, 간간이 무릎으로도 퉁겼다.

처음 보는 묘기에 아이들은 두 눈을 초롱초롱 빛냈다. 탄성을 지르는 아이도 있었다. 흥이 난 제비는 공을 살짝 찬 뒤 한 바퀴 빙글 회전했다. 그리고는 발끝으로 공을 받았다.

그는 어떠냐는 듯 한껏 으스대었다. 아이들은 손뼉을 치며 제비를 칭찬했다. 개중 한 아이가 상기된 어조로 외쳤다.

"형 진짜 잘한다. 진짜 잘해."

제비는 거만한 웃음을 터뜨렸다.

"으하하하! 당연하지. 내가 이래 봬도 몽호단에서 공차기의 달인으로 불렸다구."

"우와, 그렇구나. 그러면 형, 우리 같이 안 놀래? 그 묘기 우리한테도 가르쳐 줘. 응? 응?"

다른 아이들도 같이 놀자고 제비를 채근했다. 제비는 신이 났다. 그런 속내를 숨긴 그는 못 이기는 척 말했다.

"까짓것, 좋아! 내 한 수 가르쳐 주지. 아하하!"

제비는 얼른 소지하고 있던 활과 화살통, 세검과 박도를 의자에 내려놓았다. 전표와 엽전만 품에 갈무리한 뒤 아이들을 따라 나섰다.

아이들은 모두 일곱 명이었고, 다들 제비보다 한두 살씩 어렸다. 자연스레 제비는 대장 노릇을 하며 공차기를 주도했다. 자신이 가지고 있던 공차기 기술들을 아이들에게 아낌없이 가르쳐 주었다.

그렇게 제비는 시간 가는 줄도 모르고 놀았다. 서서히 화교에 어둠이 드리워지기 시작했다. 이제는 끝을 내야 할 때였다.

"자, 간다! 마지막으로 신기술을 하나 더 보여 줄게. 다들 놀라 오줌 쌀 거야. 아하하하!"

아이들은 어서 해 보라고 채근했고, 제비는 있는 힘을 다해 공을 하늘 높이 차올렸다. 하늘 끝까지 올라간 공을 발등으로 가볍게 받아내 아이들을 놀라게 해 줄 작정이었다.

한데 궤도가 어긋났는지 공은 수직으로 솟구치지 않고 포물선을 그리며 저 멀리 떨어진 골목으로 사라져 버렸다. 아이들은 기다렸다는 듯이 제비를 맹비난했다.

"신기술 좋아하네! 그냥 바보잖아, 바보!"

"진짜! 바보다, 바보야. 우우우."

머쓱해진 제비는 버럭 성을 내었다.

"시, 시끄럿! 사, 사람이 말이야, 실수를 할 수도 있는 거지! 암, 그렇고말고."

"헛소리 말고 어서 가서 공 찾아와. 우리 다 같이 고생해서 만든 공이란 말이야. 어서."

"빨리 가, 빨리이!"

"이것들을 확! 여기서 꼼짝 말고 기다리고 있어. 내 진짜, 진짜 엄청난 신기술을 보여 줄 테니까."

"우우우."

아이들의 야유 소리를 들으며 제비를 쏜살같이 골목으로 뛰어갔다.

그렇게 공뿐 아니라 제비마저 골목의 컴컴한 어둠 속으로 사라졌다.

유선장(流旋場)은 화교의 주인이었다.

새벽녘 일단의 무리가 유선장에 들이닥쳤다. 단우영과 적귀대 일부, 그리고 독고진이었다.

그들은 철소촌에서부터 여기까지 전력으로 달려왔기에 다들 숨이 턱 끝까지 차올라 있었다. 상기된 얼굴은 단지 지쳤기 때문만은 아니었다. 분노마저 가득 담겨 있었다.

그들의 기세가 너무나도 살벌해 유선장의 문도들은 서둘러 길을 열어 주었다. 단우영 일행은 유선장의 중앙에 있는 장주의 거처로 향했다.

일층의 넓은 대청엔 세 명이 기다리고 있었다. 유선장주와 부장주, 그리고 유상이었다. 유상의 옆에 있는 탁자에는 제비의 소지품인 철궁과 화살통, 세검과 박도가 놓여 있었다.

그것을 바라보는 단우영의 얼굴에 짙은 그늘이 드리워졌다. 그것은 이내 뜨거운 분노로 바뀌었다. 그는 무던히도 화를 억누르며 성큼성큼 유상에게 다가갔다. 애써 차분한 어조로 말했다.

"어떻게 된 일이냐?"

유상은 고개를 푹 숙였다.

"제 불찰입니다. 죽여 주십시오."

"어떻게 된 일이냐고 물었다."

"제비가 실종되었습니다. 납치당한 것 같습니다."

"그건 전서구를 통해 들었다. 그동안 더 조사를 했을 것 아닌가?"

"예사 놈들이 아닙니다. 제비가 실종된 골목을 샅샅이 뒤졌건만 미세한 흔적 하나 찾지 못했습니다. 제비가 저항한 흔적조차 없었습니다. 제비 정도의 아이가 순식간에 당했다는 뜻입니다."

단우영의 불끈 쥔 주먹이 부르르 떨렸다.

"골목 주변은?"

"현재 유선장도들이 수색 중입니다만, 아직 이렇다 할 성과가 없습니다."

'빌어먹을!'

속으로 분통을 터뜨린 단우영은 방향을 바꾸었다.

"같이 놀았다는 아이들은 조사했나?"

"깨끗했습니다. 모두 평범한 동네 아이들이었습니다. 다들 또 귀신이 잡아간 거라고 생각해 울면서 집으로 도망쳤다고 합니다."

미미하게 흔들리던 단우영의 눈망울에 기광이 번뜩였다.

"또? 또라니?"

유상은 옆에 서 있는 유선장주 산화검(散花劍) 노홍(努弘)을 노려보았다. 덩달아 단우영도 노홍을 응시했다. 켕기는 것이 있어 노홍은 그들의 시선을 회피했다.

"지난 사 개월 동안 오십여 명의 아이들이 실종되었다고 합니다."

흠칫한 단우영은 복잡다단한 표정을 지었다. 안도한 것 같기도 하고, 더욱 화가 난 것 같기도 했다.

"나를 노린 것이 아니었다는 건가? 전문적으로 아이들을 납치하는 조직의 소행이라고?"

"확실합니다."

유상은 단정적으로 대답했다. 크게 숨을 한번 내뱉은 단우영은 노홍을 추궁했다.

"그런데도 여태 방관하고 있었단 말입니까?"

움찔한 노홍은 황급히 변명했다.

"방관하지 않았소. 여기서 일어난 일이니 우리가 자체적으로 해결하려고 백방으로 노력했소. 하나 흉수가 워낙 신출귀몰한 나머지…… 미안하오. 단우 대주의 제자마저 실종되다니, 면목이 없구려."

단우영은 침묵을 지켰다. 머리가 복잡했다. 제비가 어떤 처지에 놓여 있는지, 살아 있기는 한 건지, 답답해 미칠 것만 같았다. 장내에 있던 모든 이들은 단우영의 눈치만 살필 뿐 숨조차 제대로 내쉬지 못했다.

가까스로 상념에서 깨어난 단우영은 유상에게 물었다.

"왜 변복을 한 뒤, 일부만 데리고 오라고 한 것이냐? 본 대 전체를 데리고 와 마을을 뒤집어엎어야지."

유상은 고개를 저었다.

"그건 위험합니다."

"뭐라고?"

대답은 독고진이 대신했다. 그는 단우영의 어깨를 굳건히 잡았다.

"부대주의 말이 맞아. 놈들은 제비가 자네의 제자라서가 아니라, 이곳에서 놀고 있던 아이 중 하나라서 납치한 거야.

적귀대가 마을을 뒤집어엎으면 자네의 제자가 납치되었다는 소문이 놈들의 귀에도 들어가. 그러면 그놈들이 어떻게 할 것 같나?"

"이런!"

"그래. 후환이 두려워 흔적을 지우기 위해 제비를 죽일 거야. 이번 일은 은밀하게 진행해야 해."

유상이 덧붙여 말했다.

"제비가 입고 있는 옷은 본 대의 옷과 다릅니다. 색깔만 비슷할 뿐이지요. 더구나 납치당할 당시 제비는 무기를 지니고 있지 않았습니다. 놈들은 제비가 대주님의 제자라는 사실을 모를 겁니다. 계속 그렇게 두어야 합니다."

단우영은 음산하게 으르렁거렸다.

"어떤 놈들인지 몰라도 반드시 붙잡아 한 놈도 남김없이 산 채로 껍질을 벗겨 주겠다!"

독고진은 힘주어 고개를 끄덕였다.

"당연히 그래야지. 나도 돕겠네."

그렇게 단우영을 다독인 독고진은 유상을 응시했다.

"대책은 세워 두었겠지?"

"예! 표면적으로는 노 장주님이 흉수들의 짓거리를 더 두고 볼 수 없어 대대적인 조사를 벌이는 것처럼 보여야 합니다. 본 대는 유선장도들로 위장해 조사에 참여합니다. 대주님, 제게 맡겨 주십시오! 반드시 제비를 찾아내겠습니다! 목숨을 걸고 찾아내겠습니다! 죄는 그 후에 받겠습니다. 어떤 처벌이든 달게 받겠습니다. 제발 저를 믿어 주십시오!"

단우영은 신경질적으로 손을 휘저었다.

"제비를 찾는 것이 먼저다! 노 장주님, 지금 당장 부하 전원을 모으십시오! 한 명도 빠짐없이 말입니다."

노홍은 얼른 고개를 끄덕였다.

"아, 알겠소. 내 그러리다."

그는 부장주와 함께 얼른 건물 밖으로 나갔다.

잠시 동안 천장을 응시하며 화를 억누르던 단우영은 느릿하게 제비의 무기들이 놓여 있는 탁자로 걸어갔다. 무기들을 쓱쓱 문지르며 괴로워하다가 하나씩 챙겼다. 얼굴은 애써 평정을 가장하고 있었지만, 손끝이 덜덜 떨리고 있었다.

'살아 있어라! 제발…… 살아 있어야 한다!'

부 하 일 호

"으윽! 아야야!"

제비는 신음을 흘리며 눈을 떴다. 목덜미가 욱신거려 손으로 주물럭거리려고 했다. 한데 그게 쉽지 않았다. 두 손에 쇠로 만든 수갑이 채워져 있었기 때문이다. 손목을 비틀어 수갑을 벗기려고 애쓰며 잠들기 전 마지막 기억을 떠올렸다.

'그러니까 골목 안으로 들어가서 공을 집으려는데 목덜미가 따끔거리더니, 에…… 눈 떠 보니 지금이네? 씨발! 뭐가 어떻게 된 거야?'

열불이 터진 제비는 신경질적으로 주변을 훑었다. 그는 동굴을 깎아 만든 다섯 평 남짓한 감옥 속에 갇혀 있었다. 삼면

이 바위였고, 전면에는 굵고 촘촘한 쇠창살이 보였다. 그 너머에는 횃불이 타오르며 동굴 내부를 밝혔다.

그는 혼자가 아니었다. 네 명의 사내아이들이 몸을 움츠린 채 곤히 잠들어 있었다. 그 아이들의 손목에도 수갑이 채워져 있었다.

'헉! 인신매매? 나 아주 더러운 놈들한테 걸린 거야?'

겨우 상황을 파악한 제비는 몸을 떨었다. 인신매매단은 낭인들보다도 못한 최하의 쓰레기들이었다. 그 어떤 짓이라도 저지를 수 있는 인간말종들이다 보니 앞으로 어떻게 될지 덜컥 겁이 났다.

그때 잠잠하던 동굴 저편이 소란스러워졌다. 거칠고 굵은 사내들의 대화 소리가 들렸다.

"뭐야? 허탕이야? 한 놈도 못 잡았어?"

"말도 마라. 접어야 할 것 같다. 유선장 놈들이 눈에 불을 켜고 돌아다니고 있어."

"쳇, 그래 봤자 병신들 아니야? 지난 사 개월 동안 놈들은 우리 꼬리도 못 잡았잖아?"

"어제까진 그랬지. 한데 오늘부터는 달라. 주먹구구가 아니라 아주 체계적이었어. 놈들이 본격적으로 나선 거다."

"하긴, 그럴 때가 되긴 했지. 우리가 너무 오래 해 먹은 건 사실이니까."

"그래. 일단 저놈들 두목에게 넘겨준 뒤, 다른 곳으로 가서 새로 시작하자. 그게 낫겠다."

"알았어. 아 참, 그런데 돈은 어쩌지? 두목한테 넘겨줘, 아니면 우리가 꿀꺽해?"

"이런 멍청한 놈을 봤나? 당연한 걸 왜 물어? 무조건 우리가 삼켜야지! 적은 돈도 아니고 무려 은자 두 냥, 엽전 칠백이십구 개야!"

"두목이 알면?"

"모르게 해야지. 우리 다섯만 말을 맞추면 돼. 네놈들 명심해. 똑같이 다섯 등분할 테니까 나중에 배신 때리면 죽는다. 알겠지?"

"알았어. 물론이지. 으헤헤헤, 마지막에 부잣집 자식이 걸려들다니 아주 횡재했어."

"이 새끼가 또 헛소리하네? 그 꼬맹이 얼굴 못 봤어? 그건 산전수전 다 겪은 얼굴이었어. 부잣집 자식이 아니라 소매치기야. 내가 몇 번을 더 말해야 돼?"

"지랄하네. 꼬맹이 소매치기가 어떻게 그렇게 돈을 많이 벌어?"

"실력이 좋은 거겠지."

"아니라니까! 부잣집 자식이 분명해."

인신매매단 두 명은 서로 자신이 옳다고 승강이를 벌였다. 흠칫한 제비는 얼른 품을 뒤졌다. 없었다. 전 재산이 사라져 있었다.

발작적으로 자리에서 일어난 제비는 쇠창살을 거칠게 흔들며 악을 질렀다.

"내 돈! 내 도온! 내 돈 돌려줘! 내 돈 내놓으란 말이야, 이 개새끼들아!"

반응은 즉각적이었다. 다섯 명의 청년이 동굴 저편에서 모습을 드러내 감옥 앞으로 달려왔다. 개중 얍삽하게 생긴 이십대 중반의 청년이 쇠창살을 발로 찼다.

"시끄러워! 닥쳐!"

움찔하며 한 걸음 물러난 제비는 원독에 찬 눈으로 다섯 청년을 노려보았다. 그는 끝없는 증오를 불태웠다. 고생고생해서 번 돈을 이렇게 허무하게 빼앗겼으니 그럴 만도 한 일이었다.

"내 돈 내놔! 죽을 고생 해서 번 돈이야! 내가 번 돈이란 말이야!"

얍삽하게 생긴 청년은 비릿하게 웃으며 거 보란 듯이 옆에 있는 통통한 체구의 청년을 구박했다.

"봐, 새끼야! 지가 벌었다고 하잖아? 이래도 부잣집 자식이라고 할 거야? 앙?"

통통한 체구의 청년은 투덜거렸다.

"씨발, 꼬맹이 자식이 재주도 좋네. 내가 몇 년 동안 개고생해야 벌 수 있는 돈을……."

·더욱 화가 난 제비는 악을 질렀다. 어찌나 억울한지 눈물

마저 글썽이고 있었다.

"내 돈 내놓으라니까! 내가 어떻게 벌었는데? 내가 얼마나 고생해서 벌었는데!"

그때 울퉁불퉁한 근육을 자랑하는 육 척 장신의 청년이 제비의 앞에 섰다. 그는 딱딱하게 굳은 얼굴로 제비를 노려보았다. 제비는 직감적으로 저 청년이 이 다섯 명의 대장이라는 것을 깨달았다.

"네가 그 돈을 어떻게 벌었는지는 상관없다. 이제는 우리 돈이니까. 더 지랄하면 죽여 버린다. 여기서 죽을래? 아니면 일단 살아 있기는 할래?"

근육질 청년은 말로만 협박하고 있는 것이 아니었다. 제비는 그것을 깨달았다. 근육질 청년의 두 눈은 살인귀의 눈이었다. 어린아이라고 할지라도 가차 없이 죽여 버릴 수 있는 비정한 눈이었다.

비틀거리며 뒷걸음질 친 제비는 바닥에 털썩 주저앉았다. 하늘을 노려보며 절규를 터뜨렸다.

"씨발…… 씨바아아아아알!"

하도 시끄러워 잠든 아이들 모두 눈을 뜬 상태였다. 인신매매단은 쇠창살을 열고 감옥 안으로 들어왔다. 아이들의 입에 재갈을 물려 소리를 지르지 못하도록 했다. 제비는 돈을 빼앗겼다는 상실감에 넋이 나간 상태라 저항하지 않았다.

인신매매단은 아이들을 둘러업고 동굴 밖으로 나갔다. 동굴 근처의 숲 속엔 수레가 한 대 숨겨져 있었다. 수레에는 여러 개의 상자가 차곡차곡 쌓여 있었다.

우선 인신매매단은 아이들을 각자 한 사람씩 상자 속에 넣었다. 빈 상자들로 아이들이 들어가 있는 상자들을 덮었다. 그런 다음 미리 준비해 두었던 옷으로 갈아입었다. 복건성 북부 진두표국(進頭鏢局)의 것이었다. 그들은 표사로 위장해 두목에게로 갈 계획이었다.

저녁 무렵, 화교에서 서쪽으로 일 리쯤 떨어진 곳에 위치한 야산을 출발한 그들은 남서쪽으로 이동했다.

그들은 보름마다 두 명씩 조를 이뤄 두목에게로 가서 아이들을 넘겨주곤 했다. 따라서 어떤 경로로 이동해야 안전하게 도착할 수 있는지 잘 알고 있었다.

일행은 밤에 이동하고 낮에 휴식을 취했다. 아이들도 일단 살아 있어야 하니 하루에 두 번씩 밖으로 꺼내 음식을 먹이고, 배설을 시켰다.

목적지인 삼소(杉关)에 도착한 것은 사흘 후였다. 그들은 삼소 동쪽의 청엽산(靑葉山)으로 들어갔다. 청엽산 북부의 으슥한 골짜기에 본거지가 있었다.

본거지에 도착한 제비와 네 명의 아이들은 상자 밖으로 끌려 나왔다. 제비는 오싹할 정도로 차갑게 가라앉은 눈으로 주변을 빠르게 훑었다. 십여 채의 오두막들과 삼십여 명의 사내들, 그리고 십여 명의 여자들이 보였다.

여자들의 얼굴은 생기가 없었다. 두 눈마저 회색빛으로 물들어 있었다. 납치당한 뒤 다른 곳으로 팔려 가지 않고 이곳에 눌러앉아 인신매매단의 노리개가 된 모양이었다.

'아줌마들은 살려 주겠지만, 나머지 놈들은 모조리 다 죽인다. 돈도 이자까지 쳐서 모두 돌려받고 말겠에! 두고 봐!'

삼십 명이 전부는 아닐 것이다. 다른 곳에서 아이들을 납치하는 동료들도 있을 가능성이 높았다.

그래도 상관없었다. 이 수갑만 풀면, 그리고 무기만 있으면, 모조리 다 죽여 버릴 자신이 있었다. 때가 되면 한 번에 한 놈씩 확실하게 숨통을 끊어 줄 것이었다.

저 멀리서 사십 대 중반의 털보 사내가 팔자걸음으로 건들거리며 다가왔다. 제비 일행을 이곳으로 데려온 다섯 청년들이 얼른 머리를 조아렸다. 그로 보아 저 털보가 두목인 것 같았다.

털보 사내는 제비 일행 한 사람씩 턱을 붙잡고는 이리저리 돌려보았다. 다른 아이들은 두려움에 떨었지만, 제비는 지극히 냉정했다. 털보 사내는 그게 흥미로웠다. 그는 제비를 빤히 쳐다보며 히죽 웃었다.

"이건 꽤 괜찮군."

대표로 근육질 청년이 대답했다.

"소매치기입니다. 나이는 조금 많지만 근육이 발달되어 있으니 비싼 값을 받을 수 있을 겁니다."

"근성이 있다는 말이군. 과연 네 말대로 비싸게 받을 수 있 겠어. 너희는 이놈들을 데려가고, 넌 나를 따라와. 왜 예정보 다 일찍 돌아왔는지, 그리고 왜 머릿수가 이것밖에 안 되는지 어디 한 번 변명을 들어 보자."

"예."

근육질 청년은 털보 사내를 따라 어딘가로 이동했다. 나머 지 네 청년들은 제비 일행을 골짜기 서쪽 절벽 밑에 뚫려 있는 동굴로 데려갔다.

제비는 얍삽하게 생긴 청년을 보며 물었다.

"어디로 팔려 가는데요?"

얍삽하게 생긴 청년은 피식 웃었다.

"어디긴 어디야? 강서지. 강서 놈들은 복건으로 팔려 오고, 복건 놈들은 강서로 팔려 가는 게 상식 아니냐? 히히히."

대충 감이 잡혀 제비는 더 이상 묻지 않았다. 정검회와 흑 사방은 이백여 년간의 전쟁으로 수많은 고수를 잃었다. 그것 은 앞으로도 계속될 것이었다. 그러니 전쟁을 이어 갈 미래들 이 하나라도 더 많이 필요했다.

하나 시국이 이런데 어느 부모가 소중한 자식을 전쟁터로 보내려 하겠는가? 그런 이유로 양측 다 인력난에 허덕이고 있 었다. 그래서 이렇게 한몫 잡으려는 인신매매단들이 나타나게 된 것이었다.

복건무림은 강서성의 아이들을 선호했고, 강서무림도 복건성의 아이들을 선호했다. 그리고 어리면 어릴수록 좋았다.

어릴 때부터 혹독하게 가르치면 충성심 따위는 얼마든지 만들어낼 수 있으니, 상대방 측의 아이들이라고 해도 문제 될 건 없었다. 더구나 상대방 측의 아이들을 키울 경우, 상대방은 키울 수 있는 아이들의 숫자가 줄어들게 되고 반대로 이쪽은 늘어나게 된다.

인신매매단들도 이것을 알고 있어 복건의 아이들은 강서로 팔고, 강서의 아이들은 복건으로 팔고 있었다.

'제기랄! 이십 년 전쯤에 암묵적인 협약을 맺었다고 하더니, 다 개소리였어!'

이십 년 전까지만 하더라도 정검회와 흑사방은 인신매매에 직간접적으로 간여했다. 한데 그 무렵 자식을 빼앗긴 수많은 부모의 원한이 결국 폭동이란 형식으로 폭발하게 되었다.

민심을 잃은 문파는 사그라지게 마련이다. 결국 정검회와 흑사방은 민중들에게 반드시 인신매매를 뿌리 뽑겠다고 천명했다.

하나 그것은 민심을 달래려는 눈속임일 뿐이었던 것 같았다. 인신매매는 수요가 있어야만 성립될 수 있으니까. 복건무림은 몰라도 최소한 강서무림은 지금도 몰래몰래 복건의 아이들을 사들이고 있다는 뜻이었다.

'흑사방 개새끼들! 사부가 왜 이를 가는지 이제야 알겠어! 두고 보자!'

제비는 일각 정도 동굴을 걸어 끝에 다다랐다. 동굴의 끝에는 커다란 감옥이 만들어져 있었다. 감옥 안에는 이미 열한 명의 아이들이 갇혀 있었다. 모두 열 살 이하의 사내아이들이었다.

제비는 동굴이 하나 더 있던 것을 기억했다. 아마도 여자아이들은 그 동굴 속에 갇혀 있는 것 같았다.

제비 일행을 감옥 속에 밀어 넣은 인신매매단은 동굴 밖으로 나갔다. 동굴의 입구는 하나밖에 없으니 감옥 앞에서 감시할 필요는 없다고 판단한 것이었다.

제비로선 다행스러운 일이었다. 그는 쇠창살에서 가장 멀리 떨어진 감옥의 구석에 자리를 잡고 앉았다. 가부좌를 틀고 운기를 할 준비를 했다.

현재 그의 내공으로는 수갑을 부술 수 없었다. 그러니 최우선 목표는 수갑을 부술 만큼의 내공을 쌓는 것이었다.

단우영은 그에게 여섯 개의 혈도를 가르쳐 주었고, 그는 그중 네 개를 뚫었다. 일단 나머지 두 개를 뚫어야 했다. 그 뒤엔 여섯 개의 혈도를 더 넓힐 수 없을 만큼 최대한 넓힐 작정이었다. 일곱 번째로 뚫어야 할 혈도를 모르니 어쩔 수 없는 일이었다.

'수갑을 부술 정도가 되면, 쇠창살도 우그러뜨릴 수 있을 거야. 활과 화살을 찾아야 해. 그것만 있으면 이 개자식들 따위 하나도 안 무서워!'

문제는 그때까지 들키지 말아야 한다는 것이었다. 그래서 제비는 구석진 곳에 자리를 잡았다.

그때 뒤룩뒤룩 살찐 열 살 남짓한 소년이 험상궂은 표정을 지으며 제비와 네 명의 아이들을 윽박질렀다.

"야, 뭐 하고 있어? 새로 들어왔으면 신고식을 해야 할 거 아니야? 앙?"

어디서나 대장 노릇을 하고 싶어 하는 아이는 있는 법이다. 열 명의 아이들은 제비 일행을 고소하다는 눈빛으로 쳐다보았다. 이미 그들도 겪은 일, 혼자만 당할 수 없다는 심리가 작용해서였다.

제비와 함께 들어온 네 명의 아이들은 겁먹은 얼굴로 주변을 돌아보며 도움을 청했다. 하나 누구도 그들을 도와줄 생각은 하지 않았다.

그들이 어쩔 줄 몰라 할 때 제비는 한숨을 내쉬며 일어났다. 그는 살찐 소년에게 천천히 다가갔다. 살찐 소년은 한껏 거드름을 피우며 제비를 내려다보았다.

"눈깔아, 자식아! 이름이 뭐……!"

음흉하게 웃던 소년은 더 말을 잇지 못했다. 제비의 두 주먹이 그의 복부에 꽂혔기 때문이다. 소년은 신음을 토해내며 허리를 굽혔다. 제비는 소년의 머리를 후려갈겼다.

살찐 소년은 바닥에 나자빠졌다. 제비는 그런 소년을 사정없이 발로 걸어찼다. 소년은 펑펑 울면서 미안하다고, 제발 살려 달라고 애원했다. 조금 전의 당당한 모습은 온데간데없이 사라지고, 비굴하고 초라한 울보만 남게 되었다.

첫인상이 중요한 법이라 제비는 몇 번 더 서럽게 우는 소년을 짓밟았다. 그런 후 그는 차가운 안광을 빛내며 주변을 스윽 훑었다.

열네 명의 아이들 모두 얼른 고개를 숙였다. 다들 두려움에 부들부들 떨었다. 새로운 대장이 이전 대장보다 훨씬 더 악독한 놈이니 그럴 수밖에 없었다.

제비는 나직이 으르렁거렸다.

"두 가지만 명심해. 그것만 지키면 괜찮을 거야. 첫째, 무슨 일이 있어도 내 몸을 건드리지 마. 실수로라도 건드리는 놈은 이 새끼 정도가 아니라 아예 죽여 버린다. 둘째, 누군가가 동굴 안으로 들어오는 발소리가 들리면 즉시 내게 알려. 몸을 건드리지 말고 말로 알려. 알겠어?"

단우영은 운기 도중 누군가가 건드리면 주화입마에 걸릴 위험이 높다고 경고했다. 그래서 제비는 아이들을 협박한 것이었다.

협박이 먹혔는지 아이들은 부리나케 고개를 끄덕였다. 거친 콧김을 한번 내뿜은 제비는 자신의 자리로 돌아가서 가부좌를 틀고 앉았다. 그러자 주변에 있던 아이들이 얼른 그에게서 떨어졌다. 가까이에 가는 것조차 무서웠기 때문이다.

제비는 짜증을 던졌다.

"야, 그렇게 물러나면 통로 쪽에서 바로 내가 보이잖아? 몸으로 내 앞을 가려. 어서!"

겁먹은 서너 명의 아이들이 억지로 움직여 제비의 앞에 앉았다. 통로 쪽에서 자신을 볼 수 없다는 것을 확인한 제비는 심호흡을 해서 숨을 골랐다.

눈을 감고 운기를 하려는데 여덟 살 정도 되어 보이는 꼬마 하나가 그의 옆으로 다가왔다. 키도 작고 몸도 비쩍 말랐다. 하나 어린데도 불구하고 얼굴이 더럽게도 잘생겼다. 외모에 별로 관심이 없는 제비조차 샘이 났을 정도였다.

"형, 아침과 저녁, 하루에 두 번 음식을 가져와. 사시 초와 유시 중반이야. 저녁을 가져오며 오물통을 갈아주고."

제비는 믿을 수 없다는 투로 구박했다.

"야 인마, 시간을 어떻게 그리 정확하게 어떻게 알아?"

"아, 아니, 확실해. 나는 사흘 전에 왔는데, 그때가 미시 초였거든? 그때부터 계속 시간 계산했어. 할 게 없어서 그거 계산하며 시간 때웠어."

"나 참, 이 자식 웃긴 놈이네. 그거 계산하는 게 진짜로 가능하다고?"

"응. 해 보면 쉬워."

"쉽기는 개뿔! 너 이름이 뭐야?"

"동(冬), 동이야."

"성은 없어?"

"뭐…… 헤헤, 난 고아거든."

동은 어색하게 웃으며 머리를 긁적였다. 제비는 그런 동의 어깨를 툭 쳤다.

"괜찮아, 인마. 나도 고아거든. 난 제비야."

"어라? 그래?"

동질감을 느낀 동은 해맑게 웃었다. 제비는 옆자리를 가리켰다.

"너 여기 앉아. 다른 녀석들이 내 몸 건드리지 못하게 감시하고, 누가 오면 바로 알려."

"응, 알았어. 형, 강호인이지?"

갑작스러운 말에 제비는 깜짝 놀랐다. 다른 아이들도 마찬가지였다. 그들은 얼른 제비를 돌아보았다. 다들 무언가 기대를 가득 담고 있는 눈빛이었다.

그들의 시선을 의식한 제비는 신중한 표정으로 힘주어 말했다.

"놈들은 몰라. 이게 중요해. 내가 강호인이라는 걸 절대 들켜서는 안 돼. 지금은 무리지만, 최대한 빨리 가능하게 만들 거야. 나만 믿어. 모두 탈출시켜 줄 테니까. 그러니 이상한 짓 해서 의심 사지 말고 평소처럼 행동해. 알겠어?"

절망 속에 한 줄기 희망이 생겼다. 아이들은 미친 듯이 고개를 끄덕였다. 피식 웃은 제비는 동을 보며 물었다.

"그런데 어떻게 알았어?"

동은 수줍게 얼굴을 붉혔다.

"그야 뭐, 형은 가부좌를 틀고 앉았잖아? 절대 몸을 건드리지 말라고 몇 번이나 말했고. 그러면 운기를 하려는 거지. 강호인들은 그렇게 한다고 들었어."

"허, 하. 이 자식 진짜 똑똑하네."

"헤헤헤, 그런가?"

얼굴도 잘생긴 놈이 머리까지 똑똑하고 추리력마저 뛰어났다. 어찌 보면 재수 없었지만, 달리 생각하면 상당히 쓸모 있었다.

당분간 동에게 의지하기로 마음을 먹은 제비는 눈을 감고 정신을 집중했다. 단우영이 가르쳐준 대로 천공심법을 연마하기 시작했다.

날이 저물어 저녁이 되었다. 동이 언질을 주자 제비는 혈도들로 퍼뜨렸던 내력을 단전으로 모았다. 수련을 끝낸 그는 두 발을 앞으로 쭉 뻗어 가부좌 자세를 풀었다.

남자 둘과 여자 세 명이 감옥 앞으로 다가왔다. 남자들은 감시 역이었다. 여자 세 명 중 하나는 삶은 감자를, 다른 하나는 물통을, 마지막 한 명은 깨끗한 오물통을 들고 있었다. 음식을 내려놓은 그녀들은 감옥 한구석에 놓여 있던 오물로 가득 채워진 통을 들고 사라졌다.

여태까지 음식은 대장과 그에게 아부하는 몇 명이 더 많이 먹었지만 지금부터는 달랐다. 제비는 모두에게 감자를 똑같이 배분했다.

제비가 자신 몫의 감자와 물을 먹고 있을 때, 동이 다가와 감자 하나를 내밀었다.

"형, 이것도 먹어."

제비는 눈을 부라렸다.

"아부하면 맞는다."

동은 급히 손사래를 쳤다.

"그, 그런 게 아니야. 형은 우리의 유일한 희망이잖아? 형이 힘을 내야 탈출할 수 있잖아? 그러니까 형은 많이 먹어야 돼. 형 좋으라고 이러는 게 아니라, 나 좋으라고 이러는 거야. 헤헤헤."

그럴듯한 말이라 제비는 멋쩍게 머리를 긁적였다.

"쩝, 그건 그러네. 내놔, 인마."

동에게서 감자를 받은 제비는 우걱우걱 먹었다. 다른 아이들도 서로 눈치를 보더니 하나둘씩 제비에게 다가가 감자를 내밀었다. 한숨을 내쉰 제비는 개중 두 개만 더 받고, 나머지는 받지 않았다. 이 정도면 한 끼 식사로는 충분했기 때문이다.

제비는 동에게 툭 말을 던졌다.

"무슨 자식이 상황판단마저 빨라? 너 뭐하던 놈이야?"

"형, 지마(止馬)에 있는 고진서당(高眞書堂)이라고 알아?"

"서당? 글 가르치는 데? 너 거기 학생이었어? 과연, 그래서 이렇게 똑똑한 거구만."

"아니, 그게 아니라…… 난 거기 청소부야. 헤헤."

"뭐? 청소부?"

"응. 갓난아이일 때 거기 버려졌대. 청소하면서 몰래 훔쳐 배웠어. 그게 다야."

"아아, 그렇구나. 그럼 너 글도 읽고 쓸 줄 알아?"

"어라? 형은 몰라?"

"이 자식을 확! 어, 어렵단 말이야! 쳇!"

"별로 안 어려운데……."

"동아."

"응?"

"너 맞을래? 앙?"

"아, 아니, 미안. 헤헤헤."

동은 어색하게 웃었고, 제비는 투덜거렸다. 대화는 그렇게 흐지부지 끝났다.

음식을 다 먹은 제비는 다시 운기를 할 준비를 했다. 문득 궁금증이 생긴 그는 동에게 물었다.

"그런데 너는 어쩌다 납치된 거야?"

"쓰레기 버리러 나갔다가 목덜미에 침 맞고 정신을 잃었지 뭐. 형은?"

제비는 아차 하는 표정을 지었다.

"이런! 그거였구나! 멀리서 침을 날렸던 거야. 그러니 내가 쉽게 당했던 거지. 가까이 다가왔으면 분명 눈치챘을 거라구. 아우, 열 받아!"

뭐라고 할 말이 없어 동은 머쓱하게 웃기만 했다. 조금 더 씩씩거리던 제비는 인신매매단에 대한 원한을 더욱 불태우며 집중해서 내공 수련을 재개했다.

제비는 식사할 때를 제외한 모든 시간을 수련에 투자했다. 잠도 하루에 한 시진만 잤다. 칼끝을 걷는 듯한 고도의 집중력을 계속 유지했기에 그의 내공은 하루가 다르게 쑥쑥 커져갔다.

시간도 빠르게 흘렀다. 인신매매단은 납치를 계속하고 있어 감옥 안의 식구는 속속 불어났다. 아마도 일정한 숫자가 모일 때까지 기다린 후 한 번에 팔아 치우는 모양이었다.

어느덧 제비가 이곳에 갇힌 지 이십오 일이나 되었다. 아이들의 머릿수는 제비까지 포함해 사십칠 명으로 늘어나 있었다.

삼월 삼십일 아침 무렵, 식사가 도착하자 제비는 아이들에게 평소 때보다 감자 하나씩을 덜 주었다. 나머지 모두를 자신이 먹어치웠다.

아이들은 누구 한 사람 불만을 드러내지 않았다. 오히려 기대감을 품었다. 오늘이 바로 결행 당일이었기 때문이다. 탈출 성공 여부가 제비 한 사람에게 달려 있는 만큼, 그는 최대한 많은 음식을 먹어 두어야 했다.

제비의 수갑은 덜렁덜렁해져 있었다. 그는 어제 저녁에 수갑을 박살내었고, 그것을 적들이 눈치채지 못하도록 대충 붙여두었다. 쇠창살을 우그러뜨릴 수 있다는 것도 이미 확인을 끝냈다.

하루 정도 배터지게 먹고 운기를 해서 체력을 비축해 놓을 필요가 있었다. 그리고 낮보단 밤에 탈출하는 것이 좋았다. 그래서 그는 오늘 밤을 선택했다.

본인은 눈치채지 못했지만 제비의 내공은 벌써 이 두를 넘어서고 있었다. 그는 여섯 개의 혈도를 더 뚫을 수 없을 만큼 확실하게 뚫었다. 천공심법을 배운 지 두 달이 조금 넘었다는 것을 생각하면 정말로 믿기지 않는 성장 속도였다.

식사를 끝낸 제비는 운기에 집중했다. 아이들은 그런 제비를 훔쳐보며 두근거리는 가슴을 진정시키기에 바빴다.

정오가 되었다. 난데없이 몇 개의 발걸음 소리가 들려왔다. 계획이 들켰을지도 모른다고 지레 겁을 먹은 아이들은 제비를 바라보며 마른침을 삼켰다. 빠르게 운기를 끝낸 제비는 손을 들어 아이들을 진정시켰다. 계획이 들킨 것이 아니라, 그저 다른 곳에서 납치된 아이들이 도착한 것일 가능성이 높았기 때문이다.

하나 제비의 예상은 틀렸다. 감옥 앞에 나타난 이는 두목인 털보 사내와 졸개 몇 명이었다. 털보 사내는 아이들을 스윽 훑은 후 눈살을 찌푸렸다.

"흠, 이번 달은 좀 적구만."

그의 옆에 있던 삼십 대 후반의 염소수염 사내가 간사하게 웃었다.

"헤헤, 뭐 이런 달도 있는 법이지요."

"쩝, 구매자들은 언제 도착하지?"

"늦어도 내일 정오까지는 모두 도착할 겁니다요."

"이번엔 어느 놈들이래?"

"중개인 녀석의 말에 따르면 용호문, 단목세가, 만지향(萬池 香)이라고 하더군요."

털보 사내의 두 눈이 이채를 띠었다.

"용호문은 지난달에도 왔잖아? 자성루랑 각자 삼십 명씩 사 갔으면서 또 온다고? 더구나 단목세가?"

"용호문은 근래 꽤 많은 머릿수를 잃었다고 하니까요. 단 목세가도 마찬가지인데, 자체수급만으로는 힘든지 결국 우리 에게 손을 벌렸지요."

"흐헤헤헤, 우리 같은 부류랑은 절대 엮이기 싫어하던 고고 하신 분들도 다급해지니 어쩔 수 없구만."

"그러게 말입니다요. 히히힛."

"한데 만지향은 어디야?"

"강서성 남성(南城)쪽에 새로 생긴 기루라고 하더군요. 한 달에 열 명씩 최소 반년 정도 장기 거래를 하고 싶다고 알려 왔습니다요."

"오오, 그것 잘 되었군. 지금 계집들이 몇이지?"

"열한 명입니다요. 다들 십삼 세 이상 십오 세 이하의 영계들이니 만지향은 마음에 들어 할 겁니다요."

"하나가 많구만. 만지향이 안 사는 년은 우리가 쓰자. 크하하핫."

"히히히, 탁월한 결정이십니다요."

털보 사내는 몸을 돌려 동굴을 벗어났다.

"계집들이랑 저놈들에게 저녁밥을 두 배로 줘. 건강하게 보여야 더 비싸게 팔지."

"옙! 알겠습니다요."

염소수염 사내는 총총걸음으로 털보 사내를 뒤따랐다.

모두 사라지자 긴장하고 있던 아이들은 서로를 바라보며 어쩔 줄 몰라 했다. 바로 내일 강서로 팔려 갈 줄은 몰랐기 때문이다. 기회는 오늘이 마지막이었다. 그들은 더욱 간절한 눈으로 제비를 바라보았다.

제비는 심사가 복잡했다. 용호문과 단목세가의 이름을 여기서 듣게 될 줄은 몰랐다. 그중 무이산 전투에 참가했던 누군가가 그의 얼굴을 알아볼 가능성이 있었다. 그러면 그는 끝장이었다. 용호문도 그렇겠지만, 단목세가는 특히나 더 그를 절대 살려 두지 않을 것이다. 그는 단목세가 부가주인 단목항우를 죽인 장본인이니까 말이다.

'내일 탈출하기로 했으면 큰일 날 뻔했어. 처음이자 마지막

기회야. 반드시 탈출해야 해!'

이를 앙다물어 필사의 각오를 다진 그는 얼른 내공 수련을 시작했다. 아이들은 가타부타 말없이 행동으로 보여 주고 있는 제비를 보자 왠지 모를 안도감을 느꼈다. 정말이지 의지가 되는 대장이었다.

날이 저물어 유시 중반이 되었다. 인신매매단은 정말로 저녁밥을 평상시보다 두 배나 더 많이 가지고 왔다. 덕분에 제비뿐 아니라 모든 아이들이 배를 든든하게 채울 수 있었다.

식사를 끝낸 제비는 한 시진 동안 운기를 해서 음식을 소화시켰다. 밤이 깊어지길 기다리려는 의도도 있었다.

동굴의 통로를 타고 왁자지껄한 소음과 웃음소리가 들려왔다. 아마도 내일이면 목돈이 생기니 다들 술판을 벌이고 있는 모양이었다.

잘된 일이었다. 제비는 천천히 몸을 일으켰다. 손쉽게 수갑을 벗긴 그는 아이들을 훑었다. 모두 두 눈을 초롱초롱하게 빛내며 그를 주시하고 있었다.

"자, 시작하자. 한 사람씩 내 앞으로 와."

아이들은 얼른 제비에게 다가갔다. 제비는 그들의 수갑을 부수었다. 모두를 자유의 몸으로 만들어 준 제비는 쇠창살 앞에 섰다.

"야, 덩어리. 일로 와."

그는 먼저 전 대장, 자신과 동갑인 춘(春)을 불렀다. 한 달

사이 춘은 살이 많이 빠져 있었다. 그래도 뚱뚱한 것은 마찬가지였지만 말이다.

춘은 이미 제비에게 굴복한 상태였다. 그는 순순히 제비에게 다가갔다. 제비는 으름장을 놓았다.

"내가 뭐라고 지시했어? 작전을 기억하고 있겠지?"

춘은 입을 삐죽 내밀었다.

"작전은 동이가 짰는데⋯⋯."

무안해진 제비는 버럭 성을 내었다. 그는 급히 동을 불렀다.

"이 자식을 확! 야, 동이, 동아!"

"옙!"

"너 뭐야?"

뜬금없는 질문이었지만 동은 당황하지 않았다. 오히려 우쭐거리며 대답했다.

"제비 형의 부하 일 호입니다."

제비는 옳다구나 침을 튀겼다.

"그거거든! 내 부하 일 호거든! 부하의 작전은 곧 내 작전이거든! 알겠어?"

그는 춘의 가슴을 콕콕 찌르며 윽박질렀다. 춘은 기가 막히고 하고 싶은 말이 목구멍까지 치솟았지만, 제비의 주먹이 무서워 꾸욱 참았다. 제비는 재차 춘을 추궁했다.

"작전이 뭐냐니까? 잊었다고 말하면 죽는다."

"아, 아니, 알아. 안다고."

"말해 봐."

"동굴 입구 근처에 숨어 있다가, 불이 나고 시끄러워지면 동이랑 합류해 애들 데리고 도망쳐. 맞지?"

"좋아. 잘 기억하고 있군. 동아, 너는?"

동은 주먹을 불끈 쥐었다.

"형을 따라 여자들 갇혀 있는 곳으로 가. 그 누나들과 함께 기다리다가 때가 되면 춘 형과 합류, 그 뒤 춘 형을 보좌해."

제비는 동의 어깨를 힘껏 붙잡았다.

"명심해. 네 머리를 믿으니까 맡기는 거야. 그때그때 상황을 빠르게 파악해서 민첩하게 움직여. 모두를 데리고 도망친 다음에 안전해지면, 뿔뿔이 흩어져 각자 집으로 돌아가는 거야."

"응, 알아. 그런데 형은 괜찮아? 정말 혼자서 그 무서운 아저씨들을 다 상대할 수 있겠어?"

제비는 거칠게 손을 휘저었다.

"그 자식들 별것 아냐. 내가 알아서 할 거야. 최대한 크게 혼란을 일으킬 테니까, 너는 그 틈을 노려 덩어리랑 함께 애들 데리고 도망치는 것에만 집중해."

"알았어! 형을 믿을게!"

"좋아!"

힘차게 고개를 끄덕인 제비는 두 손으로 쇠창살을 잡았다. 손에 내력을 집중해 쇠창살을 좌우로 벌렸다. 쇠창살은 사람 하나가 들락날락할 수 있을 만큼 벌어졌다.

쇠창살 밖으로 나간 제비는 까치발로 이동해 발소리를 죽였다. 다른 아이들도 제비를 따라 행동했다.

제비는 사십육 명의 아이들을 이끌고 천천히 통로를 가로질렀다. 귀를 쫑긋 세워 동굴 입구에서 어떤 변화가 있는지 감시했다. 다행히 일행이 입구 가까이 도착할 때까지 별다른 반응은 없었다. 여전히 와자지껄한 소음만 들려왔다.

이제 모퉁이 하나만 돌면 입구까지 일직선이었다. 제비와 아이들은 모퉁이 벽에 쪼그려 앉아 몸을 숨겼다. 제비는 춘과 동을 가리켰다. 손짓으로 나는 이제부터 행동을 개시하니 너희도 자신의 할 일을 하라고 다독였다.

춘과 동뿐 아니라 다른 아이들마저 강한 결의를 드러내며 고개를 끄덕였다. 흡족하다는 듯 웃은 제비는 동에게 따라오라고 손짓했다. 바닥에 납작 엎드려 입구 쪽으로 기어갔다. 동도 그의 뒤를 따라 기었다.

제비는 입구의 이 장 앞에서 멈추었다. 동굴과 가장 가까운 오두막과의 거리는 십여 장이었다. 그 오두막 너머에서 몇 개의 불빛이 일렁이고 있었다. 소음도 그곳에서 들려왔다.

'저기선 여기를 볼 수 없어!'

자신감이 생긴 제비는 씨익 웃었다. 그는 두 손바닥을 활짝 펴 수도를 날카롭게 세웠다. 신속하게 동굴 밖으로 뛰쳐나갔다.

예상대로 입구의 좌우에 보초가 한 명씩 서 있었다. 제비는 먼저 왼쪽의 보초를 노렸다. 그에게 폴짝 뛰어올라 수도를 휘둘렀다. 키가 작다 보니 그래야 상대의 목을 공격할 수 있었다.

보초는 뭐가 어떻게 된 것인지도 모른 채 목울대를 격타당했다. 그는 목을 부여잡고 가래 끓는 소리를 내며 괴로워했다. 벌써 혼이 반쯤 달아나 버린 상태였다.

오른쪽에 서 있던 보초는 경악했다. 제비는 얼른 그를 덮쳤다. 당황한 보초는 반사적으로 두 손을 휘둘렀지만 한 박자 늦었다. 제비의 수도는 정확하게 그의 목울대에 꽂혔다. 그도 비명 한 번 지르지 못한 채 고통에 몸부림쳤다.

제비는 주저 없이 그의 목을 꺾었다. 왼쪽에 있던 보초의 목도 꺾었다. 그런 다음 두 보초를 바닥에 앉혀 고개를 푹 숙였다. 잠든 것처럼 보이게 만든 것이다.

두 보초는 각자 박도를 하나씩 차고 있었다. 제비는 둘 다 챙겨 등허리에 꽂았다. 한 자루가 세검이면 더 좋겠지만, 이것도 감지덕지했다. 쌍도로 어떻게든 해 보는 수밖에 없었다.

그는 동굴 안쪽에서 숨죽이고 있는 동을 불렀다.

작전이 시작되자 긴장이 되는지 동은 덜덜 떨고 있었다. 밖으로 나오긴 했는데 눈망울이 위태롭게 흔들렸다. 안절부절

못해 몸도 덜덜 떨리고 있었다.

제비는 눈살을 찌푸렸다. 동은 머리가 좋아 봤자 피비린내 나는 전쟁을 겪어 보지 못한 여덟 살짜리 꼬맹이일 뿐이었다. 자신과는 달랐다.

뒤늦게 그것을 자각한 제비는 이대로는 위험하다고 판단했다. 그는 동의 사타구니 급소를 힘껏 움켜쥐었다. 동은 반사적으로 비명을 지르려고 했는데, 제비가 손으로 그의 입을 막았다. 그는 동을 노려보며 사납게 으르렁거렸다.

"너 계집애야? 이거 확 떼 버릴까? 앙?"

너무 아파 눈물을 찔끔거린 동은 겨우 정신을 차렸다. 독기를 품은 그는 세차게 도리질 쳤다. 손에 힘을 푼 제비는 동에게 정신 바짝 차리라고 눈을 부라렸다. 동은 얼른 고개를 끄덕였다.

제비와 동은 자세를 낮추어 절벽을 따라 좌측으로 이동했다. 다행히 소녀들이 갇혀 있는 동굴은 반대편 절벽이 아니라 같은 편 절벽에 자리 잡고 있었다. 여기서 왼쪽으로 십여 장쯤 떨어진 곳이었다. 절벽은 곧지 않고 구불구불해 저기선 여기가 보이지 않았다.

두 사람은 오두막 쪽을 힐끔거리며 들키지 않도록 조심했다. 어느새 소녀들이 갇혀 있는 동굴의 사 장 앞까지 다다랐다.

벽에 등을 바짝 붙여 몸을 숨긴 제비는 동굴을 살폈다. 저기도 입구 좌우에 보초가 하나씩 서 있었다. 그들은 늘어지게 하품을 하며 오두막 쪽을 부럽다는 듯이 쳐다보았다.

보초들은 방심하고 있었다!

제비는 양손에 하나씩 박도를 움켜쥐었다. 살금살금 벽을 따라 걸었다. 입구 오른쪽에 서 있는 보초의 일 장 앞까지 들키지 않고 다가갔다.

나직이 숨을 내뱉은 제비는 번개같이 신형을 날렸다. 저공으로 뛰어올라 보초의 상체를 스치고 지나가며 허리를 비틀었다. 수평으로 그어진 박도가 보초의 목을 댕강 썰었다.

제비는 왼쪽에 서 있는 보초의 앞에 착지했다. 그의 몸은 여전히 회전하고 있었다. 그 상태로 그는 재차 박도를 대각선 위로 올려 횡으로 베었다. 왼쪽 보초의 머리도 목과 분리되었다.

납작 엎드린 제비는 오두막 쪽을 주시했다. 다행히 이쪽의 변고를 눈치챈 자는 아무도 없었다. 제비는 신속하게 두 보초를 바닥에 앉힌 다음, 바닥에 나뒹구는 머리를 그들의 목에 얹었다. 그렇게 그들도 잠든 것처럼 보이게 만들었다.

운 좋게도 왼쪽에 있던 보초는 활과 화살을 지니고 있었다. 제비는 회심의 미소를 머금었다. 그는 뒤쫓아 온 동에게 지시를 내렸다.

"여자들을 데려올 테니까 활과 화살을 챙겨. 전부 다."

"응, 알았어. 그런데 형 진짜 세구나."

동을 얼떨떨한 표정을 지었다. 무려 네 명의 보초를 소리 없이, 그리고 주저 없이 죽여 버린 제비가 너무나도 멋졌다.

쑥스러워 피식 웃은 제비는 신속하게 동굴 안으로 뛰어들어 통로를 질주했다. 동은 그런 제비의 등을 동경심을 가득 담아 바라보았다.

제비는 반 각 후 감옥에 도착했다.

열한 명의 소녀들은 깜짝 놀라 뭐라 입을 열려고 했다. 제비는 얼른 손가락으로 입을 막아 조용히 하라고 명령했다. 그런 뒤 두 손에 내력을 담아 쇠창살을 벌렸다.

제비는 소녀들에게 밖으로 나오라고 손짓했다. 그녀들은 머뭇거렸는데, 제비가 몇 번 더 서두르라고 윽박지르자 용기를 내어 하나둘씩 밖으로 나왔다. 제비는 그녀들의 수갑을 부수었다.

제일 처음 자유가 된 열다섯 살쯤 되어 보이는 소녀가 부지런히 수갑을 부수는 제비에게 물었다.

"너, 넌, 누, 누구……니?"

제비는 짜증을 담아 내뱉었다.

"집에 돌아가고 싶어? 아니야?"

"무, 물론 돌아가고 싶지. 돌아가고 싶어."

"그럼 닥치고 시키는 대로 해."

"으, 으응……."

윽박지르는 제비가 무서운지 소녀는 기어들어 가는 어조로 중얼거리며 눈을 내리깔았다.

모두의 수갑을 부순 제비는 따라오라고 손짓한 뒤 앞장서서 입구 쪽으로 걸어갔다. 소녀들은 두려웠지만 한 가닥 기대를 품고 제비를 뒤쫓았다.

곧 제비와 소녀들은 입구에 숨어 있는 동과 합류했다. 제비는 활과 화살통을 내미는 동에게 소녀들에게 작전을 가르쳐주라고 지시했다.

그런데 동은 소녀들이 아니라, 활의 상태와 화살의 개수를 점검하고 있는 제비에게 말했다.

"형, 작전을 바꾸자."

당황한 제비는 동을 노려보았다.

"이제 와서 무슨 소리야?"

"모두 술에 취해 있잖아? 곧 곯아떨어질 거야. 그렇게 잠들면 어느 정도 소음이 들려도 깨지 않아. 불을 질러 혼란을 일으킬 필요 없이 은밀하게 도망칠 수 있어. 그게 더 성공할 가능성이 높아."

"이 자식을 확! 진작 말했어야지! 그러면 모두 곯아떨어지고 난 뒤에 행동을 개시했을 것 아니야!"

"미, 미안해. 나도 이제야 이걸 깨달아 가지고……."

제비는 신경질적으로 머리카락을 흩뜨렸다. 크게 한숨을 내쉰 그는 주눅 들어 있는 동을 다독였다.

"잘했어. 지금이라도 더 좋은 작전을 생각해냈으니까. 네 계획대로 하자. 너는 누나들에게 작전을 가르쳐 줘. 나는 덩어리한테 돌아가서 말할게."

구박을 하던 제비가 마음을 바꾸어 칭찬을 하자 동은 기분이 한결 나아졌다. 그는 배시시 웃으며 얼른 고개를 끄덕였다.

"꼬맹이가 머리 되게 좋네?"

"그러게."

소녀들은 똑똑하고 잘생긴 동에게 매료되었는지 상기된 얼굴로 키득거렸다. 왠지 심통이 난 제비는 얼굴을 구겼다. 그녀들의 대화를 한 귀로 흘리며 절벽을 따라 우측으로 이동했다.

춘 일행은 동굴 입구 안쪽에 숨어 있었다. 제비는 그들에게 가서 새로운 작전을 가르쳐 주었다. 그 뒤 춘 일행과 함께 숨죽인 채 오두막 쪽을 주시했다.

시간은 너무도 느리게 흘러갔다. 다들 초조함에 입이 바짝 말라 연신 혀로 입술을 훔쳤다. 서서히 왁자지껄하던 소음이 사그라졌다. 인신매매단은 하나둘씩 자리에서 일어나 비틀거리며 오두막 안으로 들어갔다.

대부분은 잠을 청했지만 일부는 아니었다. 두 명이 터벅터벅 동굴 쪽으로 다가왔다. 깜짝 놀란 제비는 얼른 시위에 화살을 걸며 눈살을 찌푸렸다.

"이건 또 뭐야?"

춘은 자신의 생각을 밝혔다.

"교대하려는 거 아냐? 그럼 큰일인데……."

과연 그랬다. 보초들이 하루 종일 경비를 설 수는 없는 일이었다. 정기적으로 교대를 하는 것이 당연했다. 문제는 제비가 그걸 미처 염두에 두지 못했다는 것이었다. 그것은 전체적인 작전을 짠 동 역시 마찬가지였다. 어린아이들이다 보니 실수가 곳곳에서 드러나고 있었다.

초조한 제비의 심정을 알 리 없는 두 청년은 입구 좌우에 쪼그려 앉아 고개 숙이고 있는 동료들을 보며 술에 취한 목소리로 투덜거렸다.

"저 새끼들 자빠져 자고 있네?"

"내비 둬라. 술도 못 먹고 보초 선 불쌍한 새끼들이잖아? 크헤헤헤."

"그건 그러네. 잘 자는 놈 억지로 깨우는 것보다 재미있는 일도 없지. 가서 두들겨 패 주자. 히히히."

"찬성이오!"

'왜 하필이면 지금 교대냐고!'

속으로 짜증을 내뱉은 제비는 빠르게 머리를 굴렸다. 보초 교대는 여기뿐 아니라 동 일행이 있는 곳도 같은 시각에 이루어질 가능성이 높았다. 여기는 자신이 있지만, 그곳에는 보초를 쓰러뜨릴 수 있는 능력자가 없었다.

생각을 끝내기 무섭게 그는 한 발의 화살을 더 꺼내 들었다. 보초들이 오 장 앞까지 다가오자 신속하게 시위를 두 번 연속으로 퉁겼다.

어두운 동굴 안쪽에서 난데없이 두 발의 화살이 날아오자 보초들은 경악했다. 그 상태로 그들은 목에 화살이 꽂힌 채 바닥에 쓰러졌다.

제비는 바로 동굴을 빠져나가며 춘에게 명령했다. 저 시체 둘을 동굴 안쪽으로 옮기라고 말이다.

춘은 옆에 있던 사내아이를 끌고 시체들에게 달려갔다. 그 사이 제비는 벌써 절벽을 따라 동 일행이 있는 곳으로 질주하고 있었다.

절반쯤 다가갔을 때 동 일행이 숨어 있는 동굴로 접근하며 고개를 갸웃거리고 있는 두 명의 보초가 보였다.

그들은 불러도 대답 없이 바닥에 쪼그려 앉아 있기만 하는 동료들을 이상하게 생각했다. 왠지 피 냄새가 나는 것도 같았다.

제비는 힐끗 절벽 위쪽을 응시했다. 대각선 위로 신형을 날려 절벽 군데군데 솟아 있는 돌기들을 밟고 일 장 이상 올라갔다. 지상에서는 보초 두 명 모두 시야에 들어오지 않았지만, 여기서는 확연하게 들어왔다. 그는 다시 두 발의 화살을 연속으로 날렸다.

두 명의 보초들은 뭐가 어떻게 된 건지도 모른 채 목에 화살을 맞고 바닥에 널브러졌다.

지상에 착지한 제비는 안도의 한숨을 내쉬었다. 그것은 이

내 짜증으로 뒤덮였다.

"꺄! 꺄아아악!"

"꺄아악!"

여인들의 찢어지는 비명이 골짜기 전체에 울려 퍼졌다.

엎친 데 덮치다

　노리개로 살고 있던 십여 명의 여인들은 인신매매단들과 함께 오두막 안으로 들어가지 않고 밖에 남아 뒷정리를 하고 있었다.

　개중 몇 명이 화살을 맞고 쓰러지는 보초들을 보았다. 그녀들은 소스라치게 놀라 비명을 터뜨렸다. 그 즉시 오두막 안쪽이 부산스러워졌다.

　상황이 급박해지자 제비는 일순 어떻게 해야 할지 갈피를 잡지 못했다. 그때 황급히 동굴 밖으로 나온 동과 그의 눈이 허공에서 부딪쳤다.

　당황한 것은 동도 마찬가지였다. 무참하게 얼굴을 일그러뜨린 제비는 동에게 손가락 하나를 펴 보였다. 동굴 안을 가리킨 뒤, 골짜기의 입구를 가리켰다.

'첫 번째 작전으로 돌아간다. 숨어서 불이 나기를 기다려라. 혼란이 커지면 은밀하게 움직여 입구 쪽으로 가라. 내가 입구의 보초들까지 모두 끌어들이겠다. 그들이 사라지면 너희는 즉시 도망쳐라.'

이런 뜻이 담겨 있었다.

얼른 고개를 끄덕인 동은 소녀들과 함께 동굴 안으로 모습을 감추었다. 제비는 반대편 동굴을 보았다. 춘도 밖으로 나와 안절부절못하며 그를 바라보고 있었다. 제비는 그에게도 같은 지시를 내렸다. 그리고는 오두막 쪽으로 질주했다.

여인들은 활과 박도를 주렁주렁 매달고 있는 제비를 보고는 어쩔 줄 몰라 했다. 제비는 그녀들에게 악을 질렀다.

"도망쳐! 안 그러면 죽인다!"

허언이 아니라는 것을 증명하게 위해 그는 한 여인의 발치에 화살을 날렸다. 그녀뿐 아니라 모든 여인들이 깜짝 놀랐다. 그녀들은 헛바람을 집어삼키며 어딘가로 달아났다.

술판이 벌어졌던 오두막들 중앙의 공터에서는 모닥불이 꺼져 가고 있었다. 제비는 바닥에 나뒹굴고 있는 술병들을 집어 있는 힘껏 모닥불로 던졌다. 몇 개의 술병은 아직 술이 조금씩 남아 있었다. 그 술이 모닥불과 만나 뜨겁게 타올랐다.

제비는 화상을 입을 각오를 하고 모닥불을 집어 오두막들을 향해 정신없이 던졌다. 그때 한 사내가 가장 먼저 오두막 밖으로 나왔다. 그는 얼떨떨한 표정이었지만 그래도 무기를 손에 쥐고 있었다.

하나 그는 무기를 휘둘러 볼 기회를 얻지 못했다. 밖으로 한 걸음 내딛기 무섭게 화살이 명치에 꽂혀 즉사했다.

제비는 모닥불을 던졌던 오른손이 참을 수 없을 만큼 아팠다. 그 손으로 활대를 잡고 한 명을 죽이긴 했지만, 정확도가 떨어졌다. 분명 미간을 노렸는데, 화살은 명치에 꽂혔다.

'젠장! 역시 맨손으로 모닥불을 잡는 건 무리였나?'

다행이라면 더 모닥불을 던질 필요는 없다는 것이었다. 십여 채의 오두막 중 무려 일곱 채가 활활 타오르고 있었다. 불길이 걷잡을 수 없을 만큼 커졌다.

불에 타 죽고 싶은 사람은 누구도 없어 인신매매단은 부리나케 밖으로 뛰쳐나왔다. 제비는 아픔을 참고 보이는 족족 화살을 날렸다.

그러나 인신매매단은 아직도 스물일곱 명이나 생존해 있는데, 그는 혼자일 뿐이었다. 네 명을 더 죽였지만 나머지 스물세 명은 놓쳤다. 그들은 안전하게 밖으로 나왔고, 저마다 뺨을 때리고 관자놀이를 후려갈겨 억지로 술기운을 몰아내었다.

"이 빌어먹을 애새끼가!"

네 명의 청년들이 욕설을 퍼부으며 제비를 덮쳤다. 제비는 미련 없이 활과 화살통을 버렸다. 화살을 날리며 도망쳐서는 안 된다. 이곳을 지키며 최대한 많은 적을 끌어모아야 했다. 그들 모두가 자신에게 집중하도록 만들어야 했다.

양손에 박도를 하나씩 잡은 그는 독기 가득한 외침을 토해내었다. 입구에 있는 보초들까지 들을 수 있도록 의도적으로 언성을 높였다.

"이 개새끼들! 모조리 다 죽여 버릴 거야!"

그는 먼저 네 청년들에게 달려갔다. 청년들은 성난 기세로 박도를 휘둘렀다. 하나 그들의 칼은 모두 허공을 갈랐다. 이리저리 빠르고 현란하게 움직이는 제비를 도저히 맞힐 수가 없었다.

그들과 달리 제비의 쌍도는 청년들의 급소를 정확하게 베었다. 하나는 뱃가죽이 잘려 내장을 쏟았고, 두 명은 사타구니가 길쭉하게 잘려 비명을 토해내었다. 마지막 하나는 머리통이 세로로 쪼개졌다.

인신매매단의 두목인 털보 사내는 신음을 삼켰다. 새파랗게 어린놈이 어떻게 저리도 강할 수 있는 건지 미치고 팔짝 뛸 노릇이었다.

몇몇 청년들은 제비를 뒤로하고 오두막에 붙은 불을 끄기 위해 노력 중이었다. 털보 사내는 그들마저 모두 불렀다. 일단은 저 애새끼를 확실하게 처리하는 것이 급선무였다. 골짜기 입구에서 경비를 서고 있던 네 명마저 도착했다.

원래 입구는 두 명이 지키고 있었는데, 다른 두 명이 교대를 하러 갔다가 이곳에서 소란이 생기자 동료들과 함께 돌아온 것이었다.

그들을 확인한 제비는 신이 났다. 스물세 명의 흉악한 살기를 내뿜는 사내들에게 포위되었지만 조금도 겁나지 않았다.

제비의 미소가 털보 사내를 더욱 화나게 만들었다. 그는 부하들의 머릿수가 예상보다 적다는 것을 잊어버렸다. 동굴을 지키는 녀석들이 왜 합류하지 않는 것인지 의심할 생각조차 못했다. 오두막들을 불태우고, 부하들을 죽인 저 빌어먹을 애새끼를 죽이는 것에만 혈안이 되어 있었다. 그는 박도의 끝으로 제비를 가리키며 사납게 으르렁거렸다.

"어떻게 감옥을 탈출한 거냐?"

제비는 비릿하게 웃었다.

"난 소매치기가 아니야. 강호인이지."

"빌어먹을! 내력을 가지고 있다는 거냐?"

"그러니까 수갑을 부수고, 쇠창살도 부술 수 있었던 거 아니겠어? 으하하하."

"다른 놈들은?"

"그딴 자식들 알게 뭐야? 나 하나만 도망치면 그만이지."

제비의 거짓말에 속아 넘어간 털보 사내는 속으로 안도의 한숨을 내쉬었다. 그때 문득 의혹이 떠올라 제비를 추궁했다.

"왜 몰래 도망치지 않고 이 지랄을 떤 거냐?"

제비는 진심이 느껴지는 어마어마한 분노를 토해내었다.

"내 돈! 내가 피땀 흘려 번 돈! 은자 두 냥, 엽전 칠백이십구 개! 원금에 이자까지 다 받아낼 거라구!"

"돈? 돈이라니?"

"나를 납치한 당신 부하들! 당신 몰래 내 돈을 삼켰어! 그 냥 도망치기엔 너무 억울해서 이래! 모두 죽인 뒤에 내 돈을 다 돌려받아야 성이 풀려! 나를 건드린 게 실수야! 내 돈을 빼 앗은 게 실수란 말이야!"

"이런 빌어먹을 놈들을 봤나? 그런 거금을 나 몰래 삼켰다 고?"

"그 새끼들 어디에 있어? 앙?"

"여기서 남쪽의 조현(造縣)에 있다. 걱정 마라. 네놈을 쳐 죽 인 뒤, 당장 그곳으로 달려가 그놈들도 갈가리 찢어 죽이고 말 테니까."

"헹! 그게 가능할 것 같아?"

"물론 가능하지. 우리가 왜 지금까지 이 짓을 하며 벌어 먹 고살 수 있었는지 아느냐?"

"개자식들은 원래 명줄이 질긴 법이잖아?"

제비의 비아냥거림에도 털보 사내는 눈 한 번 꿈쩍하지 않 았다. 그는 오싹한 살기를 내뿜었다.

"우리가 모두 한때 강호밥을 먹은 강호인들이기 때문이다. 부하들 모두 최소 일 두는 되고, 나는 무려 오 두의 고수다. 네놈이 얼마나 강한지는 모르지만, 반드시 죽여 버리고 말 테다!"

겁먹으라고 한 말이지만 애석하게도 그의 의도는 실패로 돌아갔다. 제비는 오히려 자신감이 생겼다.

내공의 양이 싸움의 승패를 결정짓는 절대적인 요소는 아니다. 그는 십오 두의 고수인 장무와 대등하게 싸웠다. 그것도 천공심법을 익히지 않은 상태에서 말이다.

이제는 천공심법마저 익힌 상태, 오 두 이하의 인신매매단 나부랭이쯤은 조금도 무섭지 않았다.

그는 말없이 박도를 챙챙 부딪쳐 상대를 도발했다. 이를 뿌드득 간 털보 사내는 고함을 터뜨렸다.

"이노옴! 죽어라앗!"

그는 제비에게 돌진했다. 스물두 명의 사내들도 우르르 제비를 덮쳤다. 제비는 털보 사내를 노리고 달려갔다. 먼저 머리를 쓰러뜨려야 했다. 그러면 적들의 사기는 급속도로 사그라지게 될 것이다.

털보 사내는 박도를 수직으로 내리꽂아 제비의 머리통을 쪼개 갔다. 오른쪽으로 한 걸음 이동한 제비는 털보 사내의 허벅지를 노렸다.

흠칫한 털보 사내는 신경질적으로 박도를 거두어 제비의 무기를 향해 휘둘렀다.

제비는 어른들과 싸울 때는 힘 대결을 극도로 꺼렸다. 장무와 싸운 경험 때문이었다. 그는 급히 박도를 회수하며 왼쪽 옆으로 두 걸음 이동했다. 그의 눈에 허공을 가르는 털보 사내의 박도가 보였다. 그는 그 박도를 쥐고 있는 털보 사내의 손목에 박도를 쳐올렸다.

"크아아악!"

손목이 잘린 털보 사내는 비명을 터뜨렸다. 그의 손은 박도를 쥐고 있는 상태로 허공으로 튀어 오르고 있었다. 제비는 다시 박도를 날려 끝장을 내려고 했는데 왼쪽 옆에서 살기가 짓쳐들어 급히 바닥에 바짝 쪼그려 앉았다. 그의 머리 바로 위를 두 자루의 박도가 수평으로 스치고 지나갔다.

제비는 두 손을 땅에 닿을 만큼 내렸다. 왼쪽 옆을 향해 벌떡 일어나며 쌍도를 수직으로 올려 그었다. 그를 공격했던 두 사내는 사타구니부터 가슴팍까지 세로로 쪼개졌다.

그렇게 두 명을 죽인 제비는 옆으로 튕기듯 물러났다. 그가 서 있던 자리에 한 자루의 박도가 대각선으로 휘둘러졌다. 제비는 오른손으로 그 박도를 쥔 청년의 손목을 잘랐고, 왼손으로 하복부를 곧게 찔렀다.

손목이 잘리고 하복부가 꿰뚫린 청년은 게거품을 물며 생기를 잃어 갔다. 힘껏 박도를 뽑은 제비는 털보 사내를 찾았다. 그는 손목을 움켜쥔 채 뒷걸음질 치고 있었다.

그에게 접근하려면 자신을 덮치고 있는 몇 명을 지나쳐야 했다.

'균형! 균형이 중요해!'

스스로를 다독인 제비는 청년들에게 마주 달려갔다. 작은 몸을 최대한 활용해 이리저리 잽싸게 움직여 그들을 통과했다. 죽인다고 시간을 허비하지는 않았다. 최우선 목표가 털보 사내라는 것은 변함이 없었기 때문이다.

털보 사내는 자신에게 달려오는 제비를 보았다. 그러나 부하들의 몸뚱이가 시야를 가려 몇 번이나 제비를 놓쳤다. 그가 다시 제비를 포착한 것은, 제비가 그의 코앞에 다다른 뒤였다.

그는 본능적으로 바닥의 흙을 찬 후 뒤로 물러났다. 제비는 흙을 뒤집어쓰기 전에 얼른 왼쪽 대각선 앞으로 이동했다. 다시 오른쪽 대각선 앞으로 이동했고, 재차 왼쪽 대각선 앞으로 이동해 털보 사내와 거리를 좁혔다.

그렇게 제비가 세 번째로 이동했을 때 털보 사내는 발차기를 날렸다. 그의 발은 제비의 옆구리에 꽂혀들었다. 제비는 민첩하게 또다시 반대편 대각선으로 신형을 날리며 앞으로 쭈욱 내질러진 털보 사내의 다리에 박도를 올려 그었다.

무릎이 동강난 털보 사내는 욕설을 토해내었다. 제비도 비명을 터뜨렸다. 그가 털보 사내의 무릎을 자른 것과 동시에, 청년 하나가 그의 왼쪽 허벅지를 길쭉하게 베어 버렸기 때문이다. 적들의 머릿수가 너무 많다 보니 상처 하나 입지 않는 것은 불가능에 가까웠다. 다행이라면 상처가 깊지 않다는 것 정도였다. 여전히 다리를 움직일 수는 있었다.

제비는 재빨리 털보 사내의 등 뒤로 이동했다. 그의 몸을 방패막이로 삼아 청년의 두 번째 공격을 피했다. 그는 얼른 바닥에 주저앉았다. 등 뒤에서 두 자루의 박도가 찔러지고 있었다.

"크하아아악! 이, 이런 미친 새끼들이…… 끄륵……!"

두 자루의 박도는 제비가 아니라 털보 사내의 등에 꽂혔다. 기가 막힌 털보 사내는 자신을 공격한 부하들에게 눈을 부릅떴다. 그러다 그는 생기를 잃고 허물어졌다.

졸지에 두목을 죽여 버린 두 청년은 얼이 빠졌다. 충격으로 어쩔 줄 몰라 했다. 제비는 그들에게 짓쳐들어 쌍도를 교차했다. 몸과 분리된 그들의 머리가 허공으로 솟구쳤다.

제비는 빠르게 주변을 훑었다. 적들의 머릿수는 열일곱으로 줄어들어 있었다. 두목을 잃어서 그런지 그들은 눈에 보일 정도로 당황했다.

이때를 놓칠 수는 없는 일이었다. 제비는 얼른 상처 입은 왼쪽 다리를 두어 번 들어 올려 보았다. 통증이 느껴졌지만, 그래도 마음먹은 대로 움직여졌다.

"아자자자잣!"

기합을 터뜨려 정신을 가다듬은 제비는 과감하게 열일곱 명의 사내들 속으로 뛰어들었다. 사내들은 우왕좌왕했다. 어떻게 해야 할지 갈피를 잡을 수가 없었다.

제비는 그들을 무차별적으로 베어 넘겼다. 다들 죽고 싶지는 않아 저항했지만, 혼란에 휩싸인 몸은 뜻대로 움직여 주지 않았다. 세 명이 더 죽었을 때, 겨우 정신을 차린 인신매매단의 이 인자 격인 염소수염 사내가 부하들을 윽박질렀다.

"죽여! 죽여! 죽이란 말이야!"

그런 후 그는 최대한 제비와 거리를 벌렸다. 불타는 오두막의 옆으로 가서 몸을 숨겼다. 제비의 다음 표적이 되는 것은 두려웠기 때문이다.

사내들은 골짜기가 떠나가라 함성을 터뜨렸다. 그들은 험악한 기세로 제비를 공격했다. 저마다 머리끝까지 흥분한 상태였다. 혼란과 두려움에 사로잡혀 있다 보니 그것을 떨치기 위해서는 미칠 필요가 있었다.

그들이 흥분할수록 제비는 냉정해져 갔다. 이유는 모르겠지만 왠지 그렇게 되었다. 냉정해지자 무차별적으로 박도를 휘두르는 사내들의 허점이 수두룩하게 보였다. 정말이지 이상야릇한 경험이었다.

'신기하네. 히히힛.'

속으로 키득거린 그는 재빠르게 사내들 사이사이를 파고들며 과감한 공세를 뿌렸다. 그는 정상적으로 움직이는데 사내들은 더없이 느리게 움직였다. 아니 그의 눈에 그렇게 보였다.

뭐가 어떻게 된 건지 알 수가 없었지만, 아무튼 신이 난 제비는 하나씩 하나씩 신속하게 쓰러뜨렸다. 그렇게 네 명을 더 죽였다.

이제 인신매매단의 머릿수는 열 명으로 줄어들어 있었다. 오두막 옆에 숨어 있는 염소수염 사내까지 합쳐서 열 명이었다.

염소수염 사내는 계속해서 고함을 질러 부하들을 채근했다. 하나 부하들은 더 이상 고분고분히 그의 명령을 듣지 않았다. 우리는 계속 죽어 나가고 있는데 왜 저놈은 숨어 있기만 하는 건지 화나고 짜증 났다. 그들은 빠르게 시선을 교환했다. 결론은 바로 내려졌다. 당장 도망치기로 말이다. 저 무시무시한 소악마에게서 최대한 멀리 달아나야 했다.

한 줄기 바람이 장내에 불어 닥친 것은 그때였다. 그 바람은 제비에게 일직선으로 쏘아졌다. 제비는 반사적으로 뒤로 물러났다.

그가 서 있던 자리에 날카로운 예기를 발하는 한 자루의 검이 꽂혔다. 반응이 조금만 늦었으면 큰일 날 뻔했다. 그 정도로 저 검은 빨랐다.

더 놀랄 일은 다음에 일어났다. 찔러졌던 검이 급격히 궤도를 바꾸어 제비의 가슴팍을 베어 갔다.

피할 시간이 없었다. 얼굴을 일그러뜨린 제비는 쌍도를 교차해 가슴을 보호했다.

귀가 찢어지는 쇳소리와 제비의 비명이 터졌다. 제비는 허공을 무려 삼 장여나 날아 바닥에 처박혔다. 그는 부들부들 떨며 괴로워했다. 전신이 아프고 가슴이 빠개진 것처럼 고통스러웠다. 구역질이 치밀어, 그는 더 참지 못하고 구토를 했다. 저녁에 먹은 감자와 물이 왕창 쏟아졌다.

그렇게 구토하고 나니 조금이나마 정신이 들었다. 비틀거리며 억지로 몸을 일으킨 그는 신경질적으로 입가를 훔쳤다.

전면에 이십 대 초반의 흑의 청년이 서늘한 살기를 내뿜고 있었다. 그를 공격한 장본인이었다. 어느새 좌우와 뒤편에도 아홉 명의 흑의인들이 그를 포위하고 있었다.

제비는 흑의 청년을 노려보았다.

"당신은 누구야?"

흑의 청년은 음산하게 입을 열었다.

"내가 묻고 싶은 말이다. 너는 누구냐? 그리고 누구에게 사사 받았느냐?"

그는 장내의 참극을 겨우 열 살 남짓한 소년 하나가 만들었다는 것이 아직도 믿어지지 않았다. 대체 누구에게 무공을 배웠는지 궁금증이 치밀었다.

"헹!"

하나 제비는 냉랭한 코웃음만 쳤을 뿐, 순순히 대답해 주지 않았다.

아홉 명의 인신매매단은 이제 살았다는 생각에 안도의 한숨을 내쉬며 바닥에 퍼질러 앉았다. 숨어 있던 염소수염 사내는 쏜살같이 튀어나와 흑의 청년에게 간사한 웃음을 흘렸다.

"헤헤헤, 덕분이 살았습니다요. 누구십니까요?"

흑의 청년은 멸시 가득한 눈으로 염소수염 사내를 응시하며 귀찮다는 투로 대답했다.

"단목세가다. 예정보다 일찍 도착했다. 이곳에서 불길이 치솟는 것을 보고 달려왔다."

"그렇군요. 참으로 다행입니다요. 저, 저 빌어먹을 소악마를 어서 죽여 주십시오. 저 개자식이 두목님까지 죽였습니다요. 저 개자식만 죽여 주시면, 크게 인심 써서 아이들을 반값에 팔겠습니다요. 헤헤헤."

"모두 데려와라."

"예?"

"모두 데려오라고 했다."

"사, 사내아이들은 사십육 명이나 되는데요? 용호문도 오기로 되어 있어서……"

흑의 청년은 매서운 눈초리로 염소수염 사내를 노려보았다.

"모두 우리가 산다. 다음 달에도 올 것이다. 조직을 재정비해 최소 오십 명 이상 모아라. 알겠나?"

거부하면 죽는다. 염소수염 사내는 그것을 직감적으로 깨달았다. 그는 싹싹하게 웃으며 부하들을 닦달했다. 어서 가서 사내아이들을 모조리 데려오라고 말이다.

아홉 명의 사내들은 어쩔 수 없다는 듯 억지로 몸을 일으켜 사내아이들이 갇혀 있는 동굴로 이동했다.

흑의 청년은 제비를 바라보았다.

"이름이 뭐냐고 물었다."

제비는 다시 코웃음을 쳤다.

"헹! 그쪽이 먼저 말해 보시지?"

"내 이름은 단목세진(端木世震)이다."

제비는 경악했다.

"다, 단목? 단목이란 성을 쓴다고?"

"훗, 나는 단목세가의 소가주다. 아버님께선 내게 이런 더러운 일에 관여할 필요는 없다고 하셨다. 그러나 내 생각은 다르다. 내가 먼저 손을 더럽히지 않는다면, 어찌 문도들의 충성심을 얻을 수 있단 말인가? 그래서 직접 왔다."

"쳇, 엄청 잘난 척하는 양반이네."

"이름을 말해라."

"내 이름은 천(天), 천이야."

아무래도 상대가 단목세가의 직계혈족이다 보니 본명을 말하는 것은 꺼려졌다. 그래서 제비는 순간적으로 떠오른 천자문의 제일 첫 글자를 말했다.

단목세진은 턱을 쓰다듬으며 무언가를 골똘히 생각했다. 그는 툭 말을 던졌다.

"사문은? 스승이 누구냐?"

"그런 거 없어."

"그렇단 말이지? 잘되었군. 포기해라. 솔직히 서 있기도 힘들지? 운 좋게 막긴 했으나 조금 전의 일격으로 네 몸은 만신창이가 되었다. 네가 여기서 빠져나갈 가능성은 없어. 순순히 포기한다면, 목숨만은 살려 주겠다."

제비는 뭐라고 변명하지 못했다. 애써 강한 척 위장하고 있지만 다리가 후들거렸다. 근육은 경련을 일으키고, 비지땀이 끝없이 흘렀다.

단목세진은 그런 제비의 몸 상태를 정확하게 파악하고 있었던 것이다.

염소수염 사내를 화들짝 놀랐다. 그는 말도 안 된다는 듯 단목세진에게 언성을 높였다.

"무, 무슨 소리십니까요? 저, 저 소악마를 살려 준다니요? 우리가 얼마나 막심한 피해를 입었는데 이러십니까요?"

"조용히 해라. 저 녀석은 두 배로 주겠다."

"안 됩니다. 열 배, 백 배를 줘도 안 됩니다. 저 녀석만은 반드시 죽여야 합니다요!"

"그렇다면 네가 죽어라."

단목세진은 검 끝을 염소수염 사내의 미간에 놓았다. 검을 찌르기만 하면 그는 죽는다. 단목세진은 농담을 하는 것이 아니었다. 그의 두 눈은 지극히 진지했다.

염소수염 사내를 식은땀을 흘리며 필사적으로 웃었다.

"헤, 헤헤헤헤, 노, 농담입니다요. 암요, 농담 한번 해 본 것뿐입니다요. 두, 두 배를 받고 팔지요. 팔겠습니다요. 그런데, 헤헤헤, 저런 괴물을 어디다 쓰시려고……."

"괴물이라는 것을 눈으로 확인했기에 사려는 거다. 이런 괴물이 하나라도 더 많아야 이 지겨운 전쟁을 끝낼 수 있어."

"아, 아, 예, 예예예. 그, 그렇군요. 헤헤헤."

제비는 기가 막혀 소리를 질렀다. 이미 몸 상태를 들켰는데도 불구하고 그는 계속 강한 척했다.

"이거 완전히 미친 양반이네? 내가 순순히 당신 편이 될 것 같아? 앙?"

단목세진은 자신만만하게 말했다.

"그렇게 된다. 한 십 년쯤 가르치면 말이다."

"지랄하네."

"음, 돌아가면 그 말버릇부터 고쳐야겠구나."

"좋아! 미친 형! 이렇게 하자."

"무얼 말이냐?"

"나랑 일대일로 싸워. 내가 이기면 보내 줘. 만약 진다면……."

"내 것이 되겠다? 후훗, 제정신으로 하는 말이냐? 서 있기도 벅찬 녀석이 나를 이길 수 있다고 생각하는 거냐?"

"물론 제정신이지. 그게 내 유일한 희망이니까! 어떻게든 이길 거야!"

제비는 강한 집념을 내뿜었다. 진지함에는 진지함으로 응수해야 하는 법, 단목세진을 정색을 하며 말했다.

"약속하지. 네가 이긴다면 내 이름을 걸고 무사히 돌려보내 주겠다. 하나 내가 이긴다면, 그때부터 너는 내 것이다. 받아들이겠느냐?"

"씨발! 알았어! 그땐 죽이든 살리든 맘대로 해!"

"좋군. 아주 좋아!"

단목세진은 비릿하게 웃으며 검을 앞으로 내밀었다. 제비도 쌍도를 굳건히 쥐었다.

일촉즉발의 긴장감이 감돌 때, 동굴로 갔던 아홉 명의 사내들이 헐레벌떡 돌아왔다. 그들은 사내아이들이 아니라, 노리개로 쓰고 있던 십여 명의 여인들을 모두 끌고 왔다. 그녀들은 다들 흠씬 두들겨 맞은 상태였다.

염소수염 사내를 역정을 내었다.

"뭐야? 왜 그년들을 끌고 와? 사내아이들을 데려오라고 했잖아?"

대표로 이십 대 중반의 청년이 혼비백산한 어조로 대답했다.

"없습니다. 전부 다 사라졌어요. 계집들마저 함께 말입니다."

"뭐, 뭐, 뭐라고? 그게 말이나 되는 소리냐? 보초들은 무얼 하고?"

"이미 죽어 있었습니다. 양쪽 다 말입니다. 이년들이 도망치는 걸 봤답니다. 같이 도망치자고 하는 걸 거절했다더군요. 한데 그걸 진작 우리에게 알리지 않고 여태까지 동굴 안에 숨어 있기만 했답니다. 화가 나서 그냥 두들겨 패 버렸습니다."

애석하게도 여인들은 이미 몸뿐 아니라 마음마저 이곳에 묶여 있는 상태였다. 도주는 엄두도 못 낼 만큼 심하게 망가져 있었다. 그래서 그녀들은 이곳에 남았다.

염소수염 사내는 극심한 혼란에 빠졌다.

"계집들이 갇혀 있던 동굴의 보초들마저 죽어 있었다고? 그 말은, 그러니까 그 말은, 그게⋯⋯."

문득 어떤 생각이 떠올라 그는 흠칫했다. 설마 아닐 거야라는 표정을 지으며 느릿하게 고개를 돌려 제비를 바라보았다.

그의 얼빠진 모습이 너무나도 우스워 제비는 배를 잡고 대소를 터뜨렸다.

"으하하하! 아하하하하하핫!"

어찌나 기쁘고 고소한지 통증마저 싹 달아나 버렸다. 전신에 끝없는 힘이 샘솟았다.

단목세진은 헛웃음을 터뜨렸다. 그는 제비의 웃음소리로 상황을 파악하게 되었다.

"정말 대단하군. 스스로를 희생해 시간을 끌고, 그 사이 모두를 도망치게 하다니 말이야."

제비는 신이 나서 방방 날뛰었다.

"아하하하! 그렇지? 나 진짜 끝내주지? 내가 생각해도 진짜, 이야, 나는 진짜 대단한 놈이라니까! 와하하하하!"

"후훗, 더욱 갖고 싶어졌다. 준비해라. 삼초를 양보하겠다."

"엥? 삼초? 그게 무슨 소리야?"

"음, 지능은 조금 딸리는가 보군. 하긴 완벽한 인간이란 없는 법이지. 반격하지 않고 공격을 세 번 받아 주겠다는 뜻이다."

제비는 두 눈에 쌍심지를 켰다.

"어이, 미친 형! 나 무식하단 말을 하도 많이 들어서 그런지, 그런 말 들을 때마다 엄청 열 받거든?"

"훗, 그래?"

"각오하셔! 박살을 내줄 테니까!"

"좋다! 와라!"

제비는 먼저 기합을 터뜨려 용기를 북돋우려고 했다. 한데 그보다 한 박자 빨리 저 멀리서 낯익은 고함이 들려왔다.

"제비야! 제비야!"

단우영은 화교에서 인신매매단의 흔적을 찾지 못했다. 그래서 그는 적귀대 전원과 청봉대까지 모두 소집해 주변 마을들로 수색 범위를 넓혔다.

노력은 헛되지 않아 이틀 전 지마에서 드디어 놈들의 꼬리를 붙잡았다. 그는 인근 야산에 숨어 있던 인신매매단을 생포했고, 강도 높은 고문 끝에 본거지를 알아내었다.

그 즉시 적귀대 일부, 독고진과 청봉대 열 명을 이끌고 이곳으로 달려왔다. 너무 많은 숫자가 이동하면 인신매매단이 눈치를 채고 도망칠 위험이 있었다. 원래는 적귀대 일부만 대동할 작정이었지만, 독고진이 가만히 기다리고 있을 수만은 없다고 강력하게 주장해 그도 데리고 왔다.

　단우영 일행은 오늘 저녁 청엽산에 도착했다. 이곳으로 오던 도중 서둘러 산에서 내려오는 동 일행과 만났다.

　청봉대 열 명이 아이들과 함께 숲에 남았고, 동은 유상의 등에 업힌 채 단우영 일행을 따라나섰다. 그가 일행을 본거지로 안내하겠다고 자원했기 때문이다.

　단우영이 몰래 본거지 내부로 들어가지 않고 멀리서부터 크게 고함을 지른 이유는 제비가 걱정되어서였다.

　그는 단목세가의 존재를 몰랐다. 제비가 홀로 인신매매단과 사투를 벌이고 있다고만 생각했다. 제비에게 더 이상 너는 혼자가 아니라고, 이렇게 구하러 왔다고 알려 그의 사기를 진작시키고, 반대로 인신매매단의 사기를 꺾기 위해 고함을 질렀다.

　안타깝게도 그는 제비를 위해서 한 행동이, 제비의 목을 죄게 되리라곤 전혀 예상치 못했다.

　단우영의 목소리에 제비는 얼떨떨한 표정을 지었다.

　솔직히 납치된 이후부터 지금까지 그는 단우영의 존재를 잊었다. 그가 구하러 올 거라는 기대를 하지 않았다. 스스로의 힘으로 도망치려고만 했다. 여태 그렇게 살아왔기 때문이다. 누구의 도움도 받지 않고 혼자서 문제를 해결해 왔다.

물론 동료 낭인들이 그를 구해 준 적은 있었다. 하나 그건 어디까지나 돈벌이를 하고 있을 때뿐이었다. 일을 할 때는 동료들을 돕는 것이 몽호단의 규칙이었다.

하지만 일하는 중이 아닐 때는, 그리고 돈벌이가 되지 않을 때는, 땡전 한 푼 벌 수 없다면, 동료들이 어떻게 되든 상관하지 않았다. 죽든 말든 무시했다.

낭인들의 세계는 그랬다.

그러니 이번 일은 제비로서는 처음 겪는 경험이었다.

단우영은 돈도 되지 않는데 그를 구하러 왔다. 고작 몇 달 동안 알고 지낸 사이일 뿐인데, 단지 제자라는 이유만으로 그를 구하러 왔다. 한 달여나 지났건만 포기하지 않고 노력해 끝끝내 그를 찾아내었다. 저 멀리서 목 놓아 그를 부르고 있다.

제비는 가슴 깊은 곳에서 뜨거운 무언가가 울컥 치솟는 것을 느꼈다. 격동으로 전신이 부르르 떨리고 눈앞이 뿌옇게 흐려졌다. 그는 자신도 모르게 눈물을 펑펑 쏟아내고 있었다.

몸을 돌린 제비는 단우영의 목소리가 들려오는 방향을 응시하며 서럽게 울먹였다.

"씨발…… 늦었잖아……! 왜 이렇게…… 늦게 온 거야, 사부…… 씨이…… 엑! 으으…….."

뒤통수를 격타당한 제비는 스르르 눈을 감았다.

깊은 잠에 빠졌다.

단목세진은 쓰러지는 제비의 허리를 감아 옆구리에 끼었다. 제비를 내려다보는 그의 두 눈엔 탐욕이 씻은 듯이 사라져 있었다. 그 자리를 대신한 것은 증오였다. 숨 막히는 살기였다.

그는 빠르게 주변을 훑었다. 화살에 맞은 시체 몇 구가 보였다. 그것으로 그는 확신하게 되었다.

"뿌드득! 제비! 열 살 남짓한 소년 궁수! 네놈이 숙부님을 죽였구나! 바로 네놈이었어! 말도 안 되는 개소리라고 치부했거늘, 이제야 이해가 되는구나!"

그때 바닥에 귀를 대고 진동을 느끼고 있던 흑의인 하나가 단목세진에게 다급한 어조로 말했다.

"족히 오십이 넘습니다. 더구나 상당한 수준의 고수들입니다."

단목세진은 싸늘하게 내뱉었다.

"단우영일 거다. 이 녀석이 그의 제자가 되었다는 얘기를 들었다."

"적귀대라면…… 무리입니다. 도망쳐야 합니다."

"알고 있다. 입구는?"

"하나뿐입니다."

단목세진은 고개를 들어 골짜기의 지형을 확인했다. 그는 북쪽을 가리켰다.

"절벽을 오른다. 신속하게 처리해라."

뒷말의 의미를 깨달은 흑의인들은 즉각 검을 뽑았다. 제자리에 서서 단목세진과 입구 쪽을 번갈아 바라보며 안절부절 못하고 있던 열 명의 인신매매단을 무차별적으로 학살했다. 십여 명의 여인들마저 주저 없이 죽였다. 그들의 처절한 비명이 골짜기 전체에 울려 퍼졌다.

증인들을 모두 죽여 자신들의 정체를 감춘 단목세진 일행은 북쪽으로 질주했다.

일각 후 그들이 사라진 자리에 단우영 일행이 도착했다. 단우영은 주먹을 떨었다. 여전히 활활 타오르는 오두막들과 수십 구의 시체만 보일 뿐 제비도, 생존자도 보이지 않았다.

"빌어먹을! 제비야! 제비야!"

그는 주변을 훑으며 연신 제비를 불렀다. 그때 바닥의 흔적을 조사하던 일부장 마정이 북쪽을 가리켰다.

"저쪽입니다. 최소 열 명 이상이 이동했습니다. 격차는 일각 미만입니다."

"가자!"

씹듯이 내뱉은 단우영은 성난 기세로 신형을 날렸다. 그의 뒤를 나머지 모두가 따랐다.

발자국들은 북쪽 절벽 앞까지 이어져 있었다. 단우영은 고개를 들어 절벽 위를 응시했다. 개미새끼 한 마리 보이지 않았다. 그는 분통을 터뜨렸다.

"말도 안 되는 일! 인신매매단 나부랭이들이 어떻게 절벽을 이렇게 빨리 오를 수 있단 말인가?"

유상의 등에 업혀 있던 동은 탄성을 터뜨렸다.

"아! 용호문, 단목세가, 만지향이에요!"

뜬금없다면 뜬금없는 말에 모두가 그를 바라보았다. 동은
얼른 뒷말을 이었다.

"이번 달 구매자는 그 사람들이라고 했어요. 내 귀로 똑똑
히 들었어요."

깜짝 놀란 단우영은 이마를 부여잡았다.

"용호문? 단목세가? 하필이면!"

유상은 얼른 업고 있던 동을 내려놓았다. 마정과 일이삼조
장을 지목한 후, 절벽 위를 가리켰다. 마정과 조장들은 단우
영을 응시했다. 최종결정권은 그가 가지고 있었다. 단우영은
바로 고개를 끄덕였다. 그제야 마정과 조장들은 부하들을 이
끌고 절벽 위로 뛰어올랐다.

유상은 시체들이 있던 곳으로 달려갔다. 그에게 무슨 생각
이 있다고 여긴 단우영 일행은 얼른 그의 뒤를 쫓았다.

단우영은 탐탁지 않은 어조로 내뱉었다.

"왜 세 개조만 보낸 거냐?"

유상은 냉정하게 대답했다.

"사위가 어둡습니다. 놈들이 뿔뿔이 흩어져 달아난다면, 현
실적으로 붙잡는 것은 힘듭니다. 그래도 시도는 해 봐야 하니
세 개조를 보낸 겁니다. 우리는 흉수가 누구인지 정확히 파악

해야 합니다. 놈들은 제비를 자신들의 본거지로 데려갈 가능성이 높으니까요."

"과연, 그렇군!"

시체들이 있는 곳에 도착한 유상은 심각한 표정으로 이리저리 돌아다녔다. 모두가 숨죽인 채 그를 주시했다. 잠시 후 유상은 단우영에게 단정적인 말투로 말했다.

"예상대로입니다. 제비는 살아 있습니다. 단목세가가 데려갔습니다."

"이유는?"

"이곳, 이곳에 제비가 서 있었습니다. 상처를 입었는지 피를 흘렸고, 구토를 했습니다. 여기 이 발자국이 제비를 쓰러뜨렸습니다. 이 지점에 올 때의 발자국과 떠날 때의 발자국은 깊이가 다릅니다. 떠날 때가 더 깊습니다. 제비를 들고 떠났다는 뜻입니다."

그나마 다행인 일이라 단우영은 안도의 한숨을 내쉬었다. 그는 다음 질문을 던졌다.

"단목세가가 확실한가?"

"예! 여기, 여기 이 시체입니다. 모두 제비가 죽인 것이 아닙니다. 일부는 놈들이 죽였습니다. 증거를 인멸하기 위해서지요. 다른 놈들은 무공을 잘 숨겼지만, 이 시체를 만든 놈은 실수를 저질렀습니다. 이 검상은 단목세가의 풍진검법(風振劍法)과 유사합니다. 더구나 이곳, 이곳을 자세히 보시면 발자국들이 일정한 규칙을 가지고 있습니다. 단목세가의 취선보 (醉線步)와 흡사합니다. 제비의 발자국도 있는 것으로 보아, 여기서 일차적으로 공격을 당했고, 저기서 두 번째로 당해 쓰러진 것 같습니다."

"단목세가의 것으로 추정되는 흔적이 두 개나 있다면, 확신해도 되겠군!"

"그렇습니다."

"왜 제비를 데려간 거지? 놈들은 제비의 얼굴을 모를 텐데?"

"무이산 전투에 참가해 제비의 얼굴을 아는 자가 있었거나, 아니면 대주님의 외침을 들은 것이겠지요."

"뭐라고?"

"그들도 단목항우를 죽인 열 살짜리 소년 궁수에 대해서 어느 정도 조사를 했을 테니까요. 제비의 이름 정도는 알고 있을 겁니다."

"나 때문인가? 내가 제비의 이름을 불러서……?"

단우영은 말끝을 흐리며 자학했다.

독고진은 얼른 넋이 나간 단우영의 어깨를 잡았다. 힘주어 말했다.

"이러고 있을 때가 아니야! 계획을 바꾸자."

"그게 무슨 소리지?"

"당장 철소촌으로 돌아가 전 병력을 이끌고 단목세가를 치는 거다! 유 부대주의 말대로 제비는 그곳으로 끌려갈 테니까!"

"어떻게 단목세가까지 간단 말인가? 대규모 병력이 강서에 입성하는 순간 흑사방이 눈치를 챌 거야. 단목세가에 도착하기도 전에 발이 묶이고 말아."

"문제없어. 내게 계획이 있거든."

"그 계획이 뭐지?"

"일단 가지. 가면서 설명하겠네."

"그래. 그러세."

독고진과 단우영은 신형을 날렸다. 간발의 차이로 제비를 놓쳐서 그런지 그들의 얼굴은 너무도 무거웠다.

유상도 움직이려는데 난데없이 동이 그의 바짓가랑이를 붙잡았다. 다시 업어 달라는 뜻으로 파악한 유상은 동을 등에 업었다.

동은 유상의 목을 있는 힘껏 끌어안았다. 그는 이번에는 단지 업히기 위해 유상에게 달라붙은 것이 아니었다. 단우영과 유상의 관계, 그중에서도 유상의 역할을 두 눈으로 직접 보았기에 다른 사람도 아닌 유상에게 달라붙은 것이었다.

그의 두 눈은 어떤 결심으로 번뜩이고 있었다.

구출작전

　봄이 무르익은 사월 칠일 정오, 단목세가주 절참세검 단목
항조는 넓은 내실에서 가족들과 함께 식사를 즐기고 있었다.

　올해 마흔여섯 살인 그는 오 척 칠 촌의 키에 잘 단련된 근
육을 소유했다. 두상은 조금 긴 편이었고, 광대뼈가 툭 튀어
나온 데다 눈이 가늘고 길게 찢어져 있었다. 콧날은 오뚝했으
며 입술은 두툼했다. 단목세가라는 거대문파의 주인답게 은
연중 묵직한 기도를 흘렸다.

　음식이 절반쯤 비워졌을 무렵, 단목세가의 총관인 음하검
(陰遐劍) 패염(覇炎)이 방문했다. 작고 호리호리한 그는 단목항
조보다 한 살 어렸다. 두 사람은 어렸을 때부터 친분을 다져

온 막역지우였다.

십사 년 전 단목항조가 가주가 되자, 패염도 덩달아 총관으로 지위가 급상승했다. 그는 그때부터 지금까지 목숨을 바쳐 단목항조를 보좌해 오고 있었다.

자리에서 일어난 단목항조는 패염을 집무실로 데리고 갔다. 같이 식사를 하고 있던 단목세진도 은근슬쩍 따라붙었다. 단목항조는 그것을 알았지만 모른 척했다. 언젠가는 단목세가를 물려받을 아이, 미리미리 대소사에 참여시키는 편이 좋았다.

집무실에 도착한 단목항조는 의자에 앉았다. 단목세진은 그의 옆에 시립했고, 패염은 맞은편에 섰다.

"무슨 일이지?"

단목항조의 질문에 패염은 심각한 표정으로 대답했다.

"방금 흑사방의 전서구를 받았습니다."

흠칫한 단목항조는 얼른 물었다.

"눈치를 챈 건가?"

도둑이 제 발 저리다고 그는 인신매매단과 거래를 한 것을 흑사방이 알아낸 것은 아닌가 우려했다. 현재 다른 인신매매단을 수소문 중이었기에 더욱 겁이 났다.

흑사방은 이십여 년 전부터 인신매매를 금지하고 있었다. 그러니 발각되면 그는 아주 난처한 입장에 처하게 된다.

다행히 패염은 고개를 저었다.

"그건 아닙니다. 이틀 전 백기회가 자계를 공격했다고 합니다."

"자계? 백기회? 백기회라면 백리산의 큰사위?"

안도의 한숨을 내쉰 단목항조는 눈을 동그랗게 떴다. 패염은 살짝 고개를 끄덕였다.

"네. 오 년 전에 화양도(火陽刀) 누염신이 정검회의 지원을 받아 세운 방파입니다. 신흥방파이다 보니 명성에 목이 마른 것 같습니다."

"홋, 이제는 별 같지도 않은 놈들까지 우리 땅을 넘보는구만! 그래서 우리더러 어떻게 하라고?"

"작년과 마찬가지로 자성루를 지원하라고 하더군요. 가주님께서 직접 나서 달라고 했습니다."

"흐으, 바람 잘 날이 없군. 놈들의 머릿수는?"

"그게 문제입니다."

단목항조의 얼굴이 딱딱하게 굳었다.

"말해 봐."

"황남문은 작년의 빚을 갚으려는 듯 낭인들을 무려 삼백 명이나 동원했습니다. 더구나 적귀대마저 총출동했다고 합니다."

"적귀대? 방금 적귀대라고 했나?"

깜짝 놀란 단목항조는 얼른 추궁했다. 단목세진은 말도 안 된다는 투로 외쳤다.

"그럴 리 없습니다. 불과 팔일 전에 청엽산에서 단우영을 보았습니다. 놈은 제자를 찾기 위해 혈안이 되어 있었습니다. 그런데 어떻게 백기회에 합류할 수 있다는 겁니까?"

패염은 딱 잘라 대답했다.

"가능성은 한 가지뿐이다."

"그게 뭡니까?"

"단우영은 제비를 납치한 세력이 우리라는 것을 알고 있는 거지."

"아닙니다. 절대 아닙니다! 우리는 흔적을 완벽하게 지웠습니다!"

"단우영을 우습게 봐서는 안 된다. 삼남인 관계로 단우세가를 물려받을 수 없는 신세지만, 그 능력 하나만은 두 형들을 능가하는 놈이다."

"이런······!"

단목세진은 분통을 터뜨렸다. 단목항조는 나직이 무게를 담아 패염에게 말했다.

"계속 말해 봐."

"예. 우리는 작년에도 자성루를 지원하러 갔습니다. 단우영도 그것을 알고 있지요. 자계를 공격하면 이번에도 우리가 지원을 하리라 예상했을 겁니다. 그래서 백기회에 합류한 겁니다."

"대체 꿍꿍이가 뭐지?"

"인질교환이지요. 대규모 전투는 혼란을 유발합니다. 세가의 문도들을 하나하나 챙길 수 없게 됩니다. 단우영은 그 틈을 노려 우리 측 주요인사를 생포해 제비와 교환을 하려는 겁니다."

그러며 그는 단목세진을 바라보았다. 그 의미를 깨달은 단목세진은 이를 갈았다.

"제가 제일 가능성이 높다는 거군요. 하나! 저는 절대 놈들에게 생포당하지 않습니다! 아버님! 제가 생포당할 가능성이 두려워 이번 작전에서 저를 배제해서는 안 됩니다! 그것은 꼬리를 마는 행위입니다! 우리가 단우영 따위를 두려워하고 있다는 것을 만천하에 증명하는 것밖에 되지 않습니다!"

단목항조는 고뇌했다. 그는 단목세진에게 물었다.

"현재 그놈의 상태는?"

"독종입니다. 갖은 고문을 다했건만, 현재까지 복건무림에 관한 그 어떤 정보도 발설하지 않고 있습니다."

"살아는 있겠지?"

"네. 쉽게 죽여 줄 수는 없으니까요."

"계속 살려 두어라. 자계에서 일이 잘못되면 그놈을 가지고 단우영을 협박할 수 있을 테니까. 너도 이곳에 남는다."

"아버님!"

"내 말을 들어! 딸은 일곱이나 되지만, 아들은 너 하나밖에 없다. 항우도 딸만 셋뿐이다. 너만은 반드시 살아 있어야 한다!"

"하나!"

단목항조는 거칠게 탁자를 내리쳤다.

"내 명령을 거역할 셈이더냐?"

단목세진은 분함에 치를 떨었다. 그는 억지로 고개를 숙였다.

"이이……! 알겠습니다. 명령대로 하겠습니다."

자리에서 일어난 단목항조는 패염을 지목했다.

"참열대(斬裂隊)와 참살대를 전부 데려가겠다. 준비해라."

"참살대는 아직 재정비가 끝나지 않아 오십 명이 채 되지 않습니다만."

"상관없다. 녀석들은 항우의 원한을 갚기 위해 그 누구보다 필사적으로 싸울 테니까."

"알겠습니다. 바로 준비하겠습니다. 언제 떠나시렵니까?"

"내일 아침이다!"

"예!"

머리를 조아린 패염은 밖으로 나갔다. 단목항조도 식사를 마저 끝내기 위해 가족들에게로 돌아갔다. 두 아내와 일곱 딸들에게 작별인사를 해 둘 필요성도 느꼈다.

그러나 단목세진은 단목항조와 함께 가지 않았다. 너무 분한 나머지 건물 밖으로 뛰쳐나가 북쪽으로 질주했다. 제금원(制禁院)에 도착해 지하로 내려갔다. 큼지막한 철문을 벌컥 열

어젖혔다. 역겨운 오물 냄새와 진한 피 냄새가 진동을 했다.

내부는 창문 하나 없는 밀실이었다. 좌우의 벽에 횃불이 타오르며 내부를 밝히고 있었다.

제비는 벌거벗은 상태로 중앙에 매달려 있었다. 천정에 고정된 쇠사슬이 그의 두 손을 묶어 공중에 대롱대롱 매달아 놓았다.

사흘 동안 계속된 고문으로 인해 제비의 모습은 눈 뜨고 볼 수 없을 만큼 처참하게 변해 있었다. 손톱과 발톱이 모두 뽑혀 나갔고 주먹, 몽둥이, 채찍 등등으로 두들겨 맞아 전신이 멍과 피투성이였다. 채찍으로 맞은 피부가 쩍쩍 갈라져 피와 고름들이 말라붙어 있었다. 게다가 몇 번이나 대소변을 지려 하체가 오물로 뒤덮여 있었다.

그런데도 불구하고 두 눈만은 생기를 잃지 않았다. 뜨겁게 활활 타올랐다.

"이익!"

단목세진은 제비의 눈빛이 기분 나빴다. 문 근처에는 탁자가 하나 마련되어 있었고, 그 위에는 갖가지 고문도구들이 놓여 있었다. 그는 개중 채찍을 집어 들었다. 제비에게 다가가 사정없이 후려갈겼다.

"네놈 때문에! 네놈 때문에!"

그는 모든 분노를 애꿎은 제비에게 쏟아부었다. 제비는 약한 모습을 보이지 않으려고 독기를 품었지만 허사였다. 입이 주인의 의지를 배반하고 신음을 내뱉었다. 얼굴이 일그러졌고, 몸이 덜덜 떨렸다.

피와 살점들이 튀어 올랐다. 그중 일부가 단목세진의 얼굴과 옷에 묻었다. 그는 그것을 닦을 생각도 하지 않은 채 미친 듯이 채찍을 휘두르고 또 휘둘렀다.

광기에 휩싸인 폭력이 끝난 것은 일각 후였다. 제비는 눈물 콧물 다 쏟아내며 축 늘어졌다.

그렇게 망가진 제비의 모습이 단목세진의 짜증을 어느 정도 해소시켜 주었다. 그는 채찍으로 제비의 몸을 쿡쿡 찌르며 사납게 으르렁거렸다. 일그러진 얼굴에 핏방울마저 흘러내리고 있어서 그런지 소름이 오싹 돋을 정도로 귀기가 넘쳤다.

"단우영이 네놈을 구하기 위해 필사적이구나! 네놈 때문에! 나는 내 이름을 만천하에 떨칠 기회를 잃었다! 치열하고 짜릿한 전쟁에 참가하지 못하고, 이곳에 처박혀 있게 되었어!"

제비는 비릿하게 웃었다. 뭐라고 비아냥거리면 더 좋겠지만, 입안마저 망가질 대로 망가진 상태라 말을 할 수 없는 형편이었다.

단목세진은 제비의 면상을 후려갈겼다. 한 번이 아니라 여러 번 때렸다. 그래도 제비는 비웃음을 멈추지 않았다. 신경질적으로 팔을 들어 소매로 얼굴을 닦은 단목세진은 씹듯이 내뱉었다.

"지독한 놈! 명심해라! 단우영은 절대 너를 구하지 못한다.

세상 그 누구도 너를 구해 줄 수 없다. 너는! 이곳에 영원히 처박혀 있을 거다. 죽지도 못하고 매일매일 고통 받으며 시들어 가게 될 거다! 으드득!"

휙 몸을 돌린 그는 채찍을 거칠게 탁자 위로 던졌다. 문밖에는 이곳을 지키는 청년 두 명이 서 있었다. 단목세진이 자신들을 바라보자 그들은 잔뜩 몸을 움츠렸다. 그 정도로 현재 단목세진의 상태는 무서웠다.

단목세진은 그들을 향해 차갑게 명령했다.

"밥을 먹이고 상처도 대충 치료해 줘라. 지금부터는 회복과 고문을 번갈아 시행한다. 알겠나?"

"예!"

두 청년은 얼른 대답했다. 단목세진은 그들을 지나쳐 지상으로 올라갔다. 청년 중 하나는 이곳을 지켰고, 다른 하나는 밥과 약초를 가져오기 위해 어딘가로 향했다.

제비는 서서히 멀어지고 있는 단목세진의 등을 뚫어져라 노려보았다.

'사부는 아직 나를 포기하지 않았어! 끝까지 버틴다! 언젠가는 이 빚을 백배 천배로 갚아 주고 말 거야!'

다음 날 아침, 단목항조는 삼백오십 명의 대 인원을 이끌고 림고산을 내려갔다. 산 하부의 마을을 가로질러 북동쪽의 자계로 향했다.

마을 중부의 한 허름한 식당 이층 창가에는 두 명의 사내가 죽립으로 얼굴을 가린 채 식사를 하고 있었다. 그들은 창밖을 주시했다. 저 멀리서 보무도 당당하게 행군을 하는 단목세가의 문도들이 보였다.

식사를 중단한 그들은 식당 밖으로 나갔다. 마을을 빠져나가며 독고진은 회심의 미소를 머금었다.

"예상보다 더 잘되었군."

유상은 얼른 맞장구를 쳤다.

"그러게 말입니다. 참열대 삼백 명 전원과 참살대의 생존자들까지 모두 움직였습니다. 핵심전력이 총출동한 겁니다."

"이제 단목세가에 남아 있는 놈들의 머릿수는 얼마나 되지?"

"어린아이들까지 합쳐도 이백 명 안팎입니다. 다들 참열대와 참살대에 들어가지 못한 하급무사들. 청봉대 이백 명이면 무리 없이 쓸어버릴 수 있습니다."

"훗, 단목세가가 피해를 많이 입긴 했나 보군. 본산이 이렇게 허술해지다니 말이야."

"그러니 인신매매단에게까지 손을 벌린 것 아니겠습니까?"

"아무튼 계획대로 되었다. 이틀 후에 행동을 개시한다. 그때쯤이면 단목세가에서 단목항조에게 전서구를 날린다고 할지라도 너무 늦어. 단목항조는 손쓸 방도가 없게 돼."

"맞습니다. 탁월한 계획을 세우셨습니다. 우리 적귀대가 자계에 출현하면, 단목세가는 자계에 시선을 집중할 수밖에 없습니다. 인근 일대의 강서무림인들 역시 백기회, 황남문, 적귀대, 낭인단체 연합군이 총공격하고 있는 자계로 시선을 집중하게 되고 말입니다. 그만큼 청봉대의 존재는 잊히지요."

"후후후, 그렇게 자계에 이목이 집중된 틈을 노려 우리는 누구에게도 발각되지 않고 여기까지 무사히 도착했다. 적귀대가 아니라 제비와 생판 관계없는 우리 청봉대가 제비를 구출하러 여기까지 숨어들었을 줄 단목세가는 꿈에도 생각하지 못했겠지?"

"단목세가에 그리 뛰어난 책사는 없다는 것이지요. 우리로선 다행인 일입니다. 단목항조는 여차하면 제비를 이용해 우리 대주님을 협박할 생각일 겁니다. 제비는 안전한 곳에 있어야 하니, 자계로 데려가는 무리수는 두지 않겠지요. 그러니 제비는 분명 단목세가에 있습니다!"

독고진은 확신에 찬 어조로 외치는 유상을 빤히 쳐다보았다.

"청봉대와 적귀대의 부대주 임시 교환이라니, 들도 보도 못한 발상이다. 이렇게까지 해야 하는 것이냐?"

유상은 고집스레 대답했다.

"제비가 납치당한 것은 전적으로 제 잘못입니다. 제비는 반드시 제 손으로 구해야 합니다."

그의 얼굴에 짙은 그늘이 자리 잡았다. 자학하고 있는 것이다. 분위기가 너무 무거워 독고진은 슬쩍 화제를 바꾸었다.

"그러고 보니 자네에게도 제자가 생길 것 같던데, 아닌가?"

멈칫한 유상은 멋쩍은 표정을 지었다.

"아직은 모르겠습니다. 일단 다른 아이들과 함께 세가로 보내 두었습니다."

"참, 그렇지. 고아들 전부라고 했던가?"

"예. 돌아갈 집이 있는 아이들은 집으로 돌려보냈지만, 돌아갈 집이 없거나 돌아가고 싶지 않은 고아들은 모두 강호인이 되고 싶다고 하더군요. 아무래도 자신들과 비슷한 나이건만 혼자서 모두를 구출하고, 압도적인 실력으로 인신매매단을 박살내 버린 제비의 신위에 매료된 것 같습니다. 어느 방파나 그렇듯 본 세가도 인력난에 허덕이고 있다 보니 마다할 이유가 없지요. 그래서 열두 명의 사내아이들과 세 명의 계집아이들 모두 세가로 보냈습니다."

"개중 하나만 건져도 손해 보는 장사는 아니겠지. 몇 명이나 살아남을까?"

"최소한 춘과 동, 이 두 아이는 살아남을 겁니다."

"봄과 겨울이라, 재미있군. 자네가 제자로 점 쩍은 아이가 춘이던가? 그 왜 우리를 인신매매단의 본거지로 안내했던 작고 귀여운 아이 말이야."

"그 아이가 맞습니다만, 이름은 춘이 아니라 동입니다. 그리고 험험, 제가 제자로 점찍은 것이 아니라, 동이 제게 끈덕지게 달라붙어 제자로 삼아 달라고 애원한 겁니다."

"후후, 그랬나?"

"제비가 자기를 부하 일 호로 삼았다고 주장하더군요. 자신은 똑똑하니, 마찬가지로 똑똑한 제게 가르침을 받고 싶다며 끈질기게 졸랐습니다."

"거 참, 당돌하구만."

"그러게 말입니다. 하루 정도 대화를 나눠 보니 본인의 말대로 제법 똑똑하더군요. 책사로 성장할 가능성이 있어 보였습니다. 일단 무공은 세가에서 배우도록 했고, 학문과 병법은 전서구를 사용해 가르칠 작정입니다. 성인이 될 때까지 기대만큼 성장해 준다면, 그때부터 본격적으로 가르쳐 볼 생각입니다."

"전서구 같은 번거로운 방법을 쓰지 말고, 대영 그 친구처럼 동을 데리고 다니며 가르치는 것이 더 낫지 않나?"

대영은 단우영의 애칭이었다. 독고진의 제안에 유상은 설레설레 고개를 저었다.

"제비와 달리 동은 즉시 전력감이 아닙니다. 반년도 버티지 못하고 객사할 겁니다. 제비가 특이한 것뿐입니다."

"하긴, 그건 그렇지. 정말 대단한 녀석이야. 그 나이에 그 정도 무력을 쌓았고 이제는 부하까지 하나 생기다니, 후후후!"

"하나가 아닙니다. 열두 명의 사내아이들 전부 제비를 대장으로 생각하는 눈치였으니까요."

"호오, 그래? 이거 앞으로 재미있어지겠구만. 나도 어서 빨리 제자를 가져야 할 텐데 말씀이야."

"그러길 바랍니다. 나를 따르는 아이가 하나 있다는 것만으로도 아주 든든해지거든요. 힘이 난답니다."

"그렇단 말이지? 좋아! 이번 일이 끝나는 대로 반드시 제자를 하나, 아니 최소 둘 이상 얻고 말겠에!"

"좋은 생각이십니다."

"어서 가자. 흩어져 있는 놈들에게 알려야지. 이틀 후 자정에 단목세가를 친다! 제비를 구출할 뿐 아니라 단목세가 자체를 초토화한다!"

"예!"

단목세가는 림고산 남쪽 중부의 형유봉(形乳峰)에 자리 잡고 있었다. 형유봉 전체를 넓게 쓰고 있어 곳곳에 전각들이 세워져 있었고, 봉우리를 깎아 만든 계단들이 그 전각들을 이어 놓았다. 넓은 연무장도 여러 개였으며, 암자나 정원마저 곳곳에 분포되어 있었다.

사월 십일 자시 중반, 형유봉 전체를 넓게 에워싼 이백 명의 청봉대는 흑의로 전신을 가린 채 어둠을 틈타 슬금슬금 단목세가로 접근했다. 만족할 만큼 접근한 뒤 바짝 엎드려 몸을 숨겼다.

일각 후면 자정이 되어 날이 바뀐다. 다들 숨죽인 채 그때를 기다렸다.

독고진과 유상은 단목세가의 남쪽 부근에 숨어 있었다. 자정이 되자 독고진은 뒤를 돌아보았다. 오십 명의 부하들이 그의 명령을 기다리고 있었다. 그는 차갑게 외쳤다.

"시작한다! 모조리 다 죽이고, 모조리 다 불태워라!"

오십 명의 청봉대는 살기를 번뜩이며 무기를 굳건히 쥐었다. 독고진은 앞장서서 달려갔다. 그의 뒤를 유상과 오십 명의 부하들이 뒤쫓았다. 다른 세 방위에서도 나머지 백오십 명의 청봉대가 일제히 행동을 개시했다.

그들은 누구 한 사람 함성을 질러 적들에게 경각심을 일깨워 주지 않았다. 침묵을 유지한 채 보초를 서고 있는 적들을 베어 넘겼다. 건물 내부로 뛰어들어 곤히 잠든 이들을 남녀노소 가리지 않고 무차별적으로 학살했다. 학살을 끝낸 뒤 건물을 떠나며 불을 질렀다.

적막이 감돌던 단목세가 곳곳에서 비명이 터지고 불길이 치솟았다. 곤히 잠들었던 단목세가의 문도들은 하나둘씩 헐레벌떡 밖으로 뛰쳐나왔다. 난데없는 적의 기습에 그들은 우왕좌왕했다.

독고진은 불타고 있는 남쪽의 한 건물에 서 있었다. 더 내부로 들어가지 않고 뒤를 주시했다. 유상은 보초 하나를 고문 중이었다. 보초의 목을 꺾은 그는 독고진에게 다가갔다. 독고진은 얼른 물었다.

"알아냈나?"

유상은 눈살을 찌푸렸다.

"북쪽의 제금원 지하라고 합니다. 방위 선택을 잘못했습니다."

그들이 있는 곳은 남쪽이었다. 유상은 제비가 멀리 떨어진 북쪽에 있다는 것이 짜증 났다. 독고진은 턱을 쓰다듬었다.

"그쪽은 이부장 천소(踐昭)가 있다. 아쉽지만 그 녀석에게 맡겨야겠군."

청봉대도 적귀대와 마찬가지로 사부 이십조로 구성되어 있었다. 북쪽의 지휘자는 이부장 마유검(魔流劍) 천소였다. 그도 다른 방위의 책임자들과 마찬가지로 보초들을 고문해 제비가 있는 장소를 알아내기로 되어 있었다.

독고진은 천소의 능력이라면 믿고 맡길 수 있다고 판단했다. 하나 유상의 생각은 달랐다. 그는 고집스레 내뱉었다.

"여기를 지휘해 주십시오. 저는 혼자 북쪽으로 가겠습니다."

그는 즉시 신형을 날렸다. 독고진은 재빨리 가까이에 있는 일부장 마범검(魔氾劍) 지대(智對)에게 손짓으로 지시를 내렸다. 그 뒤 그는 유상의 뒤를 쫓았다. 유상은 옆에 따라붙는 독고진을 보며 당황해 했다.

독고진은 씨익 웃었다.

"그럴 수는 없지. 함께 가겠다."

유상은 졌다는 듯 피식 웃었다.

단목세가엔 문도 이백여 명과 하인 백 명이 기거하고 있었다. 시녀들도 오십 명이나 되었다.

그 삼백오십여 명 중 벌써 백여 명이 죽었다. 나머지도 이렇다 할 저항 한번 하지 못한 채 속수무책으로 쓰러지고 있었다.

단목세가가 겨우 정신을 차린 것은 오십여 명이 더 죽은 뒤였다. 현재 단목세가를 맡고 있는 이는 부총관 열종검(熱悰劍) 패냉(覇冷)이었다. 그는 총관인 패염의 동생이었다.

패염이 믿고 맡겼건만. 사백 년 영화를 자랑하는 단목세가가 불타오르자 패냉은 화가 머리끝까지 치솟았다. 그는 고래고래 악을 질러 우왕좌왕하는 문도들을 채찍질했다. 일단 모두를 중앙으로 모은 뒤 서둘러 전열을 정비해 청봉대와 맞서 싸워 나갔다.

그때부터 전투다운 전투가 벌어졌다. 하나 그래도 상황은 별반 변한 것이 없었다.

청봉대는 강했고 단목세가는 약했다. 단목세가의 문도 중 청봉대와 대등하게 싸울 수 있는 능력자는 채 오십 명이 되지 않았다.

그들은 훈련생들을 가르치는 교관들과 단목항조를 따라가지 않고 세가에 남아 있던 고위급 간부들, 그리고 몇 명의 원로들이었다. 그들은 저마다 문도들을 지휘해 사력을 다해 싸웠지만, 청봉대의 인해전술 앞에 속속 쓰러져 갔다.

독고진과 유상은 치열한 전투가 벌어지고 있는 중앙을 가로지르는 대신 서쪽으로 크게 돌아 북쪽으로 향했다. 전력질주를 하는 그들의 앞에 난데없이 한 인영이 튀어나와 길을 막았다.

놀랍게도 인영의 정체는 나이를 짐작기 어려운 구부정한 노파였다. 주름살로 가득 뒤덮인 얼굴에 오 척도 안 되는 단구였다. 지팡이로 홀쭉하게 마른 몸을 지탱하고 있었다. 그럼에도 불구하고 독고진과 유상은 잔뜩 긴장했다. 노파의 기도가 심상치 않았기 때문이다.

"흘흘흘, 어디를 그리 급히 가느냐? 네 녀석이 대장이지? 할미의 잠을 깨우다니, 고얀 녀석 같으니라고!"

노파는 지팡이의 끝으로 독고진을 가리키며 눈을 가늘게 떴다.

'혼란으로 뒤덮인 상황이건만, 우리를 찾아냈을 뿐 아니라 내 정체마저 꿰뚫어 보았다고?'

기가 막힌 독고진은 노파를 뚫어져라 노려보며 유상에게 외쳤다.

"가라! 내가 맡겠다!"

"예!"

유상은 신속하게 노파를 스쳐 지나갔다.

"그럴 수야 없지!"

일갈을 터뜨린 노파는 매섭게 지팡이를 휘둘렀다. 그것은 너무도 빠른 속도로 유상의 옆구리에 꽂혔다. 유상은 몸을 비틀었고, 어느새 신형을 날린 독고진은 검으로 지팡이를 쳐 올렸다.

커다란 폭음이 터지며 독고진과 노파는 한 걸음씩 뒤로 물러났다. 나무로 만들어진 것이 분명한데 지팡이는 검에 잘리지 않았다.

독고진은 손이 저릿저릿해 더욱 경각심을 일깨웠다. 노파도 약간 놀란 눈치였다. 흥미롭다는 듯 독고진을 응시했다. 그 사이 유상은 이미 저 멀리 사라진 상태였다.

작아지는 유상의 뒷모습을 바라보며 아쉬움에 입맛을 쩝 다신 노파는 독고진 한 사람에게 집중했다. 검을 고쳐 잡은 독고진은 차갑게 물었다.

"누구냐?"

"고놈 말버릇 하고는! 할미는 범빙화(汎氷花)라고 한다. 들어 본 적이 있으려나 모르겠구나."

독고진은 경악했다.

"은린민섬(銀鱗敏閃) 범빙화? 십 년 전에 죽었을 텐데?"

범빙화는 단목항조의 어머니였다. 그녀는 십 년 전 지병으로 별세했다고 알려졌다. 죽은 사람이 눈앞에 나타난 것이니 독고진이 놀란 것도 무리는 아니었다.

"흘흘, 이렇게 살아 있지 않누?"

범빙화는 능글맞게 웃었다. 독고진은 반사적으로 주변을 훑었다. 전투는 중앙을 중심으로 곳곳에서 벌어지고 있었지만, 그가 있는 곳 부근은 잠잠했다. 그를 도와줄 사람은 없었다.

전성기 범빙화는 이십삼 두의 고수였다. 그때보다 육체는 쇠약해졌겠지만, 내공은 더 늘어났을 것이다. 그는 십팔 두에 불과했다. 아무리 생각해도 일대일은 위험했다.

"빌어먹을! 아주 고약한 비밀병기를 하나 숨겨 두었군!"

분통을 터뜨린 그는 범빙화에게 달려갔다. 범빙화는 지팡이를 비스듬히 들어 올려 방어를 준비했다.

그때 독고진은 달려가던 몸을 급작스레 멈추었다. 직각으로 방향을 꺾어 중앙의 난전 속으로 쏜살같이 달려갔다.

흠칫한 범빙화는 일순 상황을 파악하지 못했다. 적의 대장이라는 놈이 도망칠 줄은 몰랐기 때문이다. 그녀는 한 박자 늦게 독고진을 뒤쫓으며 호통을 쳤다.

"이 녀석! 어린놈이 비겁한 짓만 배웠구나! 본 세가에 쳐들어온 녀석을 성히 돌려보낼 것 같으냐?"

그녀는 매섭게 지팡이를 휘둘렀다. 독고진은 지팡이를 피하거나 쳐내며 부하들과 합류하기 위해 노력했다. 범빙화는 그전에 독고진을 처리하기 위해 살초를 아낌없이 퍼부었다.

한편, 유상은 단목세가의 북쪽에 다다라 있었다. 제금원을 찾는 것은 쉬웠다. 저 멀리 떨어진 한 건물이 불타고 있었다.

병장기 소리와 비명이 그곳에 집중되어 있었다.

단목세가도 바보가 아닌 이상 지금쯤이면 적들이 무슨 목적으로 기습을 해 온 건지 파악했을 것이다. 그래서 병력의 일부를 제금원으로 보낸 것이 틀림없었다.

제금원으로 달려가는 유상의 귓가에 문득 어떤 소리가 들렸다. 동쪽의 어둠으로 뒤덮인 숲 속에서 인위적인 바람 소리와 풀잎 스치는 소리가 선명하게 들려왔다. 그것도 하나가 아니라 여러 개였다.

유상은 빠르게 머리를 굴렸다. 이성은 제금원으로 가길 바랐는데, 직감은 바람 소리가 들려오는 숲 쪽으로 가길 바랐다. 그는 과감하게 직감을 택했다.

다행히 그것은 적중했다. 그는 얼마 지나지 않아 숲을 질주하고 있는 일단의 무리와 마주쳤다. 그들은 청봉대 이부장 천소와 부하 네 명이었다. 그는 천소의 옆에 따라붙으며 물었다.

"어디를 가는 겁니까?"

천소는 전면을 가리키며 이를 갈았다.

"단목세진입니다. 빌어먹을 놈이 자빠져 자지는 않고 밤늦게까지 제비를 고문하고 있었던 모양입니다. 부하들을 방패막이로 삼아 제비를 데리고 도망쳤습니다. 자계로 가려는 것 같습니다."

"이런 개자식을 봤나! 제비를 봤습니까?"

천소의 얼굴에 짙은 그늘이 자리 잡았다.

"예. 끔찍하더군요. 그야말로 처참했습니다. 어린아이이건만 놈들은 잔인하게도…… 으드득!"

유상은 숨 막히는 살기를 내뿜었다. 두 눈을 불태우며 악을 질렀다.

"반드시 따라잡아야 합니다! 단목세가를 불태워도 제비를 놓치면 말짱 허사입니다. 이번 작전은 실패입니다!"

"알고 있습니다!"

"격차와 머릿수는 어떻게 됩니까?"

"삼십여 장입니다. 단목세진과 부하 둘입니다. 둘 다 삼십 대 이상의 상당한 실력자들이었습니다. 하나 따라잡기만 하면 박살낼 수 있습니다."

"저도 돕겠습니다. 미안하지만 앞으로는 제 지시를 따라 주십시오!"

"그러지요."

대화는 거기서 중단되었다. 모두가 말할 힘마저 아껴 가며 부지런히 두 다리를 놀렸다. 삽시간에 림고산을 내려가 어둠에 휩싸인 마을로 접어들었다. 저 멀리서 마을을 가로지르는 세 명의 인영이 보였다. 개중 하나는 어깨에 무언가를 메고 있었다. 제비였다. 혼절했는지 축 늘어져 있었다.

'이노옴!'

제비를 눈으로 확인한 유상은 지친 몸에 독기를 불어넣었다. 천소 일행도 눈에 힘을 주었다.

단목세진 일행은 건물들 사이사이로 달려 유상 일행을 뿌리치려고 노력했다. 그러나 헛수고였다. 유상 일행은 집요하게 그들을 추적했다.

도저히 이대로는 안 된다고 판단했는지 단목세진은 어딘가로 달려갔다. 그곳은 마방(馬房)이었다. 마방 안으로 들어간 그는 부하들에게 입구를 지키라고 지시했다. 최대한 시간을 끌라고 말이다.

뒤늦게 마방에 도착한 유상 일행은 단목세가의 문도 두 명을 다짜고짜 덮쳤다. 조용한 마방에 병장기 소리가 난무했다. 곤히 잠든 사람들이 깨어났고 말들마저 요란하게 울어젖혔다.

유상은 전투는 천소 일행에게 맡기고 마방 안으로 들어가려고 했는데 좀처럼 쉽지 않았다. 단목세가의 문도 두 명이 죽음을 각오하고 덤볐기 때문이다. 그들은 목숨을 도외시한 채 필사적으로 유상 일행을 막았다.

한 마리 말이 마구간을 뛰쳐나와 요란하게 울부짖으며 마방을 질주했다. 그 말은 입구로 가지 않고 마방 동쪽의 높은 울타리로 달려갔다.

말고삐를 쥐고 있는 단목세진을 본 유상은 초조해졌다. 그때 단목세가의 문도 하나가 천소의 검에 목이 잘렸다. 유상은 그 틈을 놓치지 않고 잽싸게 마방 안으로 뛰어들었다. 사력을 다해 말의 뒤를 쫓았다. 그의 뒤에선 천소 일행이 나머지 하나를 난자하고 있었다.

단목세진은 주먹만 한 돌을 하나 들고 있었다. 울타리에 도착한 그는 손에 내력을 집중해 돌을 던졌다.

울타리에 큼지막한 구멍이 뚫렸다. 그는 힐끗 옆을 바라보았다. 유상이 오 장 앞까지 다가와 있었다. 그는 유상을 향해 비릿한 미소를 던지며 구멍 속으로 뛰어들었다.

화가 머리끝까지 치솟은 유상은 검과 단도를 뽑았다. 그것을 순차적으로 던졌다. 얼굴을 급격히 굳힌 단목세진은 한 손으로 고삐를 잡고, 다른 손으로 검을 쥐었다. 허공을 찢어발기며 짓쳐드는 검과 단도를 후려갈겼다.

하나 구멍을 뛰쳐나갈 때 나뭇조각 파편들이 허공으로 비산해 그의 시야를 어지럽혔다. 그런 이유로 검은 쳐냈지만 단도는 쳐내지 못했다.

말이 비명을 토해내었다. 단도가 엉덩이에 박혔기 때문이다. 그 상처가 예상치 못한 결과를 낳았다. 말은 쓰러지는 대신 더욱 미친 듯이 질주하기 시작했다.

유상은 필사적으로 뒤쫓았지만 격차가 빠른 속도로 벌어졌다. 자신의 힘으로는 달리기에 최적화된 말의 각력을 당해낼 수 없었다.

"안 돼…… 안 돼…… 안 돼에에에!"

유상은 손을 뻗으며 절규했다. 제비는 점점 멀어지고 있는

데, 그런 제비를 붙잡지 못하는 자신의 처지가 너무나도 비참했다.

한시름 놓은 단목세진은 재차 비릿한 미소를 던졌다. 차후이 빚을 백 배로 갚아 주겠다는 듯 유상에게 삿대질을 하며살기를 던졌다.

유상을 완전히 뿌리친 단목세진은 방심하지 않고 아침이될 때까지 말을 채찍질했다. 동북쪽의 자계로 곧장 나아갔다. 최대한 빨리 단목항조를 만나 단목세가의 변고를 알리고 대비책을 마련해야 했다.

'두고 보자! 개자식들!'

그는 짐짝처럼 말의 엉덩이 부근에 올려놓은 제비를 노려보았다. 여전히 축 늘어져 있었다. 손을 목에 대어 보니 미약하게나마 숨을 쉬고 있었다.

'정오가 될 때까지 더 달리고, 그 후에 잠시 쉬도록 하자. 이 녀석도 억지로 깨워 밥을 먹여야겠어. 빌어먹을! 이 애새끼하나 때문에 세가가…… 사백 년 역사를 자랑하는 우리 세가가……!'

마음 같아선 당장 찢어 죽이고 싶었지만 그래선 안 된다. 이 아이는 반드시 살아 있어야 한다. 그래야 단우영을 협박할수 있다.

고개를 전면으로 돌린 단목세진은 마음이 심란해 멍하니하늘을 올려다보았다.

잠든 줄 알았던 제비의 두 눈이 슬그머니 떠졌다. 조금 전에 깨어난 그는 숨죽인 채 단목세진이 방심할 때를 끈질기게 기다리고 있었다.

그는 어깨가 축 늘어져 있는 단목세진을 확인했다. 말의 엉덩이에 꽂혀 있는 단도도 보았다. 손가락뿐 아니라 손목마저 부러진 상태라 단도를 쥐기 힘들었다. 그래서 그는 두 손목으로 단도의 자루를 붙잡아 힘껏 뽑았다.

필사적인 심정이라 그런지 다행히 단단히 박혀 있던 단도는 뽑혔다. 그러기 무섭게 제비는 허리를 비틀어 단도를 단목세진의 등에 쑤셔 박았다.

"크윽!"

난데없는 일격에 단목세진은 고통에 찬 신음을 토해내었다. 제비는 비틀거리는 단목세진의 몸뚱이를 체중을 실어 어깨로 때렸다.

"으어어어!"

통증으로 정신이 반쯤 달아난 상태라 단목세진은 균형을 유지할 수 없었다. 달리고 있는 말의 등에서 추락한 그는 바닥에 요란하게 내동댕이쳐졌다. 흙바닥을 데굴데굴 굴렀다.

몸을 부르르 떨며 고개를 든 단목세진의 눈에 바짝 엎드려 사지로 말의 등을 꼭 붙잡고 있는 제비가 보였다. 제비의 얼굴은 말의 엉덩이 쪽을 향하고 있었기에 그의 눈과 단목세진의 눈이 허공에서 부딪쳤다.

제비는 씨익 웃으며 혀를 날름 내밀었다.

"이 지독한 애새끼가!"

단목세진은 통증을 무시하고 자리에서 벌떡 일어났다. 쏜살같이 제비를 추격했다. 그러나 단도가 급소에 꽂혔는지 몸이 뜻대로 움직여 주지 않았다. 그는 오 장여를 달리다 비틀거리며 무릎을 꿇었다.

그것을 보았건만 제비는 긴장을 풀지 않았다. 두 손으로 말의 엉덩이를 연신 때려 격차를 더욱 벌렸다. 그것은 한 시진 후 그가 다시 정신을 잃을 때까지 계속되었다.

잔인한 만남

　강서성 동부의 차정(茶亭) 근처, 한 대의 소박한 이두마차
가 초원을 가로질렀다.

　마부석엔 건장한 체구를 자랑하는 이십 대 중반의 청년 두
명이 앉아 있었다. 마차 안에서는 십 대 중반의 귀여운 소녀가
창밖으로 고개를 내민 채 주변 풍경을 구경했다.

　소녀의 피부는 우윳빛처럼 새하얗고, 젖살이 빠지지 않아
볼이 통통했다. 얇고 작은 입술은 앵두처럼 붉었다. 코는 그
리 높지도, 그리 낮지도 않았으며 동그란 두 눈은 생기와 호
기심으로 넘쳤다. 머리카락을 단정히 하나로 모아 금실이 수
놓인 붉은 끈으로 묶었다.

호기심으로 반짝이던 소녀의 눈에 이채가 일었다. 그녀는 초원 한편에서 한가롭게 풀을 뜯고 있는 말을 유심히 바라보았다.

사람의 손때가 묻은 듯 말의 등엔 안장이 올려져 있었다. 더 중요한 것은 말의 엉덩이에 피가 말라붙어 있다는 것이었다. 눈 하나는 좋았기에 그녀는 멀리 떨어진 이곳에서도 그 피를 분명하게 볼 수 있었다.

"경일(警―)! 경일!"

소녀는 마부석에 앉아 있는 청년 중 하나를 불렀다. 고개를 돌린 경일은 눈살을 찌푸렸다.

"아가씨, 밖으로 고개를 내밀면 위험하다고 했지 않습니까?"

"심심하단 말이야. 저기, 저기로 가 봐."

"저 말 말입니까?"

"응. 왜 피를 흘리는 건지 궁금해."

"피요? 음, 정말 그렇군요. 뭐 성의 경계선으로 다가가고 있으니 무리도 아닙니다. 전쟁터를 도망친 말이겠지요. 앞으로 저런 말들을 지겹도록 보게 되실 겁니다."

"앞으로는 그럴지 몰라도 지금은 아니잖아? 처음 봤어. 어서 가. 어서!"

"휴우, 알겠습니다."

소녀의 고집을 당해내지 못한 경일은 힘없이 어깨를 늘어뜨렸다. 그는 옆에 앉아 있는 옥정(鈺井)에게 눈짓을 주었다. 옥정은 말고삐를 한쪽으로 꺾어 마차를 말이 있는 곳으로 이끌었다.

상처 입은 말은 마차가 다가오거나 말거나 풀 뜯기에 열중했다. 배가 너무 고파 다른 것은 신경 쓸 여력이 없는 듯했다.

마차는 말의 이 장 앞에서 멈추었다. 소녀는 마차의 문을 열고 바닥으로 폴짝 뛰어내렸다. 총총걸음으로 말에게 다가갔다. 풀을 뜯는 말을 구경하던 그녀는 빙그레 웃으며 손으로 말의 얼굴을 쓰다듬었다.

귀찮은지 말은 얼굴을 흔들며 울었다. 그리고는 다시 풀을 뜯었다. 소녀는 재미있어 몇 번이나 말의 얼굴을 문질렀다. 그때마다 말은 짜증을 내었다.

그런 소소한 놀이를 즐기다가 소녀는 말의 엉덩이 쪽으로 다가갔다. 상처를 확인하기 위해서였다. 한데 그때 발치에 무언가가 걸렸다.

"꺅!"

짤막한 비명을 터뜨린 소녀는 휘청거리는 몸을 다잡았다. 깜짝 놀란 경일과 옥정은 얼른 그녀에게 달려갔다.

"무슨 일이십니까?"

소녀는 무언가와 충돌한 발가락을 문지르며 바닥을 내려다보았다. 찡그린 그녀의 얼굴에 놀람이 가득 자리 잡았다. 그녀는 쪼그려 앉으며 호들갑을 떨었다.

"어머나! 사람이잖아? 경일! 옥정! 사람이, 꼬마 아이가 쓰러져 있어!"

"뭐라고요?"

경일과 옥정은 소녀가 가리킨 곳을 바라보았다. 과연 소녀의 말대로 무성한 풀잎들 속에 피투성이 사내아이 하나가 죽은 듯이 엎어져 있었다. 알몸이었고 천으로 대충 몸을 감싸고 있었다. 천 밖으로 드러난 몸뚱이는 그야말로 처참했다. 성한 곳이 한 군데도 없었다.

소녀는 죽었는지 살았는지 확인하기 위해 손가락으로 사내아이의 몸을 콕콕 찔렀다. 그러나 반응이 없었다. 그녀는 울상을 지었다.

"죽었나 봐."

경일은 사내아이의 목에 손가락을 갖다 대었다. 그는 소녀의 말을 정정해 주었다.

"살아 있습니다. 미약하지만 맥이 뛰고 있어요."

"어머? 그래?"

금세 표정을 밝게 바꾼 소녀는 경일이 했듯 사내아이의 목을 짚었다. 정말 불규칙적으로 맥이 뛰고 있었다. 너무 미약해 이대로 내버려 두면 얼마 지나지 않아 죽을 것 같았다.

그녀는 엎어진 사내아이의 몸을 넘겨 똑바로 뉘었다. 그러자마자 잔뜩 인상을 찌푸렸다. 뒤와 마찬가지로 앞도 엉망진창이었다. 사내아이의 얼굴은 끔찍하다는 말로밖에는 설명되지 않았다.

"너무한다. 대체 누가 이렇게 어린애를……."

경일의 시야에 사내아이의 손가락이 들어왔다. 사내아이의
손을 들어 유심히 살핀 그는 착잡한 어조로 말했다.

"고문을 당했군요. 손톱이 다 뽑혔고, 마디마디가 부러졌
습니다."

"세상에! 누가? 왜?"

소녀는 표독한 감정을 드러내었다. 경일은 옥정에게 손짓
했다. 그러자 옥정은 몸을 일으켜 주변을 조사했다. 잠시 후
그는 돌아왔다.

"말 발자국이 남동쪽으로 이어져 있군요."

경일은 턱을 쓰다듬으며 나름대로 추측한 것을 말했다.

"남동쪽에서 고문을 당했고, 도주 경로로 굳이 북상을 선
택했다? 북쪽으로 가야 안전해진다고 판단해서? 그렇다는
건…… 복건에서 고문을 당한 거로군. 말을 훔쳐 강서인 여기
까지 도망친 거야."

소녀는 반색을 하며 손뼉을 쳤다.

"우리 쪽이야? 이 애, 우리 쪽 애인 거야?"

경일은 옅게 웃었다.

"아무래도 그런 모양입니다. 이렇게 어린애를 전투에 참가
시키다니, 정신이 제대로 박힌 놈들인지 의심스럽군요."

림고산을 떠난 말은 동북쪽으로 질주하다 동남쪽으로 진

로를 바꾸었다. 그리고는 동쪽으로 향하다 북서쪽으로 올라가 여기까지 오게 되었다. 그렇게 제멋대로인 말의 행적을 알리 없는 세 사람은 이 사내아이가 강서무림 쪽 사람이라고 여겼다.

경일은 강호인이 맞는지, 아니면 단지 운 나쁘게 전쟁에 휘말린 것뿐인지 확실히 알기 위해 사내아이의 단전에 손을 붙였다. 내력을 흘러 넣어 사내아이의 몸을 조사했다. 손을 뗀 그는 두 눈을 부릅떴다. 믿을 수 없다는 듯 사내아이를 뚫어져라 바라보았다.

소녀는 경일의 태도가 이상해 고개를 갸웃했다.

"왜 그래?"

경일은 신음을 토했다.

"기가 막히는군요. 이건 말도 안 됩니다. 단전이 텅 비긴 했지만, 이 크기는 분명 최소 이 두 이상입니다. 열 살 남짓한 꼬마가 이 두 이상의 내공을 소유하고 있는 겁니다."

"응? 그게 왜? 별것 아니잖아? 나는 열 살 때 사 두였는걸? 큰 오라버니는 육 두였고."

"그야 아가씨와 대공자님은 어렸을 때부터 내공증진에 도움이 되는 영약들을 복용하셨지 않습니까? 성장하며 서서히 그 영약들을 자신의 것으로 만들었고요. 하나 이 아이는 다릅니다."

"어떻게 다른데?"

"저는 영약을 복용한 자와 그렇지 않은 자의 차이를 알고 있습니다. 확신하건대 이 아이는 영약을 복용한 적이 일절 없습니다. 순전히 노력만으로 이 두 이상의 내공을 쌓았다는 뜻입니다. 이건, 이건 불가능한 일입니다."

소녀는 입을 삐죽 내밀며 사내아이를 가리켰다.

"하지만 이렇게 눈앞에 있잖아?"

"그러게 말입니다. 어떤 고절한 내공심법과 천재적인 재능이 만나 이런 결과를 낳았다는 것으로밖엔 설명이 되지 않습니다. 이 정도의 아이라면 분명 본 방에까지 알려졌을 텐데, 왜 한 번도 들어 본 적이 없는지 알 수가 없군요."

가만히 있던 옥정은 자신의 생각을 밝혔다. 그는 경일보다 두 살 어렸기에 경어를 썼다.

"어떤 방파가 비밀리에 소중히 키우고 있었다는 거겠지요. 아니, 소중히라기보다는 강하게 키우고 있다고 해야 맞겠군요. 이렇게 어린 나이일 때부터 실전에 투입하고 있으니 말입니다."

경일은 고개를 끄덕였다.

"그렇군. 자네 말이 맞아. 아가씨, 죄송하지만 이 아이를 마차로 옮겨야겠습니다. 이 정도 인재를 죽게 내버려 둘 수는 없습니다. 우리 쪽 아이가 확실하니 급한 치료를 한 뒤 근처 방파로 넘겨야겠습니다. 그 뒤는 그들에게 맡기면 될 겁니다."

소녀는 무언가를 골똘히 고민했다. 그러다 의미심장한 미소를 머금었다.

"싫어. 내가 데리고 갈래."

"네? 아가씨, 우리는 적의 땅인 복건으로 가고 있습니다. 이 아이를 데려가기엔 너무 위험합니다."

"싫다고 했잖아? 내가 구했으니, 내가 치료할 거야. 더구나 천재라며?"

"그렇긴 합니다만, 그게 왜요?"

"왜긴 왜야? 잘만 키우면 엄청난 전력이 된다는 얘기잖아? 누구인지 몰라도 이런 재능을 가진 아이를 이렇게 험하게 키우다니, 말도 안 돼! 절대 맡길 수 없어!"

"하나 이미 사문이 있을 가능성이 높습니다. 그것도 내공으로 미루어 보아 꽤 역사가 있는 명문방파일 겁니다. 우리 마음대로 할 수는……."

"흥! 마음대로 할 수 있지. 누가 감히 우리 말을 거역할 수 있는데?"

경일은 뭐라고 반박하지 못했다. 소녀의 말은 사실이었기 때문이다. 소녀는 활기차게 몸을 일으키며 경일에게 고집을 담아 말했다.

"좋아, 결정됐어! 어서 마차로 옮겨. 경일, 너 애 치료할 수 있지? 의원 없어도 되지?"

"그야…… 가능하긴 합니다. 온전히 다 나으려면 상당한 시간이 소요되겠지만 말입니다."

"그건 뭐 상관없지. 장기 임무니까 시간이야 넉넉하잖아?"

"그건 그렇군요."

"일단 급한 치료를 한 뒤에 근처 마을에 들러 약초와 영약들을 사자. 그러면 더 빨리 낫겠지."

"영약까지요? 비쌀 텐데요?"

"돈이야 썩어 넘칠 정도로 많잖아? 미래를 위한 투자라고 생각하지 뭐."

그러며 그녀는 마차를 가리켰다. 마차 내부의 한편엔 큼지막한 상자들이 수북하게 쌓여 있었다. 그 상자 속은 전부 은자로 빼곡히 채워져 있었다. 그녀가 맡은 임무에 필요한 자금이었다. 하나 워낙 많다 보니 조금 정도는 사용해도 티도 나지 않을 것이었다.

경일은 소녀가 이미 결심을 굳혔다는 것을 깨달았다. 그녀가 한 번 고집을 부리면 누구도 꺾을 수 없다는 것 또한 잘 알고 있었다. 그래서 그는 깊은 한숨을 내쉬며 고개를 끄덕였다.

"이거야 원…… 후, 알겠습니다. 양강 계열의 영약들을 구해봐야겠군요."

"응? 양강? 그건 왜?"

"양강 계열의 내공심법을 익히고 있는 것 같더군요. 음한 계열의 영약은 도움이 되지 않고, 오히려 독이 될 뿐입니다."

"그렇구나. 양과 음, 어느 한 쪽으로 치우친 무학은 별로 안 좋다고 배웠는데 말이야."

"하지만 어느 한 쪽을 집중적으로 연마하면 강맹한 힘을 얻을 수 있는 것 또한 주지의 사실입니다. 그러니 지금도 양 강 계열의 무학들과 음한 계열의 무학들이 널리 퍼져 있는 것 아니겠습니까?"

"뭐, 그건 그러네."

소녀는 어깨를 으쓱였다. 사내아이를 품에 안은 경일은 마차 안으로 들어가 조심스레 눕혔다. 소녀는 사내아이의 맞은 편에 앉았다. 옥정은 상처 입은 말을 마차에 매었다. 그냥 내 버려 두긴 아까우니 말도 데려가서 치료를 할 작정이었다.

삼두마차는 초원을 벗어나 동쪽으로 향했다.

사내아이, 제비가 눈을 뜬 것은 이틀 후 마차가 복건성 북 부의 광택(光澤)에 다가서고 있을 때였다. 그의 온몸엔 약초가 덕지덕지 발라져 있었고, 머리부터 발끝까지 붕대로 친친 감겨 있었다. 또한 부러진 뼈들엔 부목이 대어져 있었다.

단지 눈을 뜬 것일 뿐 정신을 차린 것은 아니었다. 제비는 고열과 환각에 시달렸다. 끙끙거리며 신음을 토했고, 미친 듯 이 몸부림쳤다. 그러다 지쳐 잠이 들었다.

경일은 제비가 눈을 뜨면 억지로 음식을 먹였다. 일단 무얼 먹어야 회복을 해도 할 수 있기 때문이다. 제비는 몸이 음식을 받아 주지 못해 먹을 때마다 구토를 했지만, 경일은 포기하지 않고 계속 시도했다.

소녀는 곱게 자란 탓에 병간호를 해 본 적이 없었다. 경일 또한 그녀에게 궂은일을 시킬 생각은 눈곱만큼도 없었다. 그런 이유로 소녀는 경일이 제비를 간호하는 것을 안절부절못하며 지켜보기만 했다.

사흘 후 제비의 구토 증상은 가라앉았다. 여전히 고열과 환각으로 인해 몽롱한 상태였지만 약간의 죽 정도는 흡수할 수 있게 되었다.

이제 구토를 하지 않으니 영약도 받아들일 수 있을 텐데, 애석하게도 소녀는 영약을 구하지 못했다. 영약이란 돈이 아무리 많아도 쉽게 구할 수가 없는 무가지보였기 때문이다.

그녀의 신분을 이용하면 구할 수도 있지만, 현재 그녀는 신분을 숨긴 채 이동하고 있는 상태였기에 그것도 힘들었다.

다시 이틀이 흘러 마차는 목적지인 무이산에 도착했다. 애석하게도 제비의 상태는 여전히 좋지 않았다.

마차는 무이산 서부의 안형사(安馨寺)로 들어갔다.

안형사는 스무 명 남짓한 스님들이 꾸려가는 조그마한 사찰이었다.

소녀는 복건에 입성한 뒤부터 여행객으로 위장했고, 무이산을 오를 때에는 참배객으로 위장했다. 최대한 조심스레 움직인 덕분에 여기까지 오는 동안 그 어떤 문제에도 휘말리지 않았다.

안형사에 들어간 뒤부터는 굳이 정체를 숨길 필요가 없었다. 더 이상 복건무림인들의 눈에 띌까 봐 걱정하지 않아도 되었다. 안형사는 지난 일월 말부터 그녀 쪽의 인물들로 대체되어 있었기 때문이다. 안형사에 살고 있던 실제 주인들은 모두 차디찬 시체가 되어 땅속에 묻혔다.

시간은 빠르게 흘러 소녀 일행이 안형사에 도착한 지 열흘이 지났다.

저녁 무렵, 식사를 끝낸 소녀는 제비가 잠들어 있는 방으로 돌아갔다. 지난 열흘 동안 그녀는 밥 먹을 때와 잠잘 때를 제외한 시간 대부분을 제비의 곁에서 보냈다.

당분간은 할 일이 없어 심심하기도 하고, 병간호를 못 하니 다른 방법으로라도 제비를 돕고 싶어서였다. 그래서 그녀는 제비가 깨어나면 경일에게 달려가 알리는 역할을 자청해서 맡았다.

제비는 곤히 잠들어 있었다. 소녀는 뚱한 표정으로 제비를 내려다보았다.

"얘는 오늘따라 한 번도 안 일어나고 잠만 자네. 뭐가 또 잘못된 건가?"

그녀는 제비의 머리맡에 앉았다. 혹시나 해서 체온을 재 보려고 제비의 이마에 손을 올렸다.

그 순간 제비의 두 눈이 번쩍 떠졌다. 그는 거칠게 소녀의 손목을 낚아채 바닥에 자빠뜨렸다. 그녀의 몸 위에 올라타고 앉았다.

깜짝 놀란 소녀는 반사적으로 비명을 지르려고 했는데, 제비는 얼른 손으로 그녀의 입을 막았다. 손목과 손가락의 골절상이 어느 정도 나아 힘들긴 하지만 손이 뜻대로 움직여 줬다.

소녀의 부릅떠진 두 눈과 제비의 섬뜩한 두 눈이 허공에서 부딪쳤다. 갑자기 격하게 몸을 움직인 탓에 제비의 전신에는 굵은 땀방울이 송골송골 맺혔다. 통증으로 얼굴도 일그러졌다.

제비는 나직이 힘을 주어 내뱉었다. 이제는 말을 할 수 있을 만큼 입안도 회복된 상태였다.

"너 누구야? 여긴 어디야?"

부릅떠진 소녀의 두 눈이 서서히 작아졌다. 눈빛도 차분하게 변했다. 그것이 오히려 더 제비에게 무거운 압박감을 주었다. 왠지 모를 죄책감을 느낀 제비는 긴장을 늦추지 않으며 천천히 소녀의 입을 막고 있던 손을 떼었다.

"언제 일어났어?"

"조금 전에. 너 누구냐니까."

"이게 목숨을 구해 준 답례야?"

소녀의 목소리는 침착했지만 가시가 돋쳐 있었다. 움찔한 제비는 애써 마음을 다잡았다.

"네가 날 구했어?"

"그래."

"허, 헛소리하지 마. 어떤 형이었어. 의식이 몽롱해 어렴풋이 기억하는 정도지만 분명 어떤 형이었어. 넌 아니야."

"그 형의 이름은 경일이야. 그리고 경일은 내 부하야. 경일은 내 명령으로 여태까지 너를 간호해 준 거야."

"진짜야?"

"내가 왜 거짓말을 하는데? 경일의 옆에는 나도 있었어. 그건 기억 안 나?"

"그, 그……."

말끝을 흐리던 제비는 난데없이 고개를 숙여 소녀의 쇄골 부근에 얼굴을 바짝 붙였다. 그리고는 킁킁거리며 냄새를 맡았다.

부끄럽고 당혹스러워진 소녀는 볼을 붉혔다. 제비의 뜨거운 숨결이 그녀의 심장을 두근거리게 했다. 그녀는 어찌할 바를 몰라 빳빳하게 경직된 상태로 가만히 있었다.

실컷 소녀의 냄새를 맡은 제비는 천천히 고개를 들었다.

"그 형의 근처에서 맡아지던 좋은 냄새가…… 너였어? 그 냄새도 꿈이 아니었다고?"

좋은 냄새라는 노골적인 표현에 소녀는 더욱 얼굴을 붉혔다. 그녀는 의식적으로 퉁명스럽게 내뱉었다.

"이제 내가 네 생명의 은인이라는 걸 알았겠지?"

잠시 뭐라고 말문을 열지 못하던 제비는 황급히 정신을 차리곤 소녀를 추궁했다.

"왜 나를 구한 거야? 목적이 뭐지?"

"뭐야? 그럼 죽어 가게 내버려 둬야 했어? 그래?"

"그건……"

"비켜. 무거워. 언제까지 올라타고 있을 거야?"

제비는 저도 모르게 엉덩이를 들었는데, 이내 다시 소녀를 깔고 앉았다. 눈에 힘을 준 그는 힘상궂게 윽박질렀다.

"너 누구냐니까!"

"은혜를 원수로 갚아도 유분수지. 생명의 은인에게 계속 이런 식으로 나올 거야?"

"대답해!"

짜증이 치밀어 소녀는 도발적으로 외쳤다.

"그런 너는 누군데?"

"내가 먼저 물었잖아?"

"네가 먼저 말해. 그럼 나도 말할게."

"내가 먼저 물었잖아!"

"잊지 마. 난 네 생명의 은인이야."

"씨, 씨발! 내 이름은 제, 아니, 천, 지, 어어……"

소녀는 피식 웃었다.

"이제 보니 소인배네? 본명을 밝히는 게 두려워? 뭐가 그리 켕기는 게 많아서?"

"이이! 흥! 난 제비야. 넌?"

"제비? 무슨 이름이 그래? 성은?"

"그딴 거 없어."

"응? 너 혹시 고아야?"

"쳇!"

혀를 차며 시선을 회피하는 제비가 애처로워 보였는지 소녀는 한풀 누그러진 어조로 말했다.

"내 이름은 사마영영(司馬瑩瑩)이야."

"사, 사마? 사마라고?"

제비는 경악했다. 그의 두 눈은 크게 흔들리고 있었다. 사마영영은 제비가 겁먹은 거라고 생각했는데 뭔가 이상했다. 제비의 눈과 표정엔 겁보다 더 큰 무언가가 드러나 있었다. 그것은 두려움이었다. 공포였다.

문득 어떤 생각이 떠오른 그녀는 매섭게 추궁했다.

"너 설마, 복건무림인이야? 그래?"

그 목소리에 상념에서 깨어난 제비는 우악스럽게 사마영영의 양쪽 위팔을 짓눌렀다. 팔을 놀리지 못하도록 막은 것이다.

"그렇다면 어쩔 건데?"

사마영영은 콧잔등을 찌푸렸다.

"괜히 구했네. 강서무림인인 줄 알았건만, 복건무림인인 줄 알았다면 절대 구하지 않았을 거야."

"하! 그럼 구해 줘서 고맙다는 말은 하지 않아도 되는 거네?"

"흥! 말도 안 되는 소리 하지 마. 우리가 적일지라도, 내가 네 생명의 은인이란 것은 주지의 사실이야!"

"제기랄! 여기 어디야? 흑사방이야?"

"아니, 무이산이야."

"무이산? 복건성?"

"응."

"흑사방도인 네가 여기서 뭘 하는 거야? 그러고 보니 사마후란 놈도 여기를 노리고 있었지. 대체 속셈이 뭐야?"

"오라버니의 이름을 함부로 말하지 마. 오라버니는 너 따위가 마음대로 언급해도 되는 분이 아니야."

"오, 오라버니? 너, 사마후 친동생이야?"

"그렇다면 어쩔 건데?"

그녀는 조금 전에 제비가 한 말을 그대로 돌려주었다.

강서성 서부의 안복(安福)에는 그녀의 외가인 교룡회(蛟龍會)가 있었다. 거기서 머물며 놀고 있던 그녀에게 사마후가 전서구를 보냈다.

그는 사마영영에게 네 나이도 벌써 열넷이니 언제까지 어린애 취급할 수는 없다고 했다. 네 오빠들과 언니도 열네 살이 되던 해에 일선에 투입되었다고 말이다.

그리고 그건 사실이었다.

흑사방 소방주 혈마신도(血魔神刀) 사마묵(司馬墨)은 다섯 자식을 두었다. 아들 셋과 딸 둘이었다. 사마후가 첫째였고, 사마영영이 막내였다. 사마영영을 제외한 나머지 네 명은 열네 살 때부터 각각의 분야에서 활약을 해 오고 있었다.

아무튼 그렇게 못 박은 사마후는 임무를 맡길 테니 변장을 한 후 무이산으로 가라고 지시했다. 그래서 그녀는 부랴부랴 짐을 싸서 교룡회를 떠났다. 동쪽으로 곧장 나아가던 도중 제비를 만났고, 그를 구하게 된 것이었다.

제비는 손으로 머리카락을 세차게 털었다. 짜증을 가득 담아 내뱉었다.

"제길, 뭐가 이따위야? 늑대의 발톱을 피해 달아났더니, 호랑이 아가리 속으로 뛰어든 형국이잖아?"

"늑대? 누구를 말하는 거야?"

"쳇, 내가 말할 것 같⋯⋯! 아! 아으으, 이이, 끄으⋯⋯!"

제비는 벼락에 맞은 것처럼 전신을 떨었다. 갑자기 끔찍한 통증이 한꺼번에 물밀듯이 불어닥쳤다. 몸이 더 참지 못하고 비명을 지르기 시작한 것이다.

바닥에 엎어진 그는 끙끙대며 엉금엉금 기어 벽으로 다가갔다. 가까스로 벽에 도착해 등을 대고 앉았다. 연신 거친 숨을 내뱉으며 통증을 삭이려고 애썼다.

상체를 일으킨 사마영영은 제비가 짓눌렀던 팔과 배를 문질렀다. 제비를 바라보며 핀잔을 던졌다.

"그러게 누가 그렇게 움직이래? 몸이 비명을 지르는 것도 당연하지."

"하아, 하아, 젠장!"

"너 어느 문파 소속이야?"

"……단우세가."

흠칫한 사마영영은 어깨를 추욱 늘어뜨리며 땅이 꺼질 듯
한 한숨을 내쉬었다.

"흑사방도와 정검회의 왼팔인 단우세가의 문도? 이건 뭐
삼류 소설도 아니고……."

말이 끝나기 무섭게 제비는 키득거렸다. 왠지 웃음을 참을
수가 없었다.

"푸! 푸하하하! 진짜 그러네. 아하하하!"

사마영영도 실소를 터뜨렸다. 그것은 이내 깔깔 웃음으로
변했다. 그렇게 두 사람은 서로를 마주 보며 한바탕 웃음꽃
을 피웠다.

웃음소리가 사그라지자 방 안엔 무거운 침묵이 내려앉았
다. 두 사람 다 새삼 현실을 자각했기 때문이다. 제비는 툭
물었다.

"나를 어떻게 할 거야?"

사마영영은 솔직하게 대답했다.

"모르겠어. 부하로 삼으려고 치료해 준 건데…… 사부가
누구야? 미친 거 아니야? 너 같은 어린애를 어떻게 벌써부터
전장에 투입해? 네가 그렇게 만신창이가 된 것도 따지고 보면

다 네 사부……!"

제비는 버럭 고함을 질렀다.

"아무것도 모르면서 함부로 말하지 마!"

사마영영은 발끈해서 외쳤다.

"내가 뭘 모르는데?"

"난 낭인이었어. 여섯 살 때부터 혼자 힘으로 먹고살았어. 그런 나를 몇 달 전에 사부가 제자로 받아들여 줬어. 하루하루 먹고살기도 바쁘던 내게 꿈을, 천한 낭인에 불과한 내게 너무도 멋진 꿈을 꾸게 해 줬어. 내 등에 날개를 달아 저 하늘 끝까지 날아오르도록 만들어 준대. 만천하에 내 이름을 떨치게 도와준대. 사부는 강요하지 않았어. 내가 선택했어. 지금 삶은 내가 선택한 거야!"

제비의 진심이 담긴 열변에 사마영영은 다시 심장이 요동치는 것을 느꼈다. 저도 모르고 얼굴이 발갛게 달아올랐고, 뜨겁게 이글거리는 제비의 두 눈을 마주 바라볼 수가 없게 되었다.

'내가 왜 이러지?'

그녀는 머리를 흔들어 억지로 마음을 다잡았다. 그래도 제비를 바라볼 수는 없어 눈을 내리깔며 입을 삐죽 내밀었다.

"야망이라, 흥! 쪼끄만 게 벌써부터 남자 흉내를 내다니!"

"쳇, 좋을 대로 지껄여!"

"사부의 이름은 뭔데?"

"단우영, 단우영이야."

"음, 몰라. 단우천이란 이름은 들어봤지만, 단우영이란 이름은 들어 본 적 없어."

"조만간 싫어도 알게 될 거야. 내가 만천하에 이름을 떨치면, 사부의 이름도 자연히 유명해지게 될 테니까. 암, 그렇고말고!"

"쪼끄만 게…… 칫!"

"씨발! 계속 쪼끄맣다고 하네? 자기도 쪼끄만 건 마찬가지면서!"

"뭐? 내가 왜 쪼끄매? 이래 봬도 벌써부터 남자들이 줄을 서고 있단 말이야."

"지랄하네."

"너 참, 말 못되게 한다."

"이렇게 생겨 먹은 걸 어쩌라고?"

"에휴, 한 살이라도 더 먹은 내가 참아야지."

"잡소리 그만하고, 나를 어쩔 거냐니까?"

"아, 모른다니까!"

"그럼 그냥 보내 줘. 사부한테로 돌아가게. 많이 걱정하고 있을 거야."

"너 미쳤어? 그 몸으로 어디를 가겠다고?"

"팔하고 다리가 움직여져. 이거면 충분해."

사마영영은 멍한 표정을 지었다. 그녀는 가슴 깊은 곳에서

부터 진심으로 감탄했다.

"너 정말 강하구나."

머쓱해진 제비는 의식적으로 퉁명스럽게 말했다.

"쳇, 강해야 살아남는 세계잖아."

"하긴…… 미안하지만 절대 안 돼. 내가 여기에 있다는 건 극비야. 복건무림이 알아서는 안 돼."

"말 안 하면 되잖아?"

"그걸 어떻게 믿어?"

제비를 머리를 긁적였다.

"쩝, 그건 그러네. 그러면 어쩌자고? 평생 잡아 둘 거야? 아니면 죽일 거야?"

자리에서 벌떡 일어난 사마영영은 짜증을 내었다.

"아, 몰라 몰라. 생각할 시간이 필요해. 너는 일단 회복에 전념해. 도망칠 생각은 꿈도 꾸지 마. 앞으로는 철통같이 감시할 거니까. 알았어?"

"제길……."

제비는 욕설을 내뱉으며 어깨를 추욱 늘어뜨렸다. 사마영영은 마지막으로 한 번 더 제비를 힐끗 쳐다본 후 밖으로 나갔다.

마음이 너무도 심란해 제비는 벽에 등을 기대고 앉아 멍하니 천장을 올려다보기만 했다.

제비가 정신을 차린 지 열흘이 흘렀다. 때는 봄이 무르익은 오월 중순이라 날이 제법 따뜻했다.

정오 무렵 제비는 툇마루에 앉아 있었다. 붕대를 친친 감고 있는 것은 여전했지만 부러진 뼈가 모두 붙었고, 상처도 절반 이상 아물었다. 피멍으로 가득하던 얼굴도 원판을 되찾았으며 손톱과 발톱 역시 조금씩 돋아나고 있었다.

그는 편안히 앉아 따스한 햇볕을 만끽했다. 주변에는 경일, 옥정, 스님으로 위장하고 있는 흑사방도들 여럿마저 눈을 부릅뜬 채 그를 감시하고 있었지만, 가볍게 무시해 주었다. 그는 전면의 마당을 지그시 바라보았다.

귓가에 기묘한 음색을 연주하고 있는 쇳소리가 울려 퍼지고 있었다. 상당히 신경을 거슬리게 하면서도 한편으론 묘하게 매력적이었다.

연주를 하는 이는 사마영영이었다. 그녀는 마당을 전부 활용해 칼춤을 추는 중이었다.

그녀의 내공은 무려 십 두였고, 천진만변도법(天振萬變刀法)이라는 절세의 도법을 익혔다. 그래서인지 그녀의 칼춤은 너무도 아름답고, 또한 압도적이었다.

무기마저 평범하지 않았다. 도신은 이 척 오 촌이었고, 자루는 일 척으로 무척 길었다. 칼등에 불규칙적인 간격으로 아홉 개의 구멍을 뚫어, 각각의 구멍마다 하나씩 쇠고리를 달아 놓았다. 구환도(九環刀)였다.

구환도가 움직일 때마다 쇠고리들이 부딪치며 기묘한 음향을 터뜨렸다. 그것이 천진만변도법의 위력을 배가시켜 주고 있었다.

제비는 사마영영의 칼춤도 멋지지만, 그보단 저 구환도가 더 마음에 들었다. 너무도 매력적인 무기였다. 박도보다 천만 배 더 나은 것 같았다. 그는 구환도에서 한시도 눈을 떼지 못했다.

잠시 후 사마영영은 칼춤을 멈추었다. 상당히 지쳐 거친 숨을 토해내었다. 그녀의 전신은 땀으로 흥건히 젖어 있었다.

경일이 가져다준 물을 시원하게 들이켠 그녀는 천으로 얼굴을 닦으며 제비를 바라보았다. 넋 나간 제비의 표정이 마음에 들었다. 그녀는 콧대를 높이며 한껏 으스대었다.

"어때? 나 끝내주지?"

"쳇, 잘나셨수."

제비는 비꼬는 어조로 말했다. 배알이 뒤틀렸기 때문이다.

"암, 내가 생각해도 난 너무 잘났어. 호호호."

내용은 거만했지만, 말투는 상당히 귀여웠다. 제비는 졌다는 듯 허탈한 웃음을 토했다. 득의양양에게 웃은 사마영영은 쾌활하게 걸음을 옮겨 제비의 옆에 털썩 앉았다.

아무런 의미 없이 제비의 어깨를 툭툭 때린 그녀는 경일에게 외쳤다.

"경일, 나 배고파. 밥!"

얼른 머리를 조아린 경일은 근처에 있는 스님에게 지시를
내렸다. 스님은 식사를 가져오기 위해 어딘가로 달려갔다.

식사를 기다리는 동안 사마영영은 천으로 구환도를 닦았
다. 그녀의 손길엔 애정이 듬뿍 묻어 있었다. 제비는 구환도를
뚫어져라 바라보았다. 그 뜨거운 시선을 느꼈는지 사마영영
은 제비에게 은근한 미소를 던졌다.

"내 애병 멋지지? 이름은 귀곡도(鬼哭刀)야."

"응? 구환도라고 했잖아?"

"구환도는 이런 무기의 총칭이고, 이 녀석의 이름이 귀곡도
라구."

"아, 그렇구나."

"갖고 싶어? 줄까? 줘?"

사마영영은 대놓고 약을 올렸다. 울컥한 제비는 억지로 트
집을 잡았다.

"헹! 줘도 안 가진다! 꽃무늬가 새겨진 칼이라니, 구려! 필요
없어!"

꼭 억지라고만은 할 수 없었다. 여자아이가 쓰는 무기라
그런지 도신의 양면 전체엔 화려한 꽃무늬가 새겨져 있었는
데, 제비의 생각으론 옥에 티가 분명했기 때문이다. 이름이 귀
곡도라면 응당 귀신을 새겨야지, 왜 안 어울리는 꽃무늬를 새
긴 것인지 사마영영의 취향을 당최 이해할 수가 없었다.

사마영영은 심술 난 표정으로 제비를 노려보았다. 한 소리

해 주려다 갑자기 빙그레 웃었다. 제비의 표정은 뚱했지만 두 눈엔 여전히 탐욕이 머물러 있다는 것을 간파해서였다. 그녀는 보란 듯이 귀곡도의 꽃무늬를 부드럽게 쓰다듬으며 염장을 질렀다.

"꽃의 아름다움을 모르다니, 꽃이 얼마나 좋은데? 호호."

"아우우!"

짜증이 치밀어 제비는 괴성을 토해내었다. 사마영영은 키득거리며 제비를 구경하다 문득 어떤 궁금증이 생겨 물었다.

"참, 그런데 넌 어떤 무기를 써?"

제비는 퉁명스레 대답했다.

"활이랑 세검, 박도."

"에? 이것저것 많이 쓰는 건 안 좋아. 하나만 집중적으로 파고들어야지."

"냅두셔. 내가 알아서 할 테니까."

말투가 마음에 들지 않아 사마영영은 눈살을 찌푸렸다. 손으로 제비의 볼을 꼬집어 쭉쭉 당겼다.

"얘는 왜 이렇게 못됐어? 누나가 충고를 하면 들을 줄도 알아야지. 요게, 요게."

"칫!"

제비는 투덜거리며 고개를 뒤로 빼내 사마영영의 손을 뿌리쳤다. 사마영영이 다시 한 소리 하려고 할 때 저 하늘 멀리에서 검은 점 하나가 빠른 속도로 다가왔다.

검은 점의 정체는 어린아이 머리만 한 검은 매였다. 매는 사
마영영의 어깨에 사뿐히 내려앉았다. 매의 다리에는 작은 통이
하나 매달려 있었다. 사마영영은 통의 뚜껑을 열어 돌돌 말린
종이를 꺼내 펼쳤다.

제비는 호기심에 종이를 바라보았다. 사마영영은 핀잔을
던졌다.

"본다고 아나? 글도 모르는 주제에."

"씨발! 글 좀 읽을 줄 안다고 되게 잘난 척하네!"

"네가 이상한 거야. 어떻게 그 나이 되도록 글을 몰라? 진
짜 이상한 애라니까. 글도 모르는 녀석이 어떻게 무공을 배웠
담? 그것도 정식으로 배운 지는 몇 달밖에 안 됐으면서 내공
을 무려 이 두나 쌓다니! 너 같은 애를 뭐라고 하는지 알아?"

"알게 뭐야?"

"옥정이 그러더라. 간혹 너같이 극단적인 애도 있다고. 머리
는 돌인데 몸은 천재래."

"그래, 씹어라, 씹에! 네 맘대로 씹고, 뜯고, 지랄을 해!"

"호호호."

이미 제비의 말투에 익숙해진 상태라 사마영영은 재미있다
는 듯 키득거렸다. 그녀는 천천히 전서를 읽어 나갔다. 점점
그녀의 얼굴이 딱딱하게 굳어졌다. 전서를 다 읽은 그녀는 곱
게 접어 품에 갈무리했다.

그녀의 곁으로 다가와 있던 경일과 옥정 중 경일이 얼른 물

었다.

"대공자님이십니까?"

사마영영의 어깨에 앉아 있는 검은 매는 사마 가문의 혈족
들끼리 사용하는 전서구였다. 여기는 강서가 아닌 복건이다
보니 서로 원활하게 연락을 주고받으려면 저 검은 매를 사용
해야 했다.

무언가를 심각하게 고민하던 사마영영은 살짝 고개를 끄
덕였다.

"응."

"뭐라고 하시던가요?"

"별거 아냐. 준비가 다 끝났대. 내일부터 일차 작전을 개시
하니 그렇게 알고 있으래. 돈 잘 지키면서, 더욱 몸 사리고 있
으라고 했어."

경일은 주먹을 불끈 쥐었다.

"드디어 시작되는군요! 우리는 이차 작전부터 움직이니, 대
공자님 말씀대로 일차 작전이 끝날 때까진 조용히 있어야겠
지요."

사마영영은 무릎을 치며 자리에서 일어났다.

"뭐 그래야지. 제비야, 일어나. 밥은 안에서 먹자."

제비는 투덜거리면서도 몸을 일으켰다. 사마영영은 자신을
따라 방 안으로 들어가는 제비에게 눈을 흘겼다.

"무슨 일인지 안 캐묻네?"

"어차피 말 안 해 줄 거잖아?"

"하긴……."

어깨를 으쓱인 사마영영은 방 안으로 들어가 중앙에 앉았다. 제비는 그녀의 맞은편에 앉았다. 어색한 침묵이 이어졌다. 사마영영이 어두운 표정으로 생각에 잠겼기 때문이다.

잠시 후 식사가 도착했다. 두 사람은 간간이 대화를 주고받으며 음식을 먹었다. 사마영영은 애써 쾌활하게 대화를 주도했지만, 제비는 그녀가 무언가를 심각하게 고민하고 있다는 것을 깨달았다. 물어봤자 대답해 주지는 않을 것이기에 그는 사마영영의 말에 대충 맞장구를 쳐주기만 했다.

식사가 끝나자 사마영영은 밖으로 나갔다. 제비는 벽으로 다가가 가부좌를 틀고 앉았다. 눈을 감고 천공심법을 연마했다.

저녁 무렵 제비는 수련을 중단했다. 그의 앞엔 식사가 일인분 놓여 있었다. 경일이 가져다 놓은 것이다. 사마영영은 같이 밥을 먹으러 오지 않았다. 지난 열흘 동안 처음 있는 일이었다.

왠지 기분이 나빠진 제비는 신경질적으로 밥을 먹어치웠다. 그리고는 수련을 재개했다. 그것은 자정이 될 때까지 계속되었다.

방문이 천천히 소리 없이 열렸다. 제비는 수련을 중단할까 하다가 곧 그만두었다.

방 안으로 들어온 사람은 사마영영이었다. 그녀의 몸에서는 항상 정말 좋은 향기가 난다. 그래서 제비는 눈을 뜨지 않고도 그녀라는 것을 쉽게 파악할 수 있었다.

　수련을 중단하지 않고 그녀를 무시한 이유는 저녁 식사를 하러 오지 않은 벌이었다.

　제비의 코앞까지 다가간 사마영영은 나직이 속삭였다.

　"제비야, 수련을 멈춰. 어서."

　그녀의 목소리엔 초조함이 담겨 있었다. 그것을 의아하게 여긴 제비는 순순히 시키는 대로 했다. 눈을 뜬 그는 뭐라고 물으려고 했는데, 사마영영이 얼른 손가락으로 자신의 입을 막았다. 조용히 하라는 뜻이었다.

　"따라와. 조용히."

　눈을 동그랗게 뜬 제비는 주저했는데, 사마영영이 닦달을 한 탓에 못 이기는 척 일어났다. 주섬주섬 겉옷을 입은 다음 그녀를 따라 밖으로 나갔다.

　사위는 어두컴컴했다. 사마영영은 긴장된 표정으로 연신 주변을 훑으며 제비에게 자세를 낮추라고 손짓했다. 자신도 자세를 낮춘 뒤 안형사의 뒷문 쪽으로 살금살금 걸어갔다.

　제비의 방과 뒷문의 중간지점에는 경일이 서 있었다. 그는 딱딱하게 굳은 얼굴로 주변을 두리번거렸다. 사마영영과 제비가 다가오자 그는 탐탁지 않은 표정을 지었다. 따라오라고 손짓하며 앞장서서 걸음을 옮겼다.

얼마 지나지 않아 세 사람은 뒷문에 도착했다. 경일은 뒷문을 최대한 조심스레 열었다. 먼저 밖으로 나간 뒤 사마영영과 제비를 불렀다. 두 사람도 밖으로 나갔다.

밖에는 옥정이 서 있었다. 그도 긴장된 표정으로 연신 주변을 살폈다. 네 명으로 늘어난 일행은 뒷문에서 십여 장 떨어진 숲 속으로 들어갔다.

거기서 사마영영은 걸음을 멈추었다. 경일과 옥정도 그녀의 좌우에 시립했다. 제비가 영문을 몰라 할 때 갑자기 사마영영이 그의 등을 떠밀었다.

서너 걸음 이동한 제비는 신경질적으로 몸을 돌렸다.

"지금 이게 무슨……!"

그는 채 말을 잇지 못했다. 사마영영의 두 눈은 위태로울 정도로 흔들렸다. 표정도 애처롭기 그지없었다.

힘겹게 마음을 다잡은 사마영영은 어쩔 줄 몰라 하는 제비에게 애써 단호하게 말했다.

"뒤도 돌아보지 말고 산을 내려가. 자계로 가. 네 사부는 그곳에 있어."

"뭐, 뭐라고? 나를 보내 주겠다고?"

"그래."

"이유가 뭐야?"

사마영영은 대답하지 않았다. 경일에게 손을 내밀었다. 경일은 눈살을 찌푸렸다.

"아무리 생각해도 마음에 들지 않습니다. 아직 늦지 않았습니다. 지금이라도……."

"시끄러. 내놔."

"후우."

땅이 꺼질 듯한 한숨을 내뱉은 경일은 등에 메고 있던 천으로 돌돌 말린 길쭉한 물건을 사마영영에게 넘겼다. 제비에게 다가간 사마영영은 그것을 앞으로 내밀었다.

"귀곡도야. 계속 탐욕스러운 눈으로 바라봤었지? 다 알아. 몸 상태가 그러니 맨손으론 자계까지 가기 힘들겠지. 가져가."

제비는 입을 쩍 벌렸다.

"너 미쳤어? 이건 네 무기잖아?"

사마영영은 두 눈을 진지하게 반짝였다.

"명심해. 너는 내가 잠깐 잠이 든 틈을 노려 귀곡도를 훔쳐 달아난 거야. 알겠어?"

제비는 사마영영이 자신을 놀리는 것이 아니라, 진심이라는 것을 깨달았다. 그녀는 진심으로 그를 그냥 놓아주려 하고 있었다. 입술을 질끈 깨문 그는 귀곡도를 굳건히 잡았다. 사마영영은 재차 주의를 주었다.

"산을 다 내려가기 전까지는 천을 풀지 마. 쇠고리들이 부딪치며 소음을 일으킬 테니까."

제비는 그녀를 추궁했다.

"전서에 뭐가 적혀 있었지? 그래서 이러는 거지?"

"알 거 없어. 어서 가."

"대답해! 그전에는 못 가."

"나쁜 놈……!"

"네 오빠가 뭐라고 한 거야?"

"오라버니와 나는 서로 비밀이 없어."

"그런데?"

"열흘 전에 너를 어쩌면 좋을지 몰라서 오라버니께 도움을 구했어. 그 대답도 적혀 있었어."

"나를 죽이라고 한 거야? 그래?"

"아니, 조만간 만나러 갈 것이니 그때까지 무슨 일이 있더라도 반드시 너를 붙잡아 두래. 단단히 화가 나신 눈치였어. 오라버니 손으로 직접 너를 어떻게 하고 싶으신 것 같았어. 뭔가 찔리는 것이 있지?"

"그건……."

"대답하지 마. 자세히 알면 너를 보낼 수가 없어져. 알고 싶지 않아. 아무런 말도 하지 마."

"……알았어. 그럴게."

"어서 가. 다른 녀석들이 눈치채면 나까지 곤란해져."

"좋아. 하나만 더 묻고."

"뭔데?"

제비는 뜨거운 시선으로 사마영영을 응시하며 더없이 진지한 어조로 말했다.

"정말 괜찮은 거야?"

"난 괜찮아. 오라버니는 나를 사랑하셔. 나를 어쩌지는 못하실 거야."

"그걸 묻는 게 아니잖아!"

사마영영은 제비의 시선을 회피했다. 그러다 억지로 용기를 내어 제비를 마주 바라보았다. 그녀는 진저리를 쳤다.

"전쟁 중이라는 것은 알아. 하지만 이렇게는 아니야. 아무리 생각해도 이런 식으로는 싫어. 죽고 사는 건 전장에서 결정지어야지, 이런 식으로는…… 싫어."

"……."

"어서 가라니까. 너에겐 꿈이 있잖아? 네가 죽을 곳은 이런 곳이 아니라 전장이잖아?"

"내 꿈은 만천하에 이름을 떨치는 거야. 그것은 강서무림을, 흑사방을 박살내며 이루게 될 거야. 그래도 좋아?"

"상관없어. 이 전쟁에서 이기는 건 우리가 될 테니까. 명심해."

"뭘?"

사마영영은 굳은 결의를 불태웠다.

"언젠가 전장에서 만나게 된다면 나는 너를 주저 없이 죽일 거야. 너도 그렇게 해. 이건 전쟁이니까. 어느 한 쪽이 무너지기 전까지는 절대 끝나지 않을 빌어먹을 전쟁이니까!"

"이, 이, 씨발!"

울화가 치민 제비는 신경질적으로 바닥을 차며 분통을 터뜨렸다. 얼굴을 일그러뜨린 그는 울먹이는 사마영영을 바라보았다. 주먹을 꽉 쥔 그는 두 눈을 질끈 감았다가 떴다.

"고마워."

휙 몸을 돌린 그는 뒤도 돌아보지 않고 전속력으로 달렸다. 미친 듯이 달리고 또 달렸다.

사마영영은 제비가 시야에서 완전히 사라진 후에도 제자리에 서서 그가 사라진 자리를 멍하니 응시했다.

보다 못한 경일이 그녀의 어깨를 감싸 안형사 쪽으로 이끌었다.

"돌아가지요. 밤이 쌀쌀합니다."

사마영영은 참고 참았던 울음을 터뜨렸다.

"저 녀석 진짜 나쁜 놈이야. 처음으로 고맙다고 했어. 이제야……!"

경일은 말없이 그녀의 등을 토닥였다. 너무 안타깝고 가슴이 답답해, 더 어떻게 그녀를 위로할 방법을 찾을 수가 없었다.

회색은 존재하지 않는다

　새벽 무렵 제비는 무이산 하부에 다다랐다. 도중에 해담권
문으로 갈까 하는 생각도 해 보았는데 왠지 꺼려졌다. 그곳
엔 상종도 하고 싶지 않은 백리정이 있을 가능성이 높았기 때
문이다.

　서쪽의 자계로 방향을 잡은 그는 하루를 부지런히 달렸다.
늦은 밤 근처의 야산으로 들어가 노숙을 준비했다. 모닥불을
피우고, 토끼 한 마리를 잡아 귀곡도로 껍질을 벗겨 불에 구
웠다.

　제비는 토끼의 다리를 뜯으며 멍하니 동쪽을 바라보았다.
문득 옆에 내려놓은 귀곡도를 잡았다. 도의 매력인 묵직한 손

맛이 느껴졌다.

손끝으로 도신의 꽃무늬를 매만졌다. 꽃 속에서 사마영영
의 얼굴이 천천히 밖으로 모습을 드러내었다. 그녀는 웃으며,
또한 울고 있었다.

귀곡도를 한 번 털었다. 맑고 청아한 쇳소리가 울려 퍼졌
다. 다시 몇 번을 더 흔들었다.

"씨발……!"

얼굴에 짙은 그늘을 드리운 제비는 자신도 의미를 모르는
욕설을 내뱉었다. 귀곡도를 바닥에 내려놓고 밤하늘을 응시
했다. 절로 무거운 한숨이 내쉬어졌다.

그때 저 멀리 떨어진 어딘가가 대낮처럼 밝아졌다. 방향은
동쪽이었다. 제비는 헛바람을 집어삼켰다.

불이 난 것이 분명했다. 그것도 여기서 확연히 보일 정도니
엄청난 규모일 것이었다. 무이산 전체가 불타는 것이거나, 산
하부의 마을 하나 혹은 여럿이 통째로 불타고 있는 것 같았
다.

전자라면 큰일이었다. 무이산엔 사마영영이 있기 때문이다.
그는 엉덩이를 들썩거렸는데, 이내 그만두었다. 재차 토끼 다
리를 씹으며 심각한 표정으로 동쪽을 응시했다.

사마영영의 말대로라면 일차 작전은 오늘 시작된다. 저 대
규모의 화재가 바로 그 일차 작전일 가능성이 높았다. 사마
후가 계획한 작전이니 사마영영은 무사할 것이었다.

제비는 무이산으로 돌아가 해담권문이나 다른 복건무림인들에게 자신이 알고 있는 것을 말하는 것이 좋지 않을까 고민했다.

그는 힐끗 귀곡도를 응시했다. 쩝 입맛을 다시곤 바닥에 벌렁 드러누웠다. 왠지 그것은 사마영영을 배신하는 행위라고 생각되었기 때문이다. 정말이지 빌어먹을 일이었다.

'에휴, 계속 자계로 가기나 하자. 그게 속 편하겠어.'

토끼 고기를 다 먹어치운 제비는 억지로 잠을 청했다. 다음날 아침에 일어나 야산을 가로질러 서쪽으로 달려갔다.

그는 나흘 후 강서성으로 넘어갔다. 낭인 행세를 하며 지나치는 사람들에게 조금씩 정보를 입수했다. 그는 자계 북쪽의 고부(高阜)로 방향을 바꾸었다. 백기회와 자성루의 전쟁은 그곳으로 옮겨 가 있었다.

이틀을 달린 제비는 저녁 무렵 고부 남쪽의 널따란 평야에 도착했다. 그곳에는 수십 개의 천막과 수백 명의 사람이 진을 치고 있었다.

고부의 성문은 굳게 닫혀 있었고, 성벽 아래에는 시체들이 즐비했다. 벌써 여러 차례 전투를 치른 모양이었다.

진지 쪽으로 다가가는 제비를 경비병 몇몇이 막고 나섰다. 제비는 그들에게 자신의 정체를 밝혔다. 깜짝 놀란 그들은 두 패로 나뉘어 한 패는 어딘가로 달려갔고, 다른 한 패는 제비를 어딘가로 이끌었다.

제비가 경비병들을 따라 천막 사이사이를 걸어가고 있을 때, 저 멀리서 검붉은 옷과 파란 옷을 입은 수십 명이 달려왔다. 선두에는 단우영이 서 있었다. 그간 심적 고생이 많았는지 그의 얼굴은 상당히 초췌해져 있었다.

"제비야, 이 녀석아!"

제비의 얼굴을 본 그는 기쁨 가득한 고함을 질렀다. 제비는 저도 모르게 눈물을 글썽이며 미친 듯이 손을 흔들었다.

"사부! 사부!"

"이 녀석!"

단우영은 제비를 거칠게 껴안았다. 주체할 수 없는 희열에 전신을 부르르 떨었다. 몇 번이나 제비의 머리를 쓰다듬었다. 제비는 배시시 웃으며 그의 품에 얼굴을 묻었다.

감격적인 사제의 상봉에 독고진과 유상을 비롯해 주변에 있는 모든 이들이 기뻐했다. 단우영은 제비의 볼을 매만지며 물었다.

"어떻게 된 일이냐? 나는 네가 놈들에게 붙잡혀 있는 줄만 알았다."

"얘기가 길어. 진짜 길어. 아야야, 아파요. 나 아직 다 안 나았단 말이야."

"이런! 그러고 보니! 가자. 일단 안으로 들어가자꾸나."

"응! 헤헤."

단우영은 제비를 품에 안은 상태로 걸음을 옮겼다. 자신이 머무는 천막으로 향했다. 유상과 독고진, 청봉대 부대주 공작검(孔雀劍) 선무(先務)도 그를 뒤따랐다.

그렇게 걸으며 단우영은 지난 일을 이야기했다.

청봉대는 단목세가 본산을 전멸시켰다. 개미새끼 한 마리 살려 두지 않았다. 범빙화를 비롯해 단목항조의 두 아내와 일곱 딸들까지 모조리 다 죽였다.

청봉대의 피해는 이십여 명 정도였다. 개중 십여 명은 범빙화가 죽였다. 그 정도로 그녀는 강했다. 하나 그 대가로 그녀는 독고진과 청봉대 부장 세 명의 합공에 유명을 달리하고 말았다.

유상과 합류한 청봉대는 제비 추적을 중단하고 자계로 달려갔다. 단목세진은 제비를 단목항조에게 데려갈 것이 분명했다. 단목항조와 단목세진을 붙잡으면 자연스레 제비를 되찾게 될 것이었다.

자계에선 팽팽한 접전이 벌어지고 있었다. 머릿수는 백기회 쪽이 우세했지만, 본산을 잃은 단목세가의 문도들이 완전히 미쳐 버려 목숨을 도외시한 맹공을 퍼부었기 때문이었다.

그러나 백기회에 청봉대가 합류하자 전황은 달라졌다. 자성루와 단목세가는 보름을 더 버텼지만 끝내 자계를 내어주고 말았다. 그들은 북쪽의 고부까지 도망쳤다.

적귀대, 청봉대, 황남문, 낭인들은 그들을 추적했다. 반드시 단목항조를 붙잡아야 했으니까. 하지만 백기회는 자계에 남았다. 약탈을 위해서였다. 약탈을 끝낸 백기회가 단우영 일행에 합류한 것은 사흘 전이었다.

자성루와 단목세가는 고부의 주인인 건원장(乾元場)과 함께 수성을 하며, 흑사방에 원군을 요청했다. 단우영 일행은 하루하루 맹공을 퍼부었지만 저항이 워낙 거세 지금까지 고부를 무너뜨리지 못하고 있었다.

"단목항조가 왜 너를 인질로 나를 협박하지 않는 것인지 알 수가 없었다. 이제야 그 이유를 알게 되었구나. 하하하하!"

천막 안으로 들어가며 단우영은 껄껄 웃었다. 제비는 마주 배시시 웃었다.

의자에 앉은 단우영은 제비를 자신의 무릎에 앉혔다. 한시도 곁에서 떨어뜨릴 수 없다는 의지의 표현이었다.

그 상태로 제비는 지금까지 있었던 일을 이야기했다. 단목세진의 등을 찔러 도망친 것부터, 사마영영과의 만남까지 모두 다 솔직하게 말했다.

사마영영에겐 미안하지만 이게 옳았다. 그는 단우영의 제자였고, 복건무림인이었으니까.

제비의 기나긴 이야기를 다 들은 장내의 사람들은 저마다 얼굴을 심각하게 굳혔다. 대표로 독고진이 물었다.

"일차 작전이라고 했다고? 그리고 무이산 쪽에서 대규모 화재가 발생하는 걸 봤단 말이지?"

"응. 확실해요."

단우영은 턱을 쓰다듬었다.

"알 수가 없군. 일차 작전은 참살대와 용호문을 사용해 무이산을 공략한 것일 텐데?"

유상은 자신의 생각을 밝혔다.

"그 작전은 실패했다고 판단한 것이지요. 그래서 새로운 작전을 생각해낸 겁니다."

"과연, 그렇군. 하면 이차 작전은 뭐지?"

"모르겠습니다. 가진 정보가 너무 부족합니다. 아는 거라 곤 사마영영이 무이산에 거점을 마련했다는 것과 상당히 많은 양의 자금을 지니고 있다는 것, 이 두 가지뿐입니다."

독고진은 눈살을 찌푸렸다.

"놈들은 정말 집요하게 무이산을 노리고 있군. 대체 목적이 뭐란 말인가?"

유상은 가볍게 손뼉을 쳐 모두의 시선을 자신에게로 모았다.

"자계를 손에 넣었고, 단목세가 본산도 박살내었습니다. 제비 역시 무사히 돌아왔지요. 그러니 목적은 모두 달성한 셈입니다. 더 고부를 붙들고 있을 이유가 없습니다. 철소촌으로 돌아간 뒤 정검회에 전서구를 보내 놈들의 음모를 알리고, 우리도 무이산으로 보내 줄 것을 요청하는 것이 좋겠습니다. 놈들은 거대한 음모를 꾸미고 있습니다. 반드시 알아내야 합니다!"

제비는 슬그머니 손을 들었다. 기어들어 가는 어조로 말했다.

"아니, 그…… 난 거기로 돌아가기 싫은데……."

단우영은 제비의 턱을 붙잡아 돌렸다. 그의 두 눈을 빤히 쳐다보며 한 자 한 자 힘주어 말했다.

"명심해라. 사마영영은 적이다. 너를 구해 줬다고 할지라도 그것은 변하지 않아. 이것은 전쟁이다! 이백여 년 동안 계속된 전쟁이야! 우리는 백이고, 흑사방은 흑이다. 회색은 있을 수 없어! 어중간한 마음으로는 이 전쟁에서 이길 수 없다!"

속마음을 들켜 움찔한 제비는 극구 부정했다.

"그, 그게 아니라, 단목세진! 다, 단목세진이요! 끝장을 봐야죠. 나 그놈한테 무진장 당했단 말이야."

그럴듯한 말이었다. 단우영은 얼굴을 딱딱하게 굳혔다.

"그건 그렇군. 우리를 향해 끝없는 증오심을 불태우고 있을 터, 살려 두면 후환이 되겠지."

다급해진 유상은 얼른 외쳤다.

"하나 놈들의 저항이 거셉니다. 언제 고부를 무너뜨릴 수 있을지 모릅니다. 시간이 지날수록 불리한 쪽은 우리입니다. 복건무림이 총출동한 전면전이라면 몰라도, 국지전인 이상 장기체류가 가능할 만큼의 지원군을 확보하기 힘드니까요. 놈들을 박살내기는커녕, 우리가 당할 수도 있다는 뜻입니다."

단우영은 고뇌했다. 제비의 말도 옳았고, 유상의 말도 옳았다. 갈피를 잡지 못하던 그는 슬그머니 독고진을 바라보았다.

"자네 생각은 어떤가?"

"솔직히 말해 주길 바라나?"

"그래 주게."

"나는 이미 목적을 달성했어. 그런데도 불구하고 누염신을 어르고 달래 여기까지 진격한 이유는 순전히 제비 때문이었다. 자네를 위해서였지. 나는 벌써 부하 오십을 잃었고, 자네도 사십을 잃었네. 낭인들의 머릿수도 백오십으로 줄어들었고, 황남문은 오십 명밖에 남지 않았어. 성한 것은 백기회뿐이지. 더 이상은 힘들어."

독고진이 유상의 손을 들어 주자 제비는 초조해졌다. 그는 단우영의 팔을 잡고 흔들었다.

"사부, 사부!"

결심을 굳힌 단우영은 딱 잘라 말했다.

"되었다. 그만 해라. 너 한 사람보단 전체를 생각해야 한다. 본산이 무너진 이상 단목세가가 재정비를 끝내는 데에는 상당한 시간이 소요될 게다. 최소 몇 년, 혹은 그 이상이 걸리겠지. 그때쯤이면 너도 성인이 되어 있을 터, 복수는 네 손으로 직접 하도록 해라."

"하지만……"

"제비야, 다시 한 번 확실히 말해 두마."

"칫, 뭐요?"

"사마영영은 단지 적일 뿐이다. 마음을 독하게 먹어라. 그래야 한다!"

제비는 눈알을 이리저리 굴리며 안절부절못했다. 그는 모두가 자신을 뚫어져라 바라보고 있다는 것을 깨달았다. 그 무언의 압박을 못 이긴 그는 신경질적으로 내뱉었다.

"씨발! 하필이면 개한테 구해져 가지고! 알았어요! 마음 독하게 먹을게요!"

그제야 단우영은 따스하게 웃었다. 제비의 머리카락을 부드럽게 흩뜨리며 말했다.

"그래야지!"

독고진은 입구 쪽으로 걸어갔다.

"여기서 기다리고 있게나. 누염신을 만나고 오겠네."

마음에 들지 않지만 최종결정권은 백기회주 누염신이 가지고 있었다. 철수하려면 그의 허락을 받아야 했다. 모두 알았다는 뜻으로 고개를 끄덕였다.

독고진은 잠시 후에 돌아왔다. 구겨진 그의 얼굴이 결과를 가르쳐 주었다.

"거절인가?"

단우영의 질문에 독고진은 분통을 터뜨렸다.

"빌어먹을 놈이 고집을 부리는군. 기왕 여기까지 왔으니 반드시 고부를 무너뜨려야 성이 풀리겠대. 아니 계속 북상해 공

적을 더 많이 쌓겠다고 하더군."

"돌았군! 우리가 다 해 놓은 일에 숟가락만 얹은 주제에!"

"내 말이! 후우, 그래도 적귀대는 보내 주기로 약속했네."

"응? 우리만?"

"그간 누염신과 자네는 몇 차례 충돌을 했지 않나? 자네가 껄끄러웠던 것 같아. 이 기회에 옳다구나 자네를 빼기로 한 거지."

"그놈 속 한 번 더럽게도 좁군! 몇 번 말다툼한 걸 지금까지 가슴에 품고 있다니!"

"그러게 말이야."

"우리가 빠진다면 더욱 힘들어질 텐데?"

"정검회와 연결된 직통 전서구가 있는 모양이야. 지원군을 더 부르겠다고 하더군. 그러니 그들이 도착할 때까지만 더 머무르다, 그들이 오면 자네는 무이산으로 가도록 하게. 누염신이 그렇게 하도록 잘 얘기해 준다고 했어."

"그렇다면야 괜찮겠지. 힘을 내게. 우리도 반드시 놈들의 음모를 무너뜨리고 말겠네."

"아아, 그래."

단우영은 유상에게 손짓했다. 부하들에게 이번 결정을 알리고, 제비의 치료에 필요한 물건들을 가져오라고 말이다.

머리를 조아린 유상은 밖으로 나갔다. 독고진과 선무도 앞으로의 일을 상의하기 위해 사라졌다.

천막 안에 남겨진 단우영과 제비는 유상이 돌아올 때까지 담소를 나누었다. 주로 제비가 떠들고 단우영이 맞장구를 치는 형식이었다.

약간의 실랑이도 벌어졌다. 제비가 앞으로 귀곡도를 쓰겠다고 고집을 부려서였다.

단우영은 그게 마음에 들지 않았다. 흑사방도인 사마영영이 쓰던 무기라는 것이 첫째 이유였고, 두 번째 이유는 구환도가 양날의 검이었기 때문이었다.

구환도가 발하는 소리는 적에게도 영향을 주지만, 잘못 사용하면 본인도 큰 피해를 입게 된다. 단우영은 행여 제비가 구환도에 먹힐까 봐 걱정되었다.

그러나 제비는 고집을 꺾지 않았다. 사부에게 잘 배우면 된다고, 사부가 잘 가르치면 된다고 주장했다.

박도보다 천만 배 더 멋지다는 제비의 외침에 결국 두 손 두 발 다 든 단우영은 귀곡도를 조사해 차후 어떻게 가르칠지 생각해 보기로 했다.

다음 날부터 제비는 치료와 회복에 전념했다. 밥과 탕약을 많이 먹고 하루 종일 운기를 했다.

단우영은 제비의 내공이 이 두 이상이라는 것에 깜짝 놀랐다. 신이 나서 열성적으로 제비를 가르쳤다. 그는 제비에게 뚫어야 할 혈도 두 개를 더 가르쳐 주었고, 제비는 드디어 다음으로 나아갈 수 있게 돼 만세를 불렀다.

일주일이 흘렀다. 제비는 더 이상 붕대를 감고 있지 않아도 되었다. 조금씩 욱신거리긴 하지만 거의 다 회복되어서였다. 손톱과 발톱이 완전히 자라지 않아, 손가락과 발가락에만 붕대를 감아 놓았다.

그간 전투는 소규모 국지전만 몇 차례 벌어졌을 뿐, 양측 다 전면전을 피했다. 단목세가 측은 수성의 이점을 포기할 수 없었고, 백가회 측은 지원군을 기다리고 있었다.

복건무림의 일원인 향설방(香雪房)과 탈혼문(奪魂門)이 도착한 것은 그 무렵이었다. 자파를 출발할 때는 사백이십 명이었지만, 여기까지 오는 도중 강서무림인들과 한 차례 전투를 벌여 머릿수는 삼백오십 명으로 줄어들어 있었다. 하나 그래도 이 정도면 적귀대 백사십 명을 대체하고도 남았다.

저녁 무렵 적귀대는 출발 준비를 끝냈다. 그때 독고진이 다가왔다. 활과 화살, 세검과 귀곡도까지 주렁주렁 달고 있는 제비를 힐끗 본 그는 단우영에게 요청했다.

"떠나기 전에 잠깐 제비를 빌렸으면 하는데, 괜찮겠나?"

"응? 무슨 일로?"

"별것 아니야. 잠깐이면 되네."

"그러도록 하게나."

단우영은 제비에게 독고진을 따라가라고 눈짓했다. 제비는 내키지 않는 눈치였다. 독고진에게 경계심을 던졌다.

"설마, 이제 와서 나한테 해코지하려는 건 아니죠?"

"후후, 그런 게 아니다."

"진짜로?"

"그래, 진짜다. 따라오려무나."

"뭐, 헤헤, 알았어요."

근처에 널브러져 있는 굵직한 나무 막대 하나를 챙긴 독고진은 제비를 데리고 진지 좌측의 가장자리로 향했다.

그는 바닥에 나무 막대를 깊숙이 박았다. 나무 막대와 오장 떨어진 곳에 섰다. 품에서 단도를 하나 꺼내며 옆에 서 있는 제비를 바라보았다.

"한 번만 보여 주겠다. 그러니 눈 크게 뜨고 잘 보도록 해라."

제비는 뚱한 표정으로 물었다.

"뭘 하려는 건데요?"

"친한 친구에게 제자가 생겼는데 선물 하나는 줘야 도리라는 생각이 들더구나. 고생을 많이 했으니 받을 자격이 있기도 하고."

"선물? 나 무공 가르쳐 주려는 거예요? 그건 안 되는데? 사부가 자신이 가르쳐 주기 전에는 아무것도 배우면 안 된다고 했어."

"후후, 검법이나 도법이 아니니까 괜찮다. 그저 실전에서 쓸모 있는 간단한 잡기일 뿐이거든. 하지만 위력은 대단하다. 잘만 수련하면 꽤 유용하게 쓸 수 있을 게다."

제비는 두 눈을 초롱초롱하게 빛냈다.

"진짜로? 그렇다면야 배울래요. 히히히."

"다시 말하지만 한 번뿐이다. 원래 타 문파 간의 무공전수는 금기다. 그러니 두 번 이상 보여 줄 수는 없다. 배우든, 배우지 못하든, 결과는 하늘에 맡겨라."

"진짜 두 눈 크게 뜨고 봐야겠네. 좋아요. 준비됐어! 어서해요!"

"자, 간다!"

나무막대를 노려보던 독고진은 있는 힘껏 단도를 날렸다. 단도는 매서운 바람 소리를 내며 쏘아졌다. 날의 끝과 자루의 끝, 양쪽 끝을 연결하는 중심선을 축으로 맹렬하게 회전하고 있었다. 바람 소리의 원인은 바로 그 회전이었다.

단도는 직선이 아닌 곡선을 그리며 날아가 나무 막대에 정확히 꽂혔다. 그러기 무섭게 폭음이 터졌다. 단도에 맞은 부분이 박살나며 나무 막대가 부러졌다.

제비는 입을 쩍 벌린 채 잘게 쪼개진 나뭇조각들이 비산하는 것을 보았다. 얼른 독고진 쪽으로 고개를 돌렸다.

"장거리도 아니고 단거리에서 휘어졌는데 정확하게 표적에 꽂히네? 더구나 회전? 어떻게 한 거예요?"

"비결은 손가락의 미세한 힘 조절이다. 너는 활도 쓰니, 그것에 응용하면 될 게다."

"손가락? 자세히 못 봤어요. 한 번만 더 보여 줘요."

"안 된다. 끝이야."

독고진은 단우영 일행이 모여 있는 쪽으로 걸어갔다. 제비는 그의 팔을 붙잡고 흔들었다.

"그러지 말고 한 번만 더! 진짜 딱 한 번만. 응?"

"안 돼!"

"치사하게 이럴 거예요? 덩치는 산만 하면서 왜 이렇게 쪼잔해? 가르쳐 주려면 확실하게 가르쳐 줘야지."

"흠, 무슨 소리를 해도 소용없다."

"아이, 진짜! 딱 한 번만 더? 응? 응?"

"후후후."

독고진은 옅게 웃기만 했다. 제비는 그가 단우영의 앞에 도착할 때까지 집요하게 칭얼거렸다. 그것은 한 식경 후 적귀대가 진지를 떠날 때까지 계속되었다.

하지만 독고진은 끝끝내 다시 보여 주지 않았다. 제비도 그렇지만, 그도 고집 하나는 대단한 사람이었기 때문이다.

진지를 떠난 적귀대는 곧장 남하했다.

흑사방의 영토인 강서성에 있다 보니 돌아가는 길 또한 위험했다.

단우영은 뿔뿔이 흩어져 갈까 하다가 그냥 다 함께 이동하기로 했다. 향설방과 탈혼문이 고부까지 오며 만들어 놓은 길을 최대한 빨리 달려 복건에 도착하는 것이 최선이라고 판단해서였다.

예상은 적중해 적귀대는 이틀 후 무사히 복건에 입성했다. 단우영은 노파심이 들어 정검회로 전서구를 보냈다. 그런 다음 부하들을 이끌고 동쪽, 무이산으로 나아갔다.

도중에 몇 가지 정보를 입수했다. 무이산 하부의 마을 여러 개가 완전히 소실되었다고 한다. 사마후가 직접 나서서 불을 질렀다.

사마후의 등장에 백리정은 옳다구나 쾌재를 부르며 전 병력을 이끌고 무이산을 내려갔다. 그러나 사마후는 불만 지른 뒤 미련 없이 강서성으로 떠난 상태였다. 백리정은 길길이 날뛰며 사마후를 뒤쫓아 강서성으로 향했다.

정보는 이게 다였다. 단우영은 사마후의 속셈을 알 수가 없어 짜증이 났다. 무이산에 도착해야 보다 정확한 사실을 알 수 있을 것 같았다.

길을 재촉한 그는 고부를 떠난 지 엿새 만에 무이산 하부에 도착했다.

하부의 정경은 그야말로 처참했다. 수많은 마을이 시커멓게 죽어 있었다. 아직도 희뿌연 연기가 피어오르는 마을도 여러 곳이었다.

터전을 잃은 마을 사람들은 울거나, 망연자실하거나, 다른 곳으로 떠나거나, 혹은 이를 다물고 마을을 재건하기 위해 노력했다.

곳곳에서 절망과 분노, 한탄과 울분, 슬픔과 증오가 감돌았다.

그 모든 복잡한 감정들이 하부에 들어서고 있는 적귀대의 마음을 무겁게 짓눌렀다. 그들은 주먹을 부르르 떨며 이렇게 끔찍한 짓을 저지른 사마후에게 반드시 대가를 치르게 해 주겠다고 독기를 품었다.

단우영은 딱딱하게 굳은 얼굴로 제비를 바라보았다. 힐난을 담아 말했다.

"이래도 사마영영을 공격하는 것이 꺼려지느냐?"

두 눈을 질끈 감은 제비는 세차게 도리질 쳤다. 번쩍 뜨인 그의 두 눈은 오싹할 정도로 차갑게 가라앉아 있었다. 그는 나직해서 더욱 섬뜩하게 느껴지는 어조로 내뱉었다.

"이게 전쟁이라는 걸 새삼 확실하게 깨달았어요. 적이 자비를 베풀지 않는데, 내가 자비를 베풀 이유는 없죠. 다시 만나면 죽일 거야. 진짜로!"

단우영은 흐뭇하게 웃었다.

〈다음 권에 계속〉

黃金公子
황금공자
김강현 신무협 장편소설
ORIENTAL FANTASYSTORY & ADVENTURE
『마신』, 『천신』, 『마룡전』의 작가!
김강현 신무협 장편소설
『황금공자』
천하제일인이었던 혈룡귀갑대주 금철휘!
천하제일 금룡장의 소장주가 되어
금력을 휘두르다!
dream books
드림북스

임유아 판타지 장편 소설

나이트인블랙

Knight in Black

서정적 판타지의 진화, 치명적인 어둠의 노래.

열망만으로는 잡을 수 없는 것이 있음을 깨달은 그해 겨울,
자신을 배신한 운명에게 건넬 복수의 검을 쥐고, 소년은 일어섰다!

dream
books
드림북스

天劍

천검제

『절대천왕』,『암천제』,『천풍전설』의 작가!
장담 신무협 장편소설

『천검제』

세상을 뒤엎는 한이 있어도
아버지의 죽음에 관여한 자들 모두 용서치 않으리라!

dream
books
드림북스

신룡의 주인
『더스크 하울러』, 『환수의 주인』의 작가!
태선 판타지 장편소설
『신룡의 주인』
알테리온가의 막내아들 샨,
알에서 태어난 특급 용 카이.
평범하지 않은 둘의 좌충우돌 학교생활이 시작된다!
dream books
드림북스